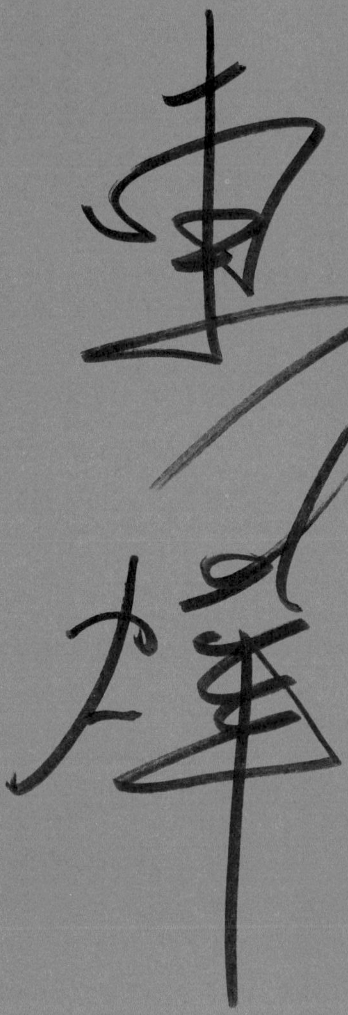

神曲

東燁

目次

神曲

大部分的神祇起初都只是個人，他們既沒想過自己將有一天可能為神，甚至也從來未曾企圖為神。簡單說，那一切都只是個意外，或一連串的意外。

同時，有另外一些人，他們打一開始便拚了命地、想方設法地讓自己成為神，唯恐不像，所以就得更像、再像一點。

無論何者都只證明三個道理：其一，原來神是可以創造的；其二，褪下神的光環，走出聖殿後，他們會發現自己原來依舊是人類，同樣會感到受傷或哭泣；其三，是我們會詫異，世上的神竟如此他媽的多。

第一章
牧童搖指杏花村

冒雨跑過兩條街，渾身濕透了才躲到銀行屋簷下，自動門打開時所流竄出的冷氣讓人差點凍僵。上午十點半，銀行裡滿是洽公的人，紛紛投過來好奇眼光，看著這個一身狼狽的傢伙。用濡飽了雨水的袖子稍微揩臉，一邊脫下還在滴水的大外套，一邊走到服務台前，我很小聲地問：「債務協商應該到哪邊處理？」而那老氣橫秋的服務人員滿臉輕蔑，下巴一努，給了個方向。

銀行行員說，這點金額其實不到需要辦理債務協商的地步，但他頓了一會兒，又用不懷好意的口氣對我說：「當然了，會不會逼死人，關鍵原本就不在金額大小，八億會逼死你，八千萬會逼死你，八百萬也可以逼死你。」他低頭瞄了一眼我在家就預先填好的申請書，帶點不屑地說：「八萬塊一樣也可以。」

最後我窩囊地拿了一張「銀行代償」的名片離開，他叫我不如去找這種專門替卡奴跟銀行打交道的掮客談，事情搞不好還會簡單點。

沮喪地離開銀行，沒時間回家換衣服，轉了公車，一路上山，在蜿蜒的山路上盤桓時我發抖不已，頭頂上方的冷氣旋鈕怎麼轉都關不起來，只好哆嗦著捱到校門口，下車時連感應卡片都握不緊，有種幾乎凍僵的感覺；下車後更糟，十二月天的陽明山讓人舉步維艱。我蹣跚地走進校門口，到了學院前，碰見一群久違的熟面孔，他們分聚幾群在熱絡交談。

「你是那個……那個……」指著我的臉支吾許久，最終還是沒能想起來，圓臉的女生面有懊惱之色，而我苦笑著安慰她，說：「沒關係，差不多了，對了，就是了，我就是那個誰。」

我一點也不怪他們，畢竟這張在記憶中只是依稀存在的面孔確實很陌生，他上課就來，下課便走，鮮少與人打交道，大學四年的歲月中，唯一幹過比較值得大家記憶的，也不過就那麼兩件事而已。其一，這傢伙大四那年甩了班對四年的女友，移情別戀，轉而跟助教談起了短暫的戀情，但是畢業後連兵役都還沒服完就又分手了；其二，這傢伙在文學院四樓海扁自己同學一頓，打斷了對方的門牙，至於起因則是一樁誰也記不得的小事——我就是這樣毫不起眼的人物。

「好久不見，好久不見。」一個聲音驀地在身邊揚起，跟著是滿臉堆歡的一張臉孔，不及細想，先接過他遞上的名片一看，上面寫著什麼什麼投資理財顧問公司專員。投資理財？我真的愣了一下，心中犯疑，今天辦的是中文系同學會吧？但那名字卻一點都不陌生呀，李守全，沒錯，這張痲臉是正字標記，保證別無分號，確實是他本人無誤，但他已經補上了當年被我打斷的門牙，現在居然還當上投資理財顧問了？李守全完全不記舊仇，熱情地招呼，一把攬住我肩頭，湊近時小聲問我現在在哪裡高就？有沒有做好理財規劃？如果需要幫忙，老同學一場，他會義不容辭。聽到「義不容辭」四個字時，我有種欣慰，至少他還會說四個字的成語，看來距離中文系並不算真的太遠，只是我一時有點難接受他忽然又有了門牙的改變。

「這個理財的道理是這樣的：它首先必須建立起一個很重要的觀念。什麼觀念呢？就是要先告訴大家，事實上不是只有有錢人才需要理財。對吧？有錢人他媽的花錢都來不及了，還需要理什麼財？一般人對投資理財常有這樣錯誤的見解：老認為自己沒錢，所以不可能投資；事實上恰好相反，就是因為沒錢，才需要妥善規劃金錢的用度，把極少數的金錢，投資在最有獲利機會的管道中，進而創造最大的財富，這就是所謂的『以小搏大』了，你說是不是？」李守全興高采烈地對大家剖析著，卻冷不防朝我問了一句，那當下我點頭稱是，但眼光卻一直在人群中搜索著，慢慢地認出了一些老同學。一位當年曾經率領學校社團遠征他鄉，讓本土傳統戲曲大放異彩，也風靡整個文學院、何等英俊瀟灑的歌仔戲小生，此刻居然童山濯濯；另一個以詩文見長，頗具玉女形象的女同學，眼下則是大腹便便，看來距離預產期應該不會太遠。

我有點疑惑，趁李守全的高談闊論好不容易暫歇時，悄悄問他：「以前的那個班代到哪裡去了？難道她沒來？」

「哪一個？」他也愣著，還反問我。

「個子不高，很瘦很黑，老是理著短髮，很像男人又比男人還醜的那個女生。」我自認為講話不算刻薄，事實上這位老班代以前不但外貌醜陋，連心腸也恁地歹毒。她擔任班代期間，往往比他人早一步得知考試資訊，非但不願與大家分享，反而還自己到圖書館去，將那些參考書目全都外借回家，寧可逾期遭罰款也不願歸還以供同學使用，為此，害得我大學四年不得不自掏腰包，買了一大堆相關用書。本以為這樣講，李守全會笑著與我聊點往事的，不料他鼻孔一哼，說道：「還提她做什麼？人早死了。」

「死了？」我大吃一驚。

「怎麼你不知道嗎？」他反而錯愕，盯著我，說道：「畢業後沒多久，好像是考上什麼資格考吧，回來學校申請在學成績之類的文件，結果走出校門口就被公車撞死了。」

「我完全沒聽說這件事。」搖頭。那時我已經入伍服役，一來可能聯絡不便，二來我看大家發訃文時應該也沒想到我這個人。

「那種人死了也活該啦，算了吧。」李守全又「哼」了一聲，立刻將這件事拋諸腦後，繼續露出他猥瑣的笑容，又對我說：「別人不知道，那也就算了，咱們大學那幾年可是莫逆之交，知道哪裡有什麼好處，可不能獨善其身，對吧？我也就不跟別人囉唆了，這個好消息只告訴你一個。是這樣的，我們公司最近在推一支基金，是南美洲的能源基金，嚇，那可火得很，一天能漲好幾回哪！你懂吧？我跟你說……」

北風獵獵，整個天空鉛霾一片，在室內待了多時，總算等到衣服漸乾，我這才終於逃離李守全的噪音攻勢，走出室外，在陽台邊發個愣，順便緬懷一下當年。不過站了約莫幾分鐘，我剛點著香菸，後面卻傳來一個女孩的叫喚聲。

「不好意思，我來晚了。」她露出淡淡的笑容，一襲天藍色的長洋裝，搭配著過肩的長髮，顯露出成熟女人氣息，跟當年的拙樸簡直不可同日而語。

「還好，不算太晚，」我指著一牆之隔的舊教室，笑說：「以前的導師還沒來，裡面也不過就是敘舊而已。」

「既然大家都在敘舊，那你還在這裡發呆？」她朝我走近一步，「看來你跟以前還是一樣，不太能跟同學們打成一片。」

我聳個肩，不置可否，這也無從否認起，我確實不是很能跟那些人聊得來。不說別人，光是一個李守全就夠讓人好受了，彷彿吃定我就是他口中那個因為沒錢才最該學會理財的倒楣鬼，介紹了一個又一個投資計畫，也不管我現在其實身無分文。

「最近好嗎？」一同靠在欄杆邊，沒急著進去打招呼，她先問我。

「還不錯。」我撐起面子回答。

「在哪裡工作？」

「上星期才剛退伍。」

「這時候工作不好找，大家都在等年終獎金，要想找個像樣點的，只怕得等到農曆年後。」她說。

「可不是。」而我嘆氣。她點點頭，說自己這幾年都在高雄工作，還跟大學時代一樣，走的是補教業，從以前的小職員，一路熬了好久，才總算慢慢熬出頭。「怎麼跑到高雄去工作了？」

「跟你分手後，我就在那邊了。」語氣裡沒有起伏，卻讓我心虛不已。這個當年的前女友名叫婉靜，人如其名，個性溫婉淑靜。儘管如此，我還是忐忑得很，就怕她往事重提，要來興師問罪。當年我惹了無數唾罵，千夫所指，不顧一切地只想跟助教學姊交往，這件事在彼時的文學院喧騰一時。

婉靜雖然沒提那些往事，卻又對我說：「今天本來是不打算來的，不過有些話，我後來想了又想，一直覺得應該跟你說清楚。如果這次同學會不來，說不定以後也沒什麼機會再碰面了，對吧？」看著我，她說：「當年你離開時，我真的很難過，可是後來反省，其實那四年裡，你很疼我、很照顧我，不管你心裡怎麼想，但至少在面對我的時候，都是對我好的。」說著，她也露出緬懷的神情，微笑說：「當年我可是個連影印機都不會用的蠢蛋呢！還記得以前每次考『中國文學史』，也都是你把考卷借我抄，不然我大概會重修好幾遍。那些日子我一直都記得，從來沒忘過。

你呢？你還記得那些嗎？」

她這麼說，讓我的心虛頓時更加深一層，只好乾笑著，一邊猛力抽菸，讓陣陣煙霧遮住自己略顯惶恐的表情，事實上，我是真的完全沒想過這些。

「所以我要跟你說聲謝謝，真的。」婉靜又說。

「沒關係。」笑容是我此刻最好的回應方式，雖然笑得很僵，但也沒辦法了。聊完往事，婉靜拍拍我肩膀，說之後如果找不到合適工作，又不排斥南部的天氣炎熱，倒是可以往高雄去，她任職的補習班正缺國文與作文老師，憑我的能耐，只要假以時日，絕對可以在補教界闖出名號；然後也告訴我說，交往的那幾年，她常覺得自己的男朋友老是有種懷才不遇的陰鬱感，可偏又無能為力，現在如果有機會，是真的很想提供我一個管道。

「那換我得跟妳說聲謝謝了。」於是我就真心地笑了。

「千萬別客氣。」她綻開的是不適合北台灣陰霾天空的爽朗笑容，像極了大一那年我剛追她時的模樣，還說：「那幾年你老是塗塗寫寫的，雖然好像沒真正寫完過什麼，但我就覺得，你是那種很適合吃文字這行飯的人。」

我帶點不好意思，搔搔下巴，轉個話題，又問她現在在補習班裡，做的是什麼樣的工作內容，該不會跟以前一樣行政、導師兼打雜，還得陪小朋友唱唱跳跳？而婉靜卻給了一個讓人錯愕的答案，她在笑著轉身要走進教室前，對我說：「我叫張婉靜，在補習班那種名師都得有個藝名的環境裡，就變成張靜了。這名字你聽過吧？」

我張大嘴巴，半晌說不出話來。這名字當然聽過，而且很常聽到，打開報紙，就常看見他們那家連鎖補習班的全版廣告，還有這位張靜老師的大名。但我猜那些敢把學生交給她的家長，一定不知道這位張老師以前是中文系畢業的，她不但中國文學史的考試經常需要我來罩，連文字學都差點三修才過關，一張畢業證書拿得堪稱坎坷。但確實，那些真的都過去了，就跟著我與她之間那段已經不值得拿出來探討是非的愛情一起化入塵煙裡，再沒有追究的必要了，因為全台灣大部分人都知道的這位張老師，現在是補教業的權威，而最最諷刺的是，她教的可是數學。

刻意等過晚上十點之後才回家，那幢老舊的五樓公寓，屬於一個六十開外、鄉音甚重而難以溝通的外省老頭。他花去畢生積蓄買下整棟大樓，改建成無數小隔間的出租套房，我就住在東南角的這一塊。正因為這棟樓是那老頭一生最重要的依靠，所以他對房租繳納日期有鍥而不捨的堅持與要求，不過鐵打金剛也有需要睡覺的時候，晚上十點就是老頭的就寢時間。

住了好多年，房租雖然幾乎不曾準時繳付過，但總不至於一拖再拖，因此他勉強可以接受我這種房客的存在；況且，這房子已經如此老舊，不租給我這種人，他又上哪裡去找新房客？我避開可能碰到面的時間，小聲地踩上階梯，怕吵醒就睡在二樓樓梯口的房東，慢慢地拾級而上，回到四樓角落。

一個月五千元的低廉價格在台北非常難得，我也不是付不出來，只是甫退伍才半個多月，返鄉旅費已經告罄，一時又還沒找到工作，百般拮据之時，當然能省則省、能緩則緩。沒幾坪大的空間，擺下單人床鋪跟衣櫃、書櫃後，就僅存一小塊空間，連書桌都擱不下。我在白色硬殼的大收納箱上鋪層木板權充電腦桌，地上弄塊軟墊，就以床緣當作椅背。屁股落下的同時也聞到一股霉臭味，台北哪，這冬天又濕又雨的日子多年來始終一樣難捱。

一邊等待電腦開機的同時，我抬頭看看天花板上老舊燈管的昏暗光線，再看看牆上兩張裝框懸掛的獎勵狀，那分別是我考上高中及大學時，父親當年任職的工廠所頒發的獎勵狀，那時一同交到我手上的，還有豐厚的紅包各一枚。事隔多年，獎勵狀已經被我的香菸給燻黃，而父親終究沒能等到我考上研究所時再去申請下一張便已屆退休之年，現在成了照顧檳榔園的老農。

退伍後我在網路上的人力銀行投撒了大量履歷，但遲遲不見回覆，瀏覽了一下郵件信箱也空無一函。我嘆口氣，正打算下樓去街角的便利商店買份報紙，看看可有工作機會，結果門鎖轉開，卻見碧茵大袋小袋地拎了一堆食物進來。

「今天同學會好玩嗎？」放下食物，撥順了她剛剪的俏麗短髮，碧茵將鞋子隨意踢到牆邊去，接著便以床為桌，將她帶來那些食物陸續打開，全是夜市的消夜小吃。

「挺無聊的。」我說：「本來以為班上幾十個人，好歹會有幾個還走在中文創作的路上，說不定去套套交情，可以弄點什麼工作機會，沒想到大家都改行了。」我吃著粽子，喃喃自語地說：「如果早知道自己不走這條路，那當初何必選這科系，白白浪費四年時間？」

「那是因為他們不像你。」碧茵笑著說：「這是好事，但也是壞事。」

我苦笑，認識好多年，無論我身邊的正牌女友是誰，碧茵倒是從沒離開過，她大我兩歲，早就在社會上打滾，閱歷見識都比我多，當然收入也是。所以儘管已經潦倒若此，但我卻不怎麼擔心，因為就像現在，她從醫療安養機構下了班，只要有空，就會帶來一堆食物或飲料。

「不過我倒也建議你，別只對著出版業投履歷，總還有其他的文創產業可以考慮吧？」碧茵問我：「你大學時學過採訪寫作、學過媒體理論，甚至還拍過紀錄片，這些難道不能當作履歷內容嗎？」

「妳看過台灣哪個拍電影的有好下場？」我嗤之以鼻，說：「我腦袋傻了才會想去碰電影，有太多電影人燒了一輩子的錢，卻燒不出一個代表作來，連死了都沒人知道他是誰。」

「補習班呢？你以前也在補習班打工過的。」

「妳也知道那只是打工而已，但說穿了跟打雜也沒差別。再說，我對台灣的補教業實在沒有興趣，那太不人道了。」我又搖頭，跟著吃起水餃。

「當記者？」

「那些學新聞或傳播的真記者都會失業了，更何況我這種半路出家的？」我又笑。

「那看來你真的只能等哪家出版社願意睜開慧眼了。」最後她嘆氣。

「總會有的，我相信。」吞下最後一口酸辣湯，我說：「反正台灣現在什麼沒有，倒是那種扛著文化大旗，隨便瞎出版一堆垃圾的出版社很多。」

吃完消夜，精神好了些，我沖過澡，正盤算著要找本書來打發時間，瞥眼卻見碧茵已經換上短褲，屈膝蹲坐在電腦前，不知瀏覽著些什麼，而她那極短的短褲根本遮不住雪白大腿。湊過去，我本想探出手去摸她，然而視線一轉，跟著留意到她正專注閱覽的螢幕畫面時，不由得停下了動作。碧茵在看的不是什麼拍賣或購物網頁，居然是密密麻麻的文字，她說這是現在相當流行的網路小說。

「網路小說？」

「或者你要叫它『輕文學』也可以。」

「文學就是文學，哪有什麼輕重之分？」我說：「沒有一種文學是輕的，輕的那種東西就不叫文學了。」

「不然叫什麼？」

「叫泡沫。」我說：「只要它能反映當代，又具有文學之美，那妳就不能輕視它的價值與分量。這樣的文學怎麼會是輕的呢？就算它描寫的可能只是很簡單的小故事，無關乎社稷民生，但那還是文學嘛。薄如蟬翼，重如泰山，其實都是一體的兩面。」

「那你看這個怎麼樣？」說著，她指指螢幕，但我只約略看了幾眼便再看不下去，與其說那是愛情故事，倒不如歸類到志怪小說去還差不多，女主角睡了一夜，醒來居然跑到唐朝，跟那些皇親國戚們大談跨越時空的戀愛，這種故事如果有人會相信，那烏龜都會飛了。

「這就不是文學了，這叫做鬼扯。」所以我又給碧茵上了一課：「從文學批評的角度來看，針對小說這一塊，我會站在三個角度來檢視：首先是創意的部分，這故事的點子不差，但顯然不會是原創，大概八百年前吧，我國中時代，班上一堆小女生喜愛的羅曼史小說就充斥著這類題材，而且歷久不衰；再從架構的觀點去批判——」我一邊解釋，一邊點選網頁，告訴碧茵：「這故事沒有像樣的開頭，中間囉唆的段落又多，完全看不出架構上的工夫。」

「這麼糟？」

「最糟的是第三項，也就是文筆的部分。」指著螢幕，我哭笑不得地說：「這個作者連標點符號都用錯了。」

帶著不服氣的口吻，碧茵抗議，說那篇故事最近在網路上可是喧騰不已，不但點閱率極高，而且據說已經受到出版社青睞，即將出版。

「所以我才說，只要耐著性子多等一等，我不怕找不到出版社的編輯工作。」看著那篇小說冷笑，我說：「連這種故事都可以變成一本書，我還怕失業嗎？」

那天晚上，我終究還是不能忘懷她細膩白皙的大腿肌膚，看完小說之後，摟著碧茵上床，我們激烈地做愛，她是那種在床上會很積極主動表現的女人，每次總讓我累得滿頭大汗。好不容易，在幾乎虛脫的最後終於換來了結束時的快感。我又沖了一次澡，這回走出浴室時已經疲勞得很，心想總該可以拿本書窩到床上好好讀了，然而光著身子的碧茵卻又窩回電腦前，繼續看起小說。

「那種故事不看也罷，我是說真的。」從書櫃裡抽出一本詩集，我坐在床上，正打算開始看，然而碧茵卻又叫我過去，還問我知不知道葉雲書是誰。

「誰？」

「剛剛那個你沒看過也就算了，畢竟是個新人，但你怎會連葉雲書都沒聽過呢？」

「沒聽過又怎樣？」身子不動，我轉頭問她：「他拿過什麼文學獎嗎？這麼了不起？不然我幹嘛非得聽過他不可？」

「葉雲書是目前台灣網路文學裡頭，首屈一指的龍頭老大，人家可是真正的天王呢。」碧茵問我要不要一起看看，據說這是幾分鐘前才剛發布上去的連載，是最新的一集。

「如果又是那種愛來愛去的小兒小女，那就免了。」我揚起手上的詩集，說道：「或者，如果二十年後，他的小說還能像這本詩集一樣，在書店裡被找得到，那我到時候再看就好。」

「但人家一本網路小說只賣兩年，賺的搞不好就比那個詩人二十年還要多，而且葉雲書可以開大型簽書會，你那個詩人恐怕沒辦法。」

「有這回事？」我聽得皺眉，簽書會？我只聽過藝人歌手舉辦簽唱會，倒沒想過作者還會有這種活動。文人墨客怎麼會這樣？那種譁眾取寵的事不是應該留給戲子或樂伶嗎？碧茵赤裸著身子，轉過身來，一把將還在五里霧中的我給扯下床，又將詩集丟到角落去，逼我乖乖坐在電腦前，很認真地對我說：「看來你是真的完全不懂網路文學。」

「我知道中國兩千年來的文學史發展，最喜歡的一篇古文是諸葛亮的〈出師表〉，同時也對王粲的〈登樓賦〉感懷不已；心目中認為最浪漫的愛情，應該是司馬相如跟卓文君的故事。至於台灣文學，按照我的師承觀念，它屬於邊緣而又受殖民的長期壓迫，才造就出今天四不像的局面，然而這種四不像的模樣，偏偏也發展出了不同的格局，若要論華語文學與西方思潮交會的結果，個人認為，台灣文學會是個很好的觀察點。」我叼著香菸，說：「至於網路文學，那是個什麼玩意兒？」

嘆口氣，她搖搖頭，隨手開啟了好幾個網頁，分別對我做介紹，我這才知道，人在安養機構上班的碧茵，除了在網路上大買服飾、化妝品之外，原來還有偶爾在網路上閱讀的習慣，在一起那麼多年，我竟從未注意過。她列舉的幾個網頁，全都是目前台灣幾家知名出版社所經營的網路社群，專門提供使用者在上頭發表個人作品，之後再從中去發掘優秀作者，並加以出版。那個葉雲書，就是目前在網路上非常具有知名度的作家，人家已經寫了好幾年，出版了十幾本書，而且每一本都暢銷，是暢銷排行榜上的常客。

於是我真的乖乖坐好，暫時忘記詩集裡的風花雪月，開始認真地看了起來。並非因為葉雲書這些小說寫得比詩人的文字更好，我只是純粹好奇，倘若本該品嘗著比死亡還深沉孤寂的寫作者，居然可以紅紫到辦大型巡迴簽書會的地步，那他的作品究竟有何魅力，能席捲整個網路世界？接下來的幾個小時，不再離開座位，也沒抽菸，我甚至連碧茵何時睡著的都不知道，就這麼專注地一路看了下去，接連看完好幾部葉雲書的作品。

「你還在看？」

「差不多了。」揮揮手，沒理會又醒來的碧茵，我移動滑鼠游標，讓畫面繼續捲動，直到眼前故事的最後一個章節全部結束，這才呼了一口長氣，再看時間，赫然是清晨六點，外面的天空還沒亮，但窗外已經隱約傳來人車聲喧。

「怎麼樣，站在你那個什麼文學批評的觀點，有沒有高見要發表？」躺在床上，碧茵問我。

「妳說這個葉雲書很紅，紅到無人不知、無人不曉的地步？」沒有回頭，我看著那篇小說的累計點閱率居然超過百萬，開口問。

「任何一個看過網路小說的人都知道他。」

「他的名氣大到可以全台灣到處去辦簽書會的地步？」

「他前陣子剛完成一個新故事，很快就會出版，我相信最近一定會有活動訊息。」碧茵說著，又問我對這些故事的感想如何。

「還不錯。」我這時才覺得脖子一陣僵硬，整個背部因為弓起太久，現在痠麻難當，好不容易挺直了身子，拿出香菸盒，裡頭已經完全空了，只好勉強在菸灰缸裡挑出幾截濾嘴沒被菸灰弄髒的菸屁股，湊在嘴邊點上。當那一股股濃重的煙霧竄入肺部時，我對碧茵說：「這個我也會寫，而且絕對不像以前那樣老是寫不完。」

「你也會寫？」她愣了一下。

「沒錯，我也會寫。」我轉頭對碧茵說：「如果這個葉雲書光是寫這樣的故事，就能在文壇大鳴大放，變成知名作家，那麼我告訴妳，下一個一定就輪到我了。」

第二章
柳營春試馬

「我從不是承認緣分或命運的人，那風雲聚合離散或星芒綻眨光采的轉瞬之間，往往不過造化中一次偶然而已，正如妳長髮掠過我眼前之際所帶起的微香，飄邈著，卻又刻下印記。我知道那無關乎洗髮精的品牌，我眷戀的是妳第一眼看過來時，同時賜予我的痛楚。」這是小說的第一段話，作為愛情小說的開場白極為合適。不過相信茫茫網海那浩瀚的篇章裡頭，類似這樣的開頭應該不會少於百來萬個，所以我的第二段便這樣寫道：「不過那更深層的痛楚需得留待我們終於有了心與心的交會之後。在那之前的這當下，我所無法漠視、不能若無其事的，是妳十二公分又細又長的高跟鞋跟，不偏不倚踩上了我只穿夾腳拖的右腳大拇趾時的滋味。親愛的，咱們互不相識時，妳已讓我如此椎心。」

因為這樣的開頭，使得我的這個中篇故事在一發布上網路後，立刻衝到了網站人氣排行榜的前三名，而我每新增一篇連載，點閱率便以百位數的單位激增。才不過短短一個星期，這個描述一段青澀而又真摯的初戀故事，累積的人氣總數距離葉雲書的榜首不過幾步之遙。但天知道，那些個讓大家感動莫名、佳評如潮的故事，其實只是曾有過那麼一次，我在公車上被人踩了腳的經驗所擴充而來罷了。

七天時間足不出戶，只靠著簡單的餅乾、泡麵度日，倒是菸灰缸滿了又倒、倒了又滿，我將僅存的所有積蓄拿去買了兩條香菸，至於存糧則端賴碧茵供應，她要回南部老家之前，特地從大賣場採購了滿滿一整袋的糧食給我。這幾天，只要一睜開眼睛，我便翻身下床，既不梳洗，也不浪費時間，甚至連電視都不打開，只專心地盯著電腦螢幕，雙手輪指飛動，將這個使用多年的老鍵盤敲得喀喀作響，腦袋裡不斷冒出的點子便化成行雲流水般的語句，成為小說對白。我成功地塑造出兩個非常稱職的角色，在故事中，他們都是羅斯福路上那所第一學府的大學生，成績雖好，但卻極度渴望愛情。

第一個故事就從那段公車上的邂逅開始，以淒美的結局告終，在它正於網路上被熱烈討論與迴響時，我將兩位主角帶進了下一個故事裡，有別於第一篇的公車之戀，這回我寫的開頭是：「別在下雨天哭泣，若妳只是傷心而已。愛情本自有它或來或去的痕跡與道理，而妳手中握著的又豈能是扭轉時間之流的神祕時鐘？我讀懂了妳憂傷的眼神，明白了妳落淚的原因，更通曉了妳孤寂的祕密。沒有其他，只願妳也察覺了我的心事，如此便已足夠。」這樣浮濫的開頭寫得我膽顫心驚，因為它在太多八流的愛情故事裡肯定俯拾即是，可是很巧妙地，下一段我便這樣寫：「妳手中的那只錶哪，它的指針停了，在昨夜凌晨。停止的瞬間，或許妳的一滴眼淚正同時落下。而這興許是命運——妳的眼淚不為我，我的指針不因妳，然此刻偏又如詩人巧構般地宿命交會。親愛的，別哭了，外頭還下著雨，而我趕時間。這錶只是沒電而已，幫我換電池，好嗎？」

用極為簡單，但卻充滿喜感與幽默的句子，來描述男主角拿著手錶，走進鐘錶行裡，與即將成為女主角的店員做第一次接觸，這種經驗只怕每個戴錶人都經歷過，但偏偏它是我小說的開場白，而頗為順利地，我讓這篇故事再次擄獲大量的讀者目光。故事才進行到一半，我剛吃完所有的存糧，距離碧茵上一通電話說要過來找我為止，這短短的十幾分鐘裡，我回覆了近百篇的留言，甚至那個文學網站上的其他作者們也有人寫信來向我致意，太多人問我這樣的故事究竟真實性有多高，何以能夠如此與現實生活絲絲相扣，甚至還有讀者問我，到底故事中的兩位主角念的是大學幾年級，他們成群結隊跑到故事角色所虛構依託的學校班級去找人，結果撲空而失望歸返。

看著那些留言，我真覺得哭笑不得，寓假於真本該是小說創作的最大特色，藉由實際存在的場景來上演一齣齣虛擬的故事，從而反映人生百態，抒發作者的個人情懷，這是再簡單不過的道理，怎麼讀者會完全模糊了真實與虛假之間的界線呢？我帶著微笑，用溫和的語氣，一一回覆他們的意見，並且感謝所有人的支持，也請他們稍微再期待幾天，很快地，我將為他們帶來更多更美的故事。一邊寫著回覆，一邊忍受著飢腸轆轆的煎熬，好不容易當我全都完成，才剛關掉視窗，想再打個電話給碧茵，問她幾時才到，結果手機撥出才發現，原來積欠了兩個月的帳單，其下場就是慘遭停話。

正在懊惱，還打算翻箱倒櫃，再找找有無存糧的，就聽到碧茵在外頭嚷著要我開門。那破爛木門的另一邊，她雙手提了好幾個袋子，根本騰不出空來找鑰匙。

「你該不會這幾天都沒下樓吧？」看著我滿臉鬍碴的邋遢，她瞪眼，而我點頭。「會不會連澡都沒洗？」我想了想，回答說洗過一次。碧茵露出嫌惡的眼神，命令我先吃完這一餐，就得乖乖到浴室去將自己清理清理，與此同時，她坐到電腦前面，先將菸灰缸給傾倒過，又拿起只剩小半罐的礦泉水，先湊近鼻子聞了聞，確定沒有異味後才敢喝下一口。「我才回去幾天，你過的到底是不是人的生活？」

笑著，沒有回答。這幾天我廢寢忘食，幾乎都埋首在創作裡，一來是因為誇下海口，我想證明一點什麼，二來是遲遲收不到面試通知，反正百無聊賴，像我這樣的新鮮人，如果不想成為社會的負擔，那就只好勉強自己，只維持最低的生活需求，清心寡欲過日子。

打開塑膠袋，裡面是香噴噴的滷肉飯便當，我連問也不問，逕自吃了起來，而碧茵無奈地搖頭，然後像想到什麼似地，問我最近有沒有繼續寫履歷。

「昨天寫了，也寄了，但還是沒消息。」一邊咀嚼，我搖頭。

「我看你還是變通點吧，別老拘泥在同一個範圍裡。」說著，她忽然又問我，有沒有留意上次她介紹的那個網路小說網站，「我昨晚從家裡電腦上線，看到一篇故事，感覺很不賴，很有葉雲書的味道，但是文字好像比他通順，而且重點是內容很好笑，但是也很感人。」

「是嗎？」我故意忍著，不露出任何端倪，還刻意問她：「故事寫些什麼？作者是誰？」

「忘記篇名了，不過那個作者的筆名很有趣，居然叫做『萬寶路』，跟你抽的香菸是同一個牌子。」碧茵說著，打開電腦螢幕，開啟網路瀏覽器，很快地便找到那篇故事，又對我說：「我是覺得呀，如果你真的一時三刻找不到工作，又沒別的事情好忙，不妨就像那個萬寶路一樣，也來寫點什麼吧。你上次不是說這很簡單嗎？你看人家這樣寫一寫，點閱率就衝到排行榜了，那故事……我該怎麼說呢，有一種很平淡，但卻又深刻的味道，我覺得你應該可以嘗試看看。」

「我知道，那故事我也看了，就跟葉雲書一樣，他也只有兩個元素而已。」我說那就像國王的權杖與皇冠，誰能夠抓住權杖，又將皇冠戴在頭上，誰就能穿上龍袍、坐上寶座。納悶著，碧茵問我，究竟是些什麼元素，而我笑著告訴她：「非常簡單，兩個元素說穿了一點都不稀奇。這種故事的第一要素，就是非得有一段刻骨銘心的純情愛戀不可，地點、方式或內容其實完全不重要，但總之就是純愛，很純，也很蠢的那種。」

「這大家都知道，那另一個呢？」

「另一個更簡單，就是它需要一組搭檔，如此才能達到當局者迷而又旁觀者清的雙效目的，男主角身邊就是需要一個這樣的夥伴，才能在平常時候插科打諢，又在關鍵時刻，給意亂情迷的主角們來記當頭棒喝。」

「哪有那麼簡單？照你這樣說，那豈不是人人都會寫了？」

「本來就是。妳可以寫，我也可以寫。」我狼吞虎嚥地吃完滷肉飯，接著準備喝湯。

「要真那麼簡單，那你這幾天都沒事，幹嘛不寫看看？」

然後我就不繼續解釋了，先將湯碗放下，帶著微笑，我接過她手中的滑鼠，點開了尚在資料夾裡的檔案，對她說：「如果妳所謂的網路小說天王，他所能寫出來的，就只是這種程度的玩意兒，那麼接下來，妳就不應該錯過下一位即將隆重登場的新人，他叫萬寶路。」看著目瞪口呆的碧茵，我用油膩膩的嘴巴在她臉上親了一口，說：「妳有一碗湯的時間，可以搶先閱讀。等我喝完湯，再繼續寫下一集給妳看。」

這股萬寶路熱潮傳播得很快，在這個出版社主持的網路平台上，我很快地擁有了知名度。就在那些讀者們熱烈地討論小說內容時，我心中不免也暗自好笑，這些故事其實沒有太大的與眾不同，每個人在學生時代總會有過幾段短暫卻又深刻的愛戀，那純粹是因為生活環境簡單所致，當你沒有窘迫的經濟壓力，也沒有太多學校以外的生活困擾時，當然可以專心地談一場戀愛，而且牢牢記住一輩子。我不是那種戀愛經驗很多的人，這樣的故事充其量不過是撿拾生命中零碎的片段，加以捏造虛構罷了，竟然就能讓許多小讀者為之搖擺起伏，追隨故事的節奏翩翩起舞。會有這般效應，實在是當初我見獵心喜、想模仿葉雲書的筆法，去嘗試寫點什麼東西時始料未及的。

但這樣的熱度只侷限在網路上，我的興奮之情也只能維持在眼睛盯著電腦螢幕的那當下。一旦回到現實世界，就會發現爛棉被依舊發霉，小房間的天花板上又結起了新的蜘蛛網，儘管劉禹錫在《陋室銘》裡寫得好：「斯是陋室，唯吾德馨」，然而瞧自己這一身模樣，摸摸下巴雜亂的鬍碴，實在很難自欺欺人；房東剛剛來過，我卑躬屈膝地向他道歉，並擺出最誠摯的表情，懇請他再給我幾天時間。老頭子很無奈地說這種通融不是每個房客都有的，但我也不該得寸進尺，畢竟房租都已經拖延了好一段時間，我這麼白住著，讓他困擾不已。

恭敬地送走房東，關上房門，我嘆了一口氣，心裡開始盤算，或許真到了應該考慮碧茵意見的時候了，我得上網去，將原本預設的履歷投遞目標稍做更改，只要能跟文字有關的，都應該嘗試看看。即使一時間找到的工作並不讓人滿意，但至少騎驢找馬，邊做邊物色更好的職缺。想著，我走回電腦前，正想登入人力銀行網站變更履歷內容，手機卻忽然響起，來電的對方是我從沒聽過的聲音，他自稱「天成」出版社的編輯，說收到了我寄出的履歷，認為這樣一個剛出社會，雖然缺乏實務經驗，但卻充滿熱誠的年輕人，正是他們公司所需要的人才。我聽得大喜過望，彷彿一艘迷航海上的舟船終於得見明燈，立刻興奮地問他，該公司所出版的書本，大多是以什麼樣的類別為主，結果那位老兄給的卻是讓人倒盡胃口的答案，他說：「本公司規劃的書系很多，針對目前的消費市場，是以實用性高的書籍為發展方向，我們現在賣得最好的書系，都是以美容彩妝為主，另外一系列也銷售得很好的，則是身體保健、減重瘦身方面的書籍。」

那通電話的結尾殊為潦草，因為我心灰意懶，根本不想再談下去，不管他們最賣的是哪一個書系，基本上美容彩妝、減重瘦身之類的書都不會有太多文字，即便有，大概也是化妝的步驟，或者減肥的方式介紹，這種文字能有什麼文學價值？難道我苦修中文四年，最後只是在撰寫化妝水與面膜的使用步驟？

掛上電話後，我無奈地打開網頁，正準備接受命運的安排，認命地往其他相關領域投遞履歷，卻在電子信箱中赫然發現一封通知，那是一家我沒聽過的出版社所寄來的，只有簡短幾句話：該公司的人事部已經初審過我的履歷資料，認為我可以勝任，因此留下一組電話號碼，要我與他們聯絡面試時間。帶著懷疑與納悶，我打電話到這間「生活家」出版社去，接通到人事部，表明身分後，對方用很開心爽朗的語氣，第一句話就說：「看到你的履歷，我相信你一定可以在混亂如戰國時代的出版社戰場裡大展身手。」

「是嗎？」我既開心又羞赧，但同時也半信半疑。事實上，那份履歷我寫得非常心虛，以前不管是編校刊或畢業紀念冊，我所負責的都只是瑣碎至極的打雜工作，偶爾幫忙蒐集資料，整理內文、校對文章，至於版型設計之類的專業部分，少數機會才輪得到我湊一腳。但迫於無奈，為了讓出版社錄用，只好寫得煞有其事，好像每一本學校刊物都是我獨自一人負責完成的一樣；而我在履歷中雖然寫得天花亂墜，但對方什麼也沒親眼確認過，居然就相信那些內容？

「雖然實際的職場經驗不足，這部分會比較麻煩一點，但沒有關係，誰打娘胎裡就帶著本事生下來的，對吧？」電話中這位老兄有溫暖的笑聲，還說：「很多人看我們的雜誌，就知道咱們出版社的員工一定都很年輕，為什麼？因為我們就是朝著年輕人的方向在編書的，所以給人的感覺很有活力。」我聽得唯唯諾諾，惶愧至極，事實上「生活家」到底出版什麼樣類型的雜誌，我完全沒拜讀過，於是只好迂迴地問他：「那我們這雜誌的出版方向，有特定的內容或風格嗎？」

「基本上當然是沒限制的，美食佳餚哪有分什麼高低貴賤？自古以來，東、西方的餐飲文化就各自成家，可是我們編食譜的人不能只看東、西兩個極端，事實上，最近幾期雜誌所提到的東南亞美食，或者紐、澳地區的風味烹調，都很受到好評，這些都是需要有魄力、有膽氣的新人同事去開發、去經營，因此，所有好吃的東西，哪管牠天上飛的、地上爬的，或者是水裡游的，只要是有創意，又可以變成美食佳餚端上桌的，我們都希望能夠分享給所有讀者。所以我認為你應該找個時間，先來公司做個面試，我也很想先了解了解，關於你的飲食習慣與喜好……」那位老兄在電話裡究竟還想講些什麼，我已經完全沒興趣知道了。搞了半天，原來這是一家專門出版食譜的出版社！食譜跟美容書籍到底差別在哪裡？不都是一堆照片與一堆步驟嗎？食譜的第一張照片是一堆菜，最後一張則是一盤菜；美容書的第一張照片是一個醜女，最後一張則變成正妹，至於文字則大同小異，全都是料理步驟或產品介紹。它們雖然具有書本的形式，但在我看來，文學價值只怕比不上一本電話簿。

那兩通電話之後，我再沒收到其他出版社的面試通知。當天下午，花了半個小時，我重新整理履歷，分別又投遞了一次到各出版社去。會如此執著，並非我真那麼嚮往編輯工作，純粹只是從小就對文字有所熱愛，從而才衍伸出的堅持，如果我是一個編輯，儘管賺的薪水可能不多，但至少會有看不完的小說或詩文。雖然在網路上，「萬寶路」已經稍稍有了一點名氣，而且透過那個網站的交流，我也認識了不少尚在琢磨與鍛鍊自己的年輕作者，但他們都跟我一樣，只能享受著虛擬世界裡的榮耀：至於現實，那些人大多都是學生，還不必煩憂生計問題，唯獨我例外。

如此又過兩天，除了不斷有電信公司的語音電話，打來催繳話費之外，就只剩李守全窮追不捨的聯絡，他還在問我是否有空，想一起吃個飯，說是趁著年底，應該妥善規劃新年度的投資方向。

我能投資什麼呢？摸摸口袋，只剩最後的幾十塊錢，站在便利商店裡，原本想買盒衛生紙的，然而抵不過飢餓的侵襲，最後我將剩下的零錢拿去付帳，換回來的卻是才兩口就吞完的小飯糰。而這個錯誤的決定讓我在半個小時後立刻付出代價，因為宿舍的廁所已經沒有衛生紙，所以吃完飯糰就拉肚子的我，只好尷尬地提著褲子，小心翼翼地脫下來，用水洗屁股。

好不容易清理完畢，狼狽地走出浴室時，忍不住抬頭看看牆上那兩張實際功用還比不上衛生紙的獎勵狀，我有種欲哭無淚的悽惶。反正是百無聊賴，為了讓自己轉移注意力，我索性伸了個懶腰，將床上棉被扯下來，趁著難得一天冬陽，準備拿到頂樓去晾曬。才剛動手，那組破爛的電腦喇叭忽地登登作響，納悶一瞥，本來以為是最近竄紅之後，又有讀者藉由文學網站上的通訊功能要找我聊天，可是低頭一看，卻發現不是那麼一回事兒，有個暱稱叫做「賽子雲」的傢伙，非常禮貌地寫了一句：「久慕閣下盛名，冒昧打擾，幸勿見怪。」

愣了一下，我放下手中的棉被，彎腰想看仔細時還順便放了一個拉完肚子後的稀屁。賽子雲？這是哪門子的筆名？這陣子以來，我在網路上已經看到不少荒唐怪誕的筆名，寫武俠小說的叫做「古月愁」、寫神怪小說的叫做「天外妖狐」、寫奇幻小說的則叫做「暗夜神」……各式各樣，無一不奇。那這個「賽子雲」又是個什麼玩意兒？我知道子雲二字是西漢後期大辭賦家楊雄的字，他不但在賦的方面頗負盛名，在語言學與散文方面也有不少著作，但可惜的是楊雄雖然名列漢賦四大家之一，文采卻比不上司馬相如；散文的《太玄》與《法言》也只是模仿《易經》與《論語》而來，甚至這個文人本身最後的下場，根本就悲慘得很。這人難道不知道楊雄的事蹟嗎？否則怎會取個這樣的筆名？於是我禮貌地回答，問他找我何事。

「在網路上看到閣下的大作，讓人好生敬佩，深覺閣下文字功力之深，於我輩中實鮮有所匹，所以特地不避尷尬，想與閣下談幾句。」那人打字的速度甚快，而說起話來又文謅謅，讓我頓時有點好奇，忍不住便坐下來看看，只見他又繼續說道：「根據在下粗淺的觀察，發現您的作品目前全都只在尚文出版社的平台上做獨家發表，其他地方雖然也可搜尋而得，但那幾乎都是未經授權的轉載，是嗎？」

「目前都是這樣沒錯。」我也回答。

「那麼請恕我唐突再一問，想請教一下，尚文出版社是否已經跟閣下做過接觸、談定了相關的出版合約呢？」

我看得失笑，告訴他未免想太多了，不到一個月的時間，完成的小說又都只是中短篇的作品，根本無法出版才是。況且，儘管慢慢在這個網站上稍微有了些知名度，但芸芸眾生，那麼多人從事寫作，就算出版社願意招攬新人，每個月發掘一、兩個，只怕也要好幾年後才會輪到我，目前的寫作純是戲墨，沒有出版的契機。

「了解，既然這樣，那在下有個不情之請，想斗膽約閣下見面一敘，未知是否可以？」

「只要是在台北，見面就沒問題，」我沉吟了一下，問他：「但請問你約我碰面的理由是什麼？」

「為了一個文學夢。」他說：「文學於台灣堪謂已死，但我輩既然尚在，豈可辜負一身所學？台灣歷鄉土文學論戰後的二十年間，儘管人才輩出，但距今未免又遠了些，而今放眼年輕後輩中，有幾人的著作足堪傳世？又如何能夠打動人心？網路文學受文壇大老輕蔑已久，所怪者，無非是這類文體的嚴謹與傳世價值均嫌淺薄而已，但豈是所有作者都如此？網路文學在當今之世已經浩瀚如海，當中難道沒有任何臥虎藏龍？」

我看得瞠目結舌，不曉得這長篇大論、又俗又文互相駁雜的文字，他究竟是怎麼想出來的，正想請他長話短說，賽子雲卻接著又道：「愚意以為，網路文學方興未艾，風氣正盛，倘若台灣未來二十年裡能再興起一股新文學浪潮，那麼網際網路絕對會是最適合的平台。因此，我想問你的是：如果這股新浪潮馬上就要勃發，那麼，萬兄你是否願意與我，以及幾位文友們一起共襄盛舉，成為這場復興運動的中流砥柱、開路先鋒？」

「你說的這些都很吸引人。」忍不住頻頻點頭。這陣子的接觸，我確實發現了網路在文學傳播上極其驚人的感染效力，那實非口語或書本的傳播速度所能相比。不過，在拉掉那顆飯糰後，我有比文學夢更重要的現實問題得考量，因此我問他：「不過，比起兩百年後的文學史地位，我真正關注的重點是：這場文學運動能不能讓人解決溫飽問題？我總資產已經不到一百元了。」

第三章

僧敲月下門

「台灣文學數百年來的發展史，跟這塊島嶼的政治生態始終息息相關。不同的政治體系下，伴隨而生的是不同的文學型態，無論政治力量是否直接介入，絕對都是不可忽視的因素之一，這一點，可以從台灣的統治史與文學史二者互相對照得知。」看著眼前這群年紀與我大略相近，但肯定都沒讀過台灣文學史的年輕人，我乾脆給他們先上一課。「從早期開化時代，清朝對大陸與台灣之間的聯絡，其所採取的種種限制，使台灣長期處於一種邊緣化的狀態。對漢學文化的追求，那是在台灣本島上無法得到滿足的，非得飄洋過海到大陸不可；而後日據時期的五十年間，台灣文學更透露出許多矛盾情感，既是對故國的渴望，同時又自傷於被殖民的苦難身世。這兩個不同政治體制所統治的時期，台灣已經建立起初步的文學概念了，但可惜都不健全完善，因此作品也不多。

「比及光復、國民政府撤台，乃至於二二八事件後的白色恐怖時期，台灣的文學基本上也還沒有太大進展，倒是那些隨軍而來的大陸文人，他們那套反共文學大行其道了一陣子；直到西風東漸，國外的諸般思維文化陸續傳入台灣，彼此激盪與衝擊後，才有了百家爭鳴的結果。」看著這群專心聽講的孩子，我彷彿搖身一變，成了當年的台灣文學史教授，氣定神閒、神態自若地對他們說：「在這個點上，我們自身的文學史觀應該先建立起來，才曉得自己究竟站在什麼樣的起跑點上。要知道，你現在以為是起跑點的地方，其實已經是前人戮力耕耘了數十年的成果之處，這是一條漫長的縱深線，但同時也是無限延伸的橫面。沿著歷史的軌跡，一路縱深至此，已經是數百年的歷史，這數百年來無論沉寂或喧囂，都是台灣文學的各種面貌，比如清朝時代的台灣文學，儘管我們不認為那具有太高的文學價值，但卻不能忽視它們的存在，因為那一方面既承襲了漢學文化的淵源，一方面也代表台灣當地文學的濫觴。就橫面來看，在兩次鄉土文學論戰那些無意義的矛盾之後，現在的台灣文學可謂百花齊放，當寫實主義逐漸式微，以及政治力量的干預程度降到最低後，各類思想都可以灌注在文學創作裡，比如後設主義就是個典型的例子，它看似扭曲又產生了無數的再變形，都為文學創作提供了可觀的啟發性。」

我說著，舉了一些簡單的例子，介紹了幾本大學時特別喜愛的現代小說，但沒想到他們幾乎都沒看過。我好奇地探詢一下，才發現這些人平常幾乎都只看翻譯小說，至於台灣本土的創作，他們也只接觸到網路上的這一塊而已。

「好吧，那再換個角度，我們從另一個橫面去觀察，就寫作平台來做個簡單的說明：目前的寫作發表空間非常多元，除了報章雜誌之類的傳統平台，無遠弗屆的網路更是一個可供大家操作的空間。這個平台相當特殊，因為它與傳統管道有許多相異之處。關於這一點，我相信在座的各位一定都很清楚，而且我要提醒大家的是，在這個平台上，你沒有任何界線與範疇，想看的與想寫的一切都非常自由，並且跟每個人一樣，都具有完全屬於自己的發表空間，再也不受到任何限制。」說到這裡，我決定停下來，把發言權交給坐在一旁、聽得興味盎然的賽子雲，畢竟今天這個聚會是由他所發起。會議之初，眾人自我介紹剛過，他便請我先為大家講述一下目前台灣文學的概況，這一點我很承他的情，也不辜負那份賞識，當下便做了基本的說明，不過若要論起今日聚會的目的，當然還是應該由他自己來談，我就不便喧賓奪主了。

屁股剛落座，賽子雲還在蘊釀他的演說情緒，坐在我對面的短髮女孩朝我露出細膩而憧憬的微笑，那瞬間讓我心神一蕩。女孩剛剛自介時說過了，她還只是個大學二年級的中文系學生，不過已經有了兩本書的出版經驗，雖然都是名不見經傳的小出版社，但這樣的資歷已經夠格讓我稱呼她一聲「前輩」，筆名叫做鬆餅的她有好看的瀏海垂在眉間，笑起來非常可人。我禮貌地回了一個笑容，接著和她一起轉過頭，看向剛輕咳一聲，清了喉嚨，正要開口說話的賽子雲。

「多虧了萬兄的專業素養，否則如此漫長的文學史內容，要如何濃縮成可以一言以蔽之的精華版，這我大概三天三夜都想不出來。」他先朝我點個頭，帶著微笑，又面向環坐方桌三邊、包括我在內的一共四個人，說道：「既然各位已經大致了解自己目前所處的環境，那我便不再贅述太多。眼下，在我把今後的計畫提出來之前，我想請各位閉上眼睛，好好地思考一個問題。」他笑容一斂，非常認真嚴肅地問道：「這是一個任誰都能構築夢想、創造未來的新環境，儘管有太多的『前輩』或『名家』長期以來不斷詆毀我們、鄙視我們，認為我們的文字不過是門檻下亂竄的橫流，然而我們都清楚、也都知道，這些瞧不起我們的人，其實他們自己才是逐漸被時代所淘汰的可憐蟲。但要打敗這些百足之蟲並非易事，未來的榮景雖然已近在眼前，卻也不是隨便什麼人都觸手可及，想要享受摘星那一瞬間的甜美滋味前，我們還得奮力伸出手來才行。各位，請你們問問自己，做好決定了沒有？下了決心了沒有？如果有，你們就睜開眼睛來，點個頭，給我一個有勇氣與信念的眼神吧！」

他停了一下，見無人異議，於是又說：「很好，網路上的寫作者多如過江之鯽，而我今天只約了各位，就是因為這個緣故。眾裡尋他千百度，你們就是我要找的對象。今天想跟各位討論的，是在下這幾年耕耘網路文學的路上，一點小小的心得，以及一個終於不再虛幻的構想，想跟各位一同磋商。

「長久以來，我都在網路上觀察著此一類型於文學上的發展，也很確信網路文學將會是台灣文學接下來非常重要的一條發展路線，未來的三十年裡，除非有更進步的資訊傳播管道，否則，網路資訊的流通勢必仍是各類管道當中的第一名，遠勝於電視、廣播，以及報章雜誌。而文學藉由網路作為流通平台，將可以重新帶動一番趨勢，讓已經瀕臨死亡的台灣文學再次起死回生。不過目前的現狀是這樣，就拿各位來說，你們發表文字的管道，都屬於各家出版社所有，這些出版社各有其風格與路線，他們的網路平台也是如此。當平台的方向由出版社來主導時，很容易出現侷限性，打個比方來說，萬寶路他目前發表作品的網站，就是尚文出版社所擁有，而尚文最有名的作者是葉雲書，他們經營該網站時，就會希望網站上大部分的作者都跟著葉雲書的風格來寫作，因為這將是他們找到下一棵搖錢樹的好機會。」

我點點頭，心有戚戚焉，這話確實一點不假。打從碧茵介紹那個網站給我時，我便已經發現，那兒雖然沒有強制限定風格，但無論點閱率或出版詢問度，都是以愛情故事居多，其他類別的小說大多乏人問津。

「這是一道藩籬，而且是看不見的。儘管表面上是完全自由、是絕對的開放空間，但事實上，它始終無法拋棄這個現實的潛在規則。那麼，目前網路上有沒有真正的無限制空間呢？有沒有一個平台，是可以包容各類風格，讓每種類型的文學作品都能自由發展的呢？答案很令人遺憾，那是否定的。」賽子雲看著大家，他故意停頓片刻，好讓每個人吸收並消化他的論述，同時也跟自己所處的環境做個簡單的印證，然後才接著說出他的結論：「所以，我們需要一個那樣的地方，那地方將可以容納各式各樣的文學理念，允許各種不同的風格與類型，讓所有人自在地寫，不受經營者的主觀牽制，但同樣保有出版機會。

「這個地方只要建立起來，相信它可以在最短的時間內，吸引到網路上最多的創作者，讓每個有志於書寫、又不想走傳統平台的年輕人們都有一座自己的舞台。這個寫作嘉年華不會只是一時的，它將要長長久久地耕耘下去，成為台灣新文學的發展搖籃，更讓那些尸位素餐的前輩名家們跌破眼鏡——各位，我與你們都一樣，不是那麼重視文學究竟應該以什麼樣的形式來呈現，也從不計較文學究竟怎麼分類，或怎麼衡量輕重，大家的目的永遠都只有一個，就是自由、而且快樂地寫作，然後有合理的出版機會或環境，如此而已。那些壓抑或徬徨的苦悶時代應該結束了，就由我們來親手將它送進歷史。

「接下來我想做的，會是一個劃時代的建設，而這個大工程，我想邀請你們共襄盛舉，與我一起努力。」說著，他將預先準備好的資料分送到各人面前，那是幾張很簡單的圖表，有樹狀的、有環狀的，上面分別標註著一些簡單的說明。我沒有認真去看，跟大家一樣，都略低頭一瞄，跟著又繼續聽賽子雲的說明：「我們可以成立一個網路文學館，文學館所需要的網路空間由我負責洽談。『巨輪』是目前台灣最大的網路資源發展商，關於平台的建構，將由他們做統一規劃。而文學館目前暫定的內容就如圖一，它下轄小說、詩詞、散文以及館務四個單位，各單位分設管理人一名，就由我們現場諸位分別佔缺，在下不才，只在開館時百廢待舉的頭一年擔任館長，之後就遴選有德者居之。」

「在這裡寫作，真的能讓出版社看上我們嗎？」鬆餅看著表單，想了想，提出問題。

「這一點無庸置疑，」賽子雲笑著說：「當出版社的編輯打開視窗，進入文學館，看到的是一個個沒有任何出版社綁約的自由作者，而且各形各色的作品琳瑯滿目時，妳可以想見那種挖到寶的興奮表情。」

「但是『巨輪』真的會願意提供給我們這樣的網路空間嗎？」坐在我斜對面，現場年紀應屬他最大，是一個大約三十歲出頭的微胖青年，他筆名叫做木馬，專寫奇幻小說。

「當成立之後，我們的文學館將對外開放，接受一般公司企業的廣告刊登，這個收益經過初步的粗估，每個月將會有二十到四十萬，而我們文學館分毫不取，全都讓他們賺走也無所謂，光憑著這一點，『巨輪』就非常有興趣投資。就網路空間的用量而言，事實上，文學傳播所使用的空間其實並不大，尤其是在創館初期，作者與作品數量都還不多的時候。權衡損益，對『巨輪』這樣一家精打細算的公司來說，它的投資非常划得來。」

「如果有出版社邀約，我們需要經過文學館的同意才能出版嗎？」問話的是坐在我旁邊，看來橫眉豎目，一臉流氓樣的小夥子，他叫紐約客，據他自己介紹，目前從事廣告招牌的設計，但年紀也不過二十四、五上下，才剛退伍不久。

「不但不用，而且我們應該更加倍地用心，協助年輕的作者們處理合約事宜，這才是文學館最重要的宗旨與意義。」賽子雲說：「我們不是集合了一堆待宰豬羊，好讓每一家出版社把屠刀伸進來恣意妄為，反而應該集結眾人之力，讓作者們不再孤軍奮鬥。在座各位當中，木馬、鬆餅，乃至於在下，都各有幾本書的出版經驗，雖然談不上閱歷豐富，但至少對於合約的條款項目及其合理性與公平性，都稍有微薄的認知，相信這一點可以幫上很多人的忙。」說完，他看看我，現場四個聽眾當中，就剩我還沒提出疑問，然而我的問題又怎麼好意思在這裡堂而皇之地提出來？賽子雲頗是通情達理，他只看了我一眼，便瞧出我心裡的斟酌所在，說道：「當然，為了不耽誤各位原本的工作或創作，我們在文學館的管理工作上，雖然沒有制定薪水酬勞，然而藉由文學館的運作，或多或少都會有些利潤或機會，這些就公平分配，或各憑本事了。比如說，文學館的申請入館，申請者會需要一個審核動作，必須繳交至少一篇已完成的作品，以及微薄的審稿費用；或者我們以文學館的名義，對外招攬客戶，無論是撰稿也好，或者寫小短文之類的，那些稿費就由寫作者所得，當然，內定還是以我們幾位為主執筆，如何？」他最後一句話看著我問，讓人不覺有些羞赧，彷彿這段話只為我一人而說似的。腦筋一轉，我忽然想到一個提問，可以轉移這瞬間的小尷尬，「我還有個問題，」我說：「為什麼這麼多作者，你只找我們四個？」

「你可以籠統地稱之為緣分，或者更明確點，我會自豪地說，那是因為我有慧眼，相信你們是可以一起壯大文學館的人才。」

「有理由或根據嗎？」紐約客果然被我牽著鼻子走，跟著開口。

「沒有，」他堅定地說：「但我相信你們會用實際的成績，證明我的選擇是對的。」

我覺得自己像是坐在一間直銷公司的宣傳會場，思緒正隨著長袖善舞的講師飛升到九天之外，他先勾勒出一幅美好的藍圖，那甜美的未來世界簡直是個烏托邦，充滿了祥和與自在，我完全忘了自己在現實中置身的地方，其實只是東區一家麥當勞的二樓，反而彷彿浸淫在什麼宗教的極樂天堂裡。

然而轉念一想，不免又感到有些荒謬，賽子雲那豐富的表情與肢體動作，以及靈活生動的敘述，活像在發表一場精采的直銷演說，但當他講到慷慨激昂處，尤其是攸關台灣文學存亡的問題時，他激切嚴肅的口吻，又像極了歷史課本裡頭，孫文先生在檀香山或東京籌組興中會、同盟會之類組織時的模樣。我宛如見證了一個歷史鏡頭般，甚至賽子雲的形象似乎就跟孫文忽地重疊了起來，那個一手負於後腰，一手握拳上舉的姿態，一個是救中國的人，一個則是救文學的人。不過諷刺的是，歷史課本裡的圖片沒什麼背景可言，但我所目睹的現場，卻有小孩互相追逐，打翻可樂，然後嚎啕啼哭，以及旁邊靠窗那兒，兩對小情侶好不甜蜜的模樣。我兀自畏懼著，生怕這麼後現代意味十足的弔詭畫面，可能象徵著什麼不祥的詛咒，會帶來怎樣的悲慘結局。

文學館的建立並非一朝一夕之功，網站架設後還有繁忙的測試工作，需要漫長的等待，因此我的燃眉之急終究還是無法獲得解決，最後是碧茵幫了個忙，她上班的機構裡有些同事的小孩需要作文家教，介紹我去上了幾堂課。

學生的程度十分貧乏，但反正我也不是非常用心，下了課，已經晚上十點多，拿了當天的薪水，我搭上捷運。今晚碧茵不在，她的老父近來身體欠佳，得有人照料，因此她每週至少會回南部一趟。趁著夜來無事，稿子又不急，我接受了一個邀約，就在敦南誠品。

鬆餅穿著洋溢青春氣息的長裙，配上一雙可愛的球鞋，很大學生的模樣，不過臉上卻帶著苦惱的神色。那天聚會的最後，賽子雲出了一個難題給她，要她為文學館命名。原本一個集思廣益會比較好的工作，丟給了一個還在學的學生，這項任務讓鬆餅煎熬不已，幾天下來，苦思不已的結果，就是臉上出現了明顯的黑眼圈，最後只好找我幫忙。

「這實在太為難我了。」苦笑著，她說。當時鬆餅就曾婉拒過，認為自己力有未逮，然而賽子雲一點也不擔心，還說不急，可以多花點時間，好好思索一下，偌大的中文世界裡，總可以找到適合的命名。

敦南誠品很有書店的感覺，但我卻鮮少在這裡購書，理由很簡單，這兒折扣太少，買不起。陪她逛著一列列的書，不急著討論命名問題，倒是先聊起了寫作與出版，鬆餅那兩本愛情小說都是前年出版的，賣得其實也不怎麼樣，她很懷疑自己是否能在這條路上繼續走下去。「你看這裡滿坑滿谷都是書，但究竟有多少本是大家耳熟能詳的？每一本書對作者而言都是心血的結晶，可是印出來後卻可能被擱在陳列架的最角落，放在那裡，經年累月地蒙塵，一本也賣不出去。這樣的書，寫出來真的有價值嗎？如果我是那位作者，一定會感到非常難過。」鬆餅說：「所以自己的書出版之後，我一次也沒去書店找過，就是因為我很清楚，那些書不可能擺在什麼顯眼的地方。」

我點點頭，那種愛情故事的書本開數小，放到書店裡當然不顯眼，再加上封面都設計得讓人眼花撩亂，而且出版量又大，很快就會被淘汰。鬆餅說當時才高中，根本不懂得合約內容，盲目簽下之後，就整個賣斷出去，只拿到微薄的稿費，現在想起來還後悔不已。

「往好處想，至少妳還得到經驗。」我安慰她：「在我眼裡，你們都已經是非常了不起的了，我可是連一本書都沒出版過呢！」

「你一定可以的。」鬆餅看著我，很認真地說：「或許你自己可能不這麼認為，但賽子雲找我時，還特別強調，你將會一起參加這次聚會。那時我就覺得很榮幸，沒想到可以見到你。」

「有這麼了不起嗎？」我感到受寵若驚。

「只要有在那個網站上看葉雲書的小說的人，十之八九都會知道你呀。」她綻開了笑靨，「我猜過不了多久，一定也會有出版社找你的。」

我說要真那麼走運的話，那可就蒙她金口賜福了。事實上，看著書店裡汗牛充棟的畫面，我自己偶爾也會這麼想：那些出版品難道真的都是上上之選嗎？難道每一個作者的文字都比我精練或華美嗎？撇開非文學類的書籍不談，那些陳列在文學區的作品，真的都具有非被出版不可的價值嗎？如果不是，那它們又怎麼會變成書？如果那些作者都是可以被超越的，那什麼時候，我才能超越他們？一想到這裡，我忽然覺得或許自己不該浪費時間，應該早點回去寫故事才對。

「所以文學館的命名究竟該怎麼辦呢？」沒有察覺到我心裡驀然而生的洶湧翻騰，鬆餅問我。

「找吧。」我收起那些感想，回頭給她一個微笑，還順手拿起了一本《辭海》。

這本《辭海》總共有一千四百多頁，隨手翻閱，不斷地找，只要看到合適的字詞便稍微討論一下，但無奈的是，始終沒有真正足以代表文學館精神的。一邊翻找，我不時就著那些字詞的典故說點小故事，逗得鬆餅發笑。翻到水字邊的部首時，我說：「『瀅心』這個名字如何？瀅者，水清澈貌也，寫作者最需要的，就是清靜的心，這是希望文學館裡的作者們都能有顆平靜的心，可以沉澱、可以思想；或者『淬語』？淬者，有淬礪、淬勉之詞語，都是使之堅固的意思，而寫作者字字珠璣、語語精練，最需要的就是對文字的掌握。」拿給她看，我同時解釋。

「怎麼都是跟水有關的呢？」她納悶。而我笑著回答：「因為我眼前就站著一個可愛的女孩，有好看的五官、好聽的聲音，還有豐富的思想與靈魂，著實美極，忍不住讓人聯想到《詩經》裡的那篇〈蒹葭〉，說的是『蒹葭蒼蒼，白露為霜，所謂伊人，在水一方』這幾句，都是水，所以想到的名稱也都是水字邊。」於是她便一起笑了。

窮耗整晚，雖然說說笑笑，卻始終還是一無所獲。這本來應該是她的工作，但現在完全落到我的頭上。鬆餅說她之所以選擇中文系，其實並非因為什麼文學使命感，純粹只是考上了，於是也就念了，就跟大多數讀中文系的人一樣，而畢業後會不會走別的路，這她還沒開始考慮。我完全能夠明白她的處境，就跟我那些大學同學差不多，上次同學會已經完全證明了這個結果。

在書店裡不見天日，當我們終於都感到疲倦，肚子也餓了，緩緩步出時，才赫然發現天色竟已慢慢亮起，冬末的台北天空很晦暗，雖然不怎麼冷，但也還頗有涼意。陪著鬆餅一起走到附近的麥當勞，還不到供應早餐的時段，我們點了熱可可，一起坐在櫥窗前。看著正要慢慢甦醒的台北，鬆餅忽然有感而發地說：「你有沒有覺得，人的一輩子，除了浪費太多時間在等待之外，剩下的則幾乎都在想，想著今天午餐要吃什麼、想著接下來的升學計畫、想著社團活動應該如何安排、想著寒假要不要出國去玩、想著壓歲錢能拿到多少……太多無止境的想，但是想來想去，卻沒有什麼是真正能握在手上的。」

「人跟人之間的問題是永遠都想不完的。」而我說：「所以我們才需要寫作呀，書寫有時候是一種與自己的對話，妳可以問問自己，這些問題的答案究竟在哪裡。」

「但我已經想太多，也已經想太久了。」鬆餅說：「我大一下學期就搬出學校宿舍，自己住在外面，沒有什麼朋友，跟同學的關係也不算親近，大部分的時間都耗在圖書館，或者坐在電腦前面。我常常在想，即便我想了這麼多，但應該用什麼方式說出口？就像你說的，書寫。然而當這些想法著落成文字時，它又應該以什麼樣的方式來呈現？是小說？還是詩詞？可是我真的能夠寫出自己所想的嗎？又或者我需要的不是書寫，也許我只是需要一場對話，或者傾聽的對象？可是我只有一個布娃娃，連隻寵物都沒有。」

「那這麼說來，或許妳需要的其實是一隻不佔空間也不會吵鬧的倉鼠之類？」我笑著說：「但最根本的解決之道，是請妳停止腦袋的運轉，別再繼續想下去了。」剛說完這句話，我自己的腦子裡倒是飛快地輪轉，猛可間忽然省悟，一拍大腿，我在安靜的麥當勞裡大叫一聲，嚇了鬆餅一跳。

「我知道文學館該取什麼名字了。」看著鬆餅，難掩興奮，我說：「唐代詩人賈島，窮盡心力地苦吟，就為了到底應該是『僧推月下門』好呢？還是『僧敲月下門』比較通順，而今我們雖然沒有為了一個字而捻斷三根鬚，但也喝了不少杯免費續杯的咖啡，思之再三卻始終苦無所得；可是孔夫子也說了：『再，斯可也』，既然如此，與其我們花時間，想破了頭也弄不出個文學館的大名，不如就把精神省下來，這點微末細節的小事，『再』，斯可也，就叫做『再思文學館』吧？」

第四章 大風起兮雲飛揚

儘管碧茵抱持著一點懷疑，認為這樣的轉變來得未免突然，但不可否認的，在我轉移陣地到了「再思文學館」後，無論是小說點閱率，或是讀者的留言與回應都大幅成長增加，推敲其原因，我想最主要的是，在這個大家都一樣默默無聞的文學館裡，我畢竟還算得上是「當紅人物」，所以目光焦點當然集中過來；反之，若是在原本那個尚文出版社的發表空間裡，就只能當葉雲書的附庸，任誰都是先看完他的小說，才會再注意到原來還有其他人。

賽子雲給了我一個肥缺，在網站的小說館擔任館主一職，開館之初的前兩週，我每天要審核十數篇的申請稿件，那些故事內容優劣不一，但大多數都能通過審核，理由無他，因為賽子雲私底下對我說了，與其讓申請者被屏於門外，不如放寬標準，讓他們進館，先製造出網路上的聲勢，再經由優勝劣敗的自然法則，讓不適者慢慢淘汰。為了避免爾後蚊子版面充斥，他甚至向我拍胸保證，會一起協助管理。而每受理一件申請，他便向「巨輪」申請一筆審核費用，就從那些廣告收益中提撥出兩百元給我當做酬勞，如此一來，我等於每天大約有上千元的進帳。

不過當然也不是每天都能有大量的申請，而且光是看那些光怪陸離的小說，久了也會疲乏。再思文學館掛牌上線之後，才不過一個多月時間，小說館已經有了一百七十餘個創作版面，也就是說，這兒同時聚集了將近兩百位的自由作者。我一邊審核別人故事的同時，也一面創作著自己的小說。鬆餅告訴我，之前我那幾篇在網路上頗獲好評的故事，之所以沒有被出版社相中，最主要的原因應該在於篇幅。一般而言，台灣的網路小說都不會太長，但至少也應該在八萬字以上，而我已發表的故事最長不過五萬字左右，因此很難成書，所以她建議試著寫作一個真正的長篇，或許就能帶來新的機會。

這一個多月來，我幾乎足不出戶，審核稿件的收入已經足夠維持生活，還順便繳付了房租跟手機話費，雖然卡債一時之間還不完，但那倒無所謂，反正只要付得出最低應繳額，銀行也不會來煩我。

在那斗室中，我又跟之前見獵心喜、模仿葉雲書寫作風格時一樣，每日一睜開眼便翻身下床，坐在電腦前開始聚精會神地敲打鍵盤，中午的午餐就不吃了，一路寫到傍晚，才下樓到附近的自助餐店草草解決一頓飯，然後晚上又寫到困倦不已時才甘願休息。那樣的日子裡所生產的文字產量頗為驚人，幾乎每天都能維持數千字，最後這兩天，我更是一鼓作氣，拚著兩個晚上不睡，寫完了長達十三萬字的故事。當碧茵一邊拭著眼淚，充滿感動地看完這故事後，她深深感慨地對我說：「現在我終於真正明白了，你那個前女友並沒有給錯評價。」抱著我，她語帶哽咽地說：「你真的是天生就該吃這行飯的人。」

對於碧茵的感想，我沒有什麼反駁，但也沒有全然接受。小說名叫「六月的詩歌」，裡頭非常詳實地記錄了一個愛情故事。採用女性做為第一人稱，用這女孩的觀點，來看待一段歷經千辛萬苦後，終於修成正果的愛情。小說為求戲劇張力，不免加油添醋，但大致的內容都參照真實的經歷，而女主角所有細膩的心思，我更傾全力大加鋪排、掌握到位。能夠如此精確地抓住女性的思維，最最主要的原因是，她就是仿照碧茵的個性來寫的。而故事之所以蕩氣迴腸，則是因為小說裡的男主角不止多情風流，還才華洋溢，身邊多的是脂粉佳人，非得到了故事的最後，他才終於恍然大悟，明白女主角對他用情是何等之深，從此痛改前非，不再當一個愛情世界裡的浪子。這個苦命不已的女主角既然是碧茵，那麼男主角當然就是我，整篇故事所寫的，就是我們兩人的戀愛經過——雖然變成小說以後的劇情安排實在曲折得有點過分。

這篇故事在我的個人網頁發表之初，讀者反應並不熱烈，然而拚著一口氣，我很賣力地在小說中大灑狗血，非得讓情節迂迴曲折不可，結果完結篇剛發表的那天，整個留言板瞬間被塞爆，大量的讀者回應紛紛湧入，我根本來不及一一回覆；雖然那只是虛擬空間裡的世界，但我幾乎可以想見，倘若置換在現實環境裡，一定就是萬人空巷的熱烈。不過清一色地，那些留言全都在為女主角的癡情讚嘆不已，而全體讀者則一致譴責男主角的貪花好色與不夠珍惜。

「一口氣寫完十幾萬字的感覺如何？一定很過癮吧？」拍著我肩膀，鬆餅笑著說：「這種爆發力實在太驚人了，我昨天才跟賽子雲說，要幫你取個『故事製造機』的封號。」

我笑著，有些祕密可不好意思輕易說出口。事實上在「六月的詩歌」大概進行到一半時，我的身體就已經出現了不太正常的反應，小便時老感覺龜頭的地方有些灼熱感，而跟碧茵幾次性愛，射精時也發現精液的顏色居然偏黃，那當下我心中隱約感到不妙，唯恐自己出了什麼差錯。今天早上出門時，特地先繞道醫院去做檢查，醫生先問我是否去了什麼不乾淨的地方「玩」，或者「玩」的時候沒做好安全措施，然後才告訴我其實並無大礙，只是輕微的尿道感染，進而引發了睪丸發炎而已。看著那個醫生似笑非笑的臉，我倒是一陣氣餒，一一搖頭，最後在醫生的引導詢問下，這才找出致病原因，原來是我長時間坐在電腦前打字，一邊抽菸一邊喝水，但又經常憋尿，這才引起感染。拿著藥袋離開醫院時，我看著久違的戶外陽光，哭笑不得許久，從前只知道古人焚膏繼晷，刻苦付出，卻從沒想過他們是否憋尿，搞不好那些夙興夜寐、懸梁刺骨，就為了拚一個功名的古代讀書人，其實每一個也都患了尿道炎？

「這感覺是真的挺過癮的。」我輕描淡寫，用最輕微的一個微笑，來表達所有的心情，然後跟鬆餅並肩一道步入餐廳。

「但那個男主角真是一個大壞蛋，簡直就是見一個愛一個。」說著，她若有深意地瞄我一眼，不過臉上還帶著微笑。

「那是小說。」苦著臉，我特別強調。

「小說可是會反映現實的。」

「現實是那個男主角窮得只剩下才華，不過才華卻不能填飽肚子，所以只好來這家餐廳白吃白喝別人的宴會。」我攤手說：「而且這頓霸王餐妳也有份。」

這是一家很道地的美式餐館，菜色豐富自不在話下，但之所以選擇此處做為聚會場所，最主要的原因是餐廳秉持著美式風格，可以放任客人吵鬧。這是一次很特殊的聚會，至少對我而言是如此。小說館昨天來了一位稀客，她是幾年前曾經在網路小說的世界裡引領風騷好一陣子的女作者，筆名很日本風，叫做雨子。這名字對我其實非常陌生，但她申請入館的資歷洋洋灑灑好大一頁篇幅，讓我錯愕不已，待向賽子雲詢問後才曉得，原來我們文學館聲勢之隆，連雨子這樣的前輩也為之心嚮，竟然主動提出申請要加入。審核通過後，賽子雲用最快的速度為她架構好個人版面，並在她的留言板上道賀一番，跟著便是館內許多作者們蜂擁而至，紛紛前來朝聖。雨子鳳顏大悅之餘，便乾脆公告舉辦聚會，地點是她自己選的，就在這家餐廳，要請所有人吃飯。

「要論網路小說鼻祖的話，我看雨子算得上是名符其實了，連葉雲書都比她晚。」鬆餅告訴我，早在台灣開始流行網路平台時，雨子就已經提前嗅聞到這股山雨欲來的氣息，經常在線上發表作品，而且筆鋒辛辣、描寫大膽，更為她贏得了「女王」的封號。雖然若干年來，在氣勢上有下滑趨勢，但她的地位之崇高，還是頗受讀者景仰。

「這麼厲害？」我咋舌。

「你知道她第一本成名作，描寫的是怎樣的故事嗎？」鬆餅說：「她寫的是一個賣春女孩的故事，還把第一次做愛的所有細節全都滴水不漏地寫出來，然後在後記裡告訴大家，那全都是她自己的親身經歷。」

「包括賣春在內？」我有點不太相信，不過鬆餅笑著說，這問題不妨待會讓我自己問雨子，「反正就像你自己說的，那是小說，天知道呢？」

這聚會的熱鬧場面，讓我恍如置身誰的婚宴會場，差別只是規格稍微小了些。席開八桌，擺上店家的各項招牌菜色，這些賓客全都是文學館裡的作者與讀者，大家彼此大多互有耳聞或認識，因此聊起天來絲毫不見尷尬或陌生，反而更加熱絡。雨子穿著一件亮紫色的平口小禮服，裸露出半邊胸脯，她豐腴飽滿的兩團肉呼之欲出，看得現場所有男人全都傻眼；不過雨子本人倒是一點也不以為意，甚至令人不禁懷疑，或許這正是她願意大方展現的傲人本錢。一桌一桌寒暄問候，親切地向大家招呼，雨子來到我們這桌前時，賽子雲站起身來，非常禮貌地點頭致意，並且為她介紹，雨子一聽到我的筆名，忽然定住了笑容，非常認真地問：「雖然這是個奇蠢無比的問題，但我真的很想跟那些無知的小朋友一樣，想知道你那篇「六月的詩歌」當中，究竟有多少是真，有多少是假？如果是真，那你這男人未免也太過薄倖，但倘若是假，你那些女性心理的描寫又是怎麼寫出來的？」

我愣了一下，沒想到雨子竟也看過這故事，還沒來得及找到一個應對的心情，當下跟著起身，只能強自鎮定地回答，我告訴她這故事主架構幾乎都是真實事件，當然為求戲劇效果，免不了有加油添醋的地方。

「你寫了一個負心薄倖、偏又風流瀟灑的男主角。」她挺起胸脯，雙眼帶媚地問：「就以這部分而言，它有加油添醋嗎？」

「那就見仁見智了。」而我苦笑。

雨子點點頭，她也不再多問，朝眾人舉杯後，轉身要往下一桌去，但就在迴身時，她忽地又停下腳步，回頭給我一個充滿曖昧的笑容。那瞬間我為之一顫，不知該如何反應才好，等到坐下後，鬆餅才輕輕地「哼」了一聲。

「看來你不必去問她那個賣春的橋段是真或假了，這騷狐狸。」她呸了一口，嘟起了嘴。

直到聚會結束，我都還無法忘懷那席間所見的許多畫面，八桌賓客，無論是作者或讀者，幾乎每個人都曾受到雨子的小說啟蒙，每個人都對這個年過三十，但保養得非常仔細，臉上除了性感冶艷的風情不小心透露出她的閱歷之外，其他各方面看來都非常年輕的女人傾倒不已。她巡桌問候時，身邊還跟著一個小助理，那小助理大概是全場最辛苦的人了，不但要接過與會者獻送的花束，還有各式各樣的小禮物，有卡片、有布娃娃，還有一些包裝起來的不曉得什麼東西。雨子始終笑吟吟地面對大家，她態度自若地接受萬民朝拜，但又看不出一點驕傲或自滿的神色，好像這些崇拜的話語她早就習以為常似的。直到聚會最後，桌椅拉開，她索性就辦起了一場簽名會。

我完全沒看過雨子的作品，當然一本她的書也沒帶，只能站在角落遠觀，直到一切結束。就在我們幾個人準備離去時，那個小助理才慌慌張張地，穿過人群，跑到我們面前來，她手上拿著一張餐廳的便條紙，塞到我的手中，也沒多交代什麼，只說雨子對我的寫作風格與內容頗有興趣，如果我不介意，之後不妨照著便條紙上的電話號碼，可以跟她聯絡聯絡，聊聊寫作的經歷與心得。

「看來傳言也是真的。」冷不防地，鬆餅又鄙夷地笑了一聲。

「什麼傳言？」我一愣。

「聽說雨子對長得好看的男作者一向都很有興趣。」

「那我待會就把這張紙條交給賽子雲，要論有型的話，他的山羊鬍子很有型，或者我可以拿給紐約客，要比男人味的話，他也比我粗重豪邁。」我笑著說。

「你怎麼知道，搞不好人家雨子就喜歡你這種書生樣的？」走出餐廳，朝著捷運站的方向去，鬆餅還繼續調侃。

「該看上我的沒看上我，不需要看上我的倒是對我有興趣了。」我聳個肩，毫不猶豫，將便條紙塞進了捷運站入口處的垃圾桶裡。

「該看上你的？這麼臭美，誰呀？」她還順著我的話又說，但我沒有回答，卻問她：「我們去淡水河邊散步，好嗎？」

碧茵問我這樣的生活方式，是否已經讓人感到滿足，但我搖頭。當第一波的申請入館熱潮過去後，文學館的基本規模已經建立，接下來的申請者也就變得十分有限，我的收入於是相對地開始下降，這是一個很大的隱憂。

然而我也告訴碧茵，在看過那麼多申請者的作品後，其實我對自己相當有信心，認為只要再多等一點時間，接下來一定會有好事發生。

說是這麼說，儘管碧茵也認同，但我多少還是有點顧慮，偏偏這兩天李守全忽然又冒了出來，他打過幾通電話，又滔滔不絕地說起那套理財經，並不斷向我灌輸窮人才應該投資的觀念。煩悶中，我只能藉由寫作小說與回憶那天跟鬆餅的愉快約會，好轉移自己愁苦的情緒。

那天在淡水河邊，夕陽西垂，我們走了一圈又一圈，聊學校生活，聊未來的夢想，也聊到感情。鬆餅沒有男朋友，她渴望愛情，但同時也帶著畏懼，就像每個抱著少女情懷的年輕女孩一樣。從頭到尾，我沒牽她的手，也沒多說什麼，卻在即將離開捷運站前，忍不住輕輕地親吻了她的臉頰。那是個非常綺麗浪漫的畫面，至今我彷彿還嗅聞得到她身上淡淡的微香。如果這是我們美好的第一步，那麼接下來會怎樣呢？我忍不住心蕩神馳，正想入非非，也打算拿出手機，或許傳個簡訊給她，結果電話卻先響起，賽子雲說他就在附近，剛忙完事情，問我要不要喝杯咖啡。

我依約前往，就在幾條街外的咖啡店門口，只見他穿著筆挺的襯衫跟牛仔褲，非常有活力的打扮，胸前還掛著工作識別牌。我這才知道，原來他除了寫作，還在一家建設公司上班。不過他也笑言，那只是打工而已，該公司的董座是他彰化老家的親族中，一位非常富有的長輩，大樹底下好遮蔭，他研究所畢業，退伍後就一直在那裡任職，美其名是個助理，但事實上絕大多數的時間裡，他都埋首於自己的創作中。

「你明知道這些作品雖然有群眾支持，但對整體市場而言畢竟只是小眾，偏偏還是朝著那個方向走，這又何苦呢？」我問。賽子雲的這個筆名很中文，但他寫的東西一點也不古典，相反地，與他長期合作的出版社，至今已經出版了好幾本書，都是一系列的懸疑或驚悚小說，偶爾融入一點現代武俠或奇幻的概念，也有一些反應社會現實或荒誕的部分，雖然非常多元，然而據我所知，他的銷售量並不好。

「這叫做逆向操作。」他一點也不以為意，還得意地說：「看的人少、寫的人少，那麼飯碗裡的飯搶的人當然也就少，因為搶的人少，所以我只要一張開嘴，就會全部吞進肚子裡。」

「但那也不過就只是一碗飯，你上館子難道永遠只點一碗白飯？」

「當全世界就剩你一個人能把這碗白飯端好時，你還怕沒時間往旁邊去伸筷子嗎？再說，現在市場上滿坑滿谷都是愛情故事，競爭太大，多我一個不多，少我一個也不少，實在沒必要跳進去淌渾水。你就不同了，你從一開始就在尚文的網站發跡，而尚文最具代表性的作家是葉雲書，愛情故事是他們的大宗，你會走這樣的風格，也是很合情合理的事。」

我不知道這論點究竟是對或錯，反正人各有志，誰也勉強不來，況且雖然銷售量不佳，但賽子雲的個人版面確實每天都有很高的點閱率，而且讀者對他推崇備至，每個人都崇拜不已，還封他一個「鬼才」的綽號。只不過這個鬼才跟我一樣，誰也沒好到哪裡去，都是苦哈哈的樣子，我們沒閒錢進咖啡店去喝杯咖啡，只好到附近的便利商店買瓶可樂。賽子雲說：「他們那種超級出版社，規模太大，眼睛都長在腦門頂上的，常常看不起我們這些小作者，當然對咱們文學館也不屑一顧，你看，館內那麼多作者，半個在尚文出過書的也沒有。而那些不肯過來跟我們合作的作者，他們寧可留在自家的網路平台上，好爭取編輯的青睞。所以我們更不能鬆懈，眾志成城，大家只要一起努力，憑著這麼多人，寫出這麼多風格的文字，總有一天，咱們會趕上去，而且超越他們的。」

「但人家的網站背後，可是一個大出版社在撐腰，而我們呢？」

「這一點你不用擔心，我會想想辦法。」他說：「不過如果有機會的話，你倒是應該去見識見識，看看像葉雲書那樣的大作家，人家風光到什麼地步。」

「看到雨子的網聚還不夠震撼嗎？」我笑說。

「要跟真正的巨星相比，那個大奶子的老女人可差遠了。」他忍不住哈哈大笑，說：「論氣度或規格，葉雲書絕對都在雨子之上，那是形象塑造的問題。不過話又說回來了，形象這種東西是個屁，哪天我高興的話，也可以封自己一個什麼神的封號，反正網路上你愛怎麼吹捧自己，那都隨便你。至於下了檯面後的德行，那又是另外一回事了。」

「是嗎？」我半信半疑。賽子雲聳肩說：「就算你在簽書會的時候可以斯斯文文，像從《倩女幽魂》裡走出來的寧采臣，但如果打開汽車旅館的房門，有一個馬子在裡面隨便你玩的時候，你雞巴難道不會硬嗎？」

賽子雲說他曾在網路上嚴厲地批判過，當初葉雲書有幾本寫得非常濫俗的愛情故事，在市場上大受女讀者好評，那是他奠定天王地位基礎的代表作，這些故事我也曾透過碧茵的介紹約略看過，確實寫得極盡狗血之能事。不過儘管如此，看完後，我只不過是把那些負面的評價放在心裡，用以前中文系那四年所學的眼光與標準來加以審核，並且小心翼翼地，盡量避免在自己的寫作中出現類似的毛病。然而當年賽子雲卻沒這麼客氣，他在自己的網路空間上大加撻伐，強烈批評這些八流小說，當時還在網路上引起不小的筆戰旋風。這些批判性十足的文章，我最近幾天才陸續看完，心中深深地覺得，或許葉雲書的小說確實庸俗了點，但那畢竟是網路小說市場的口味取向，況且人家好歹是開創網路小說盛世的重要人物，賽子雲措辭強硬的批判，實在讓我有些不敢苟同。不過那也罷了，畢竟這是他們的陳年往事。

經由台北車站轉車，搭乘捷運到世貿展覽館，甫一走出捷運站，立刻就感到明顯的人潮。今年的台北國際書展擴大舉辦，據說展覽館全都人滿為患，我跟碧茵互相慶幸，還好我們只對館內的文學類書籍有興趣，畢竟看女模、買公仔或漫畫、動畫的年紀已經離我們有點遠了。購票入場後，裡面更是人山人海，多的是逛展的民眾還拖著行李箱，看來打算大肆採購。步履維艱地揮著人群前進，手執展場資訊，按圖索驥走了一小圈，我駐足的大多是那些傳統文學類別的出版社，多少年來，這些純文學作品始終都是我的最愛，誰想得到忽爾一日，我卻成了網路愛情小說的寫作者。而更諷刺的是，作者為了求生存而寫輕文學也就罷了，連幾家老派的出版社也開始走起這路子，讓我心中實在頗不以為然，倒是碧茵說得好，你要吃飯，開出版社的難道不用吃飯？

逛了片刻，買了幾本書後，身上的餘資已然無多，但反正時間也近了，於是我領著碧茵，朝著會場的活動舞台過來，下午三點，正是人最多的時段，也是重頭戲上場的一刻。不過在主秀之前，我先被嚇了一跳，兩次跟鬆餅的約會，無論是在敦南誠品或淡水，我都保密到家，一次也沒對碧茵提起過，沒想到在簽書會的座位區外頭，大夥碰面時，鬆餅先興奮地對我叫了一聲「學長」，跟著就說：「每次跟你聊天都有很多收穫，希望下次還有機會，咱們再來個促膝長談。」

「你什麼時候變成她的學長了？」乍聽之下，碧茵一頭霧水，還轉頭問我。

「反正念的都是中文系囉。」而我帶點心虛地說。生怕碧茵再問下去，我趕緊岔開話題，要她先找座位，自己則偷偷地跟鬆餅眨眼示意，鬆餅也頓時領會過來，還朝我露出了頑皮的笑容，她俏皮地吐個舌頭時，那模樣真是可愛。

這是我頭一次見到葉雲書本人，果然一派書生模樣，文質彬彬、斯文有禮，他穿著粉紅色襯衫，筆挺的牛仔長褲，頭髮梳得恰到好處，再配上金色細框眼鏡，更顯得瀟灑翩翩。主持人簡短的開場介紹後，葉雲書接過麥克風，說起話來不疾不徐，充滿文人的書卷氣息。而我略微環顧，這裡已經座無虛席，整個區域佈置得非常華麗，有一大張葉雲書的新書海報，就懸掛在會場的舞台上，他被幾個出版社的工作人員簇擁著，簡直就像藝人或明星一樣尊貴。台下這邊多的是手捧一大疊小說要等候簽名的讀者，剛剛他們準備進場時，還得先排隊領取號碼牌，才能依序魚貫地入座，有些太晚來的，則連座位都沒有了，只好站在走道上。原來這就是所謂的天王級規格，果然跟雨子那一場網聚很不一樣，真的是人外有人，天外有天。

這時我忽然發現，那些讀者居然幾乎都是女性，年紀多在十幾到二十來歲之間，我看得瞠目結舌，沒想到所謂的網路小說，讀者群竟然都這麼年幼。但看著看著，念頭忽然就轉到了齷齪的地方去，賽子雲說的，哪個男人不是這樣？尤其像葉雲書這樣的人物，呼之即來的女人可能車載斗量、取之不盡時，還能君子到哪裡去？我忍不住「噗」地笑了出來，還引來碧茵的好奇眼光。

在那簡短的致辭中，葉雲書談論的都是與小說有關的內容，以及他的年度出版計劃，同時感謝現場許多書迷朋友的支持。當致詞結束，開始簽書時，碧茵興高采烈地拿著她剛剛才買的小說就要去排隊，而我依然坐在座位上，看著兩個臉上露出羞怯表情、把幾本小說遞給葉雲書的女讀者，其中一人的手裡還捧了大束鮮花，但她連親手交給葉雲書的資格都沒有，花束才捧上來，就被旁邊的助理接了過去。瞧著，我心裡竟忽然升起一股不平之氣，原來這就是所謂的天王，天王的規格原來就是這等排場，只可遠觀，仰之彌高，尊貴得連手都不能被摸一下。

「沒看過簽書會吧？感覺如何？」不知何時，賽子雲已經坐到我旁邊來，鼻孔中哼出一口氣，說：「難怪每個人都想幹掉這位一哥呢，你加油，大丈夫，有為者，亦若是。」

「那是應該的。」我站起身，接下來的畫面已經讓人不想再看下去了。瞧著一個幾乎每晚都跟自己睡在一起的女人，捧著一本實在沒什麼文學內涵，只有愛情跟搞笑內容的小說，眼巴巴地排在隊伍當中，去找一個坦白講我覺得長得根本不怎麼樣，寫得更未必比我好的作者要簽名，這種畫面還有什麼好瞧的？我很羨慕葉雲書的地位與收入，但可不想成為他的信徒。

「不看了？」賽子雲問我。

「你剛剛用劉邦的那句『有為者，亦若是』來形容，我認為稍微差了點。」再瞄最後一眼，正好碧茵終於排到了葉雲書的桌前，簽下名字的那一刻我趕緊轉頭，對賽子雲說：「站在我的觀點，我會用項羽說過的話，他說：『彼可取而代之。』」

夜深人靜時，台北城終於陷入一片沉睡之中，但我斗室裡的燈光還依舊亮著。一個故事的開頭總是艱難卻又帶著興奮感的，我把音樂開得很大聲，讓它不斷迴盪，撞擊著耳膜，也撞擊著心。飛快輪動的指頭在鍵盤上拚命敲打，才短短一個小時左右，我已經寫了將近兩千字。

但無論如何投入在故事裡，我始終無法抹去今天下午所見的畫面。那是一種令人無比震懾的感覺，當他氣定神閒，絲毫沒有半點怯場，站在台上，手拿麥克風，對著台下將近兩百多人侃侃而談時，那種自若的神色，是歷經了多少場次的公開活動後才鍛鍊出來的？不過就是這樣的文字而已，他是怎麼吸引眾多讀者的呢？難道除了文字，他還有其他擄獲人心的方式？不知不覺間，我停下了手指的動作，點起一根香菸，腦海中繼續浮現的是葉雲書說話時的模樣，他今天下午簡單地提到了一些關於網路文學的概念，那與我們再思文學館的想法確有不謀而合之處，比方說，他認為網路文學不應該只侷限在愛情故事裡，當然也不必只有他葉雲書能是唯一的代名詞，自己不過是碰巧走在這股潮流的最前面，但之前的路如此孤寂，未來他則希望台下的年輕人們，不要只當個小讀者，大家都應該嘗試著書寫自己的故事，他還希望有朝一日，當尚文出版社再辦一個類似這樣的活動時，能夠有除了他之外的更多作者一起上台。

我想著想著，冷笑一聲，把小說檔案給關了，卻開啟了我的網路頁面，看著那滿滿的留言與點閱數字，心裡想著：真要那麼有心，想鼓勵後輩的話，怎麼不見你推薦過誰？或者，也沒見你幫誰寫過什麼序文之類的，甚至連掛名推薦都沒瞧見過。嘴巴上說的是一套，但做的卻不見得是這樣吧？手指在滑鼠上輕敲幾下，再次打開檔案，心中冷笑，正想加緊速度，繼續寫我自己的稿子時，電話忽然響起，都凌晨兩點了，李守全居然還打來，劈頭就問我考慮得怎麼樣。

「考慮什麼？」有點不耐煩，我只好先將音樂關小聲。

「就是上次說的那筆基金呀，現在金價這麼貴，連帶整個貴重金屬的行情都跟著翻漲，要是不趕快進場的話，機會可是不等人的呀！」他急忙忙地說著：「你先不用考慮進場的金額，反正小筆小筆地買，咱們積少也可以成多的嘛。而且你參照我上次給你的建議，不要偶一為之地買，先做好評估，有個規劃，定期定額地投資，這樣才會穩定，也才會賺錢。除了這支基金之外，另外還有個好康的優惠，咱們老同學了，肥水不落外人田，我跟你說……」

把手機稍微移開一點，我真的不想再繼續聽下去。最近文學館申請加入的人變少了些，我的收入立刻跟著縮水，眼見又快回到前陣子三餐不繼的窘迫生活了，哪來多餘的財產可以投資？耳裡聽他絮絮聒聒還囉唆不停，我被惹得焦躁起來，正想拿起手機，破口大罵幾句，然而電腦喇叭裡卻傳出一聲脆響，有人利用再思文學館的通訊功能，傳了一封網路訊息給我。不看本來還好，一瞧之下，我整個人的脾氣瞬間凝結，所有情緒在眨眼間完全凍住。

「你們這網站的聊天功能還真難用，害我摸索好久。介不介意聊幾句？我是葉雲書。」那個人說：「開門見山，我想請問一下，你目前有沒有任何出版方面的規劃？如果沒有，是否有興趣，一起到尚文來？」

我詫異不已，但也很快地強迫自己回神，「請稍等我一分鐘。」這句話送出後，我把不小心掉到屁股邊的手機撿起來，李守全還在那邊滔滔不絕。

「李守全你給我聽著，」我很認真地對他說：「我知道你瞧不起我，真的，其實我全都知道。當年畢業時，我曾經偷偷地跟自己說過，二十年內絕對不回母校，不參加同學會，就是因為我知道你們都瞧不起我，認為我只是個會做春秋大夢的無聊分子，所以我要給自己二十年的時間，在台灣文學的領域裡闖出一番名號。但那次同學會我終究還是去了，也果不其然，就給了你這個狗眼看人低的傢伙，一個不斷騷擾我的好機會。」

「不是的，我……」另一邊傳來李守全的愕然與企圖解釋，但我絲毫不給他機會，很冷靜又無情的口吻，我說：「但是你真的可以死心了，把那個什麼狗屁理財計劃拿去給其他的倒楣窮鬼吧，我馬上就用不到了，真的。」停了一下，我又說：「或許以前在你眼裡我是一團爛泥，但是從今天起，我會開始往上爬，拚了命地往上爬，爬到一個你他媽的永遠也看不見、摸不著的高處，一個跟神一樣高的位置去。不信你等著看。」說完，我直接掛了電話。

「你是說，你現在代表尚文出版社，要問我是否對出版有興趣，是這意思嗎？」雙眼用力地瞪視著電腦螢幕，我敲鍵盤的手指很僵硬但卻用力。

「是，我想推薦你。」葉雲書這麼說。

第五章
曾經滄海難為水

碧茵說這種事情發生的機率，可能低於火車從門口撞進來，而我說，不，這只比火星生物打電話來要高一點，僅略低於在自家地板下挖掘出金礦而已。在電腦前恍惚許久，我最後終於忍耐不住，在老舊而狹窄的房間裡爆出一聲大叫，為了這份天上掉下來的大禮，我激動得眼淚都流了出來。

雖然這也很有可能是一場騙局，碧茵就提醒我，網路世界什麼都有，最好還是小心查證。不過我也告訴她，一場騙局當中，最不可或缺的角色，就是那個扮演受騙者的大肥羊，而我魏崇胤本人，身無立錐之地，還阮囊羞澀成這副模樣，再照照鏡子，會發現自己連下海當男公關的資格都沒有，這種貨色到底會有誰想騙？詐騙集團如果連挑都不挑地就找上了我，那他們一定很快就會落網，因為這些人都瞎了。

葉雲書在線上跟我要了電話號碼，還說快則幾天，慢則一週，很快就會有人與我聯繫，然而不過才隔了一夜而已，第二天早上我的手機就響起，電話中的女人心情似乎挺好，給人清爽的感覺。

她說話速度甚快，但也字字清晰，交代了時間與地點後，最後一句話是：「很高興能跟你碰面，相信這會是個愉快的下午茶。」

愉快的下午茶？我可一點都不這樣認為。這一整個早上，我翻箱倒櫃，怎麼也找不出一件像樣的衣服，從退伍到現在，我什麼新衣都沒買過，反正農曆年又不回家，也沒有添購新裝的必要。所以現在東翻西找，最後居然什麼也沒剩下，極為艱難地，只有衣櫃底層的抽屜裡，勉強找出一件領口還沒鬆脫、布料還沒太過褪色的上衣，再配上一條萬年不洗的牛仔褲。我走進浴室，照照鏡子，很認真地刮了鬍子，然後練習了一下說話時的表情，這張臉怎麼看都不像很快就要發跡的樣子。

尚文出版社就在捷運可以抵達的地方，才剛過中午左右，我按捺不住忐忑的心情，最後索性關了電腦，直接出門。不過畢竟還是太早了些，眼見距離約定的時間還有一個小時，於是乾脆在尚文出版社樓下轉角的自助餐店先解決一頓，這頓飯雖然有雞腿、大排骨的雙料主菜，但我卻如同嚼蠟，渾然不知吞下的是些什麼，滿腦子想的全都是待會見到了尚文出版社的編輯時該怎麼應對，可是紛亂的思緒接踵而來，我一下緬懷起學生時代那種懷才不遇的鬱結之感，時而想起這陣子所見所聞的新鮮有趣，跟著幻想未來自己可能有的發展，這些錯綜複雜的畫面不斷晃過，最後根本整理不出什麼，只好在勉強收攝心情後，去喝了一杯免費提供的冬瓜茶。

好不容易捱到約定的時間，但我還是提早了十分鐘到大樓門口，本想點根菸，吸入一點尼古丁緩和心情，再撥電話上去的，然而剛拿出手機，大門卻已經被推開，迎面走出來一個年紀大約三十左右的素顏女子，她穿著輕便的牛仔褲跟看來非常普通的上衣，完全不像這種商業大樓裡會走出來的人物。那女子一眼就看見在門外徘徊的我，她走過來，很輕鬆地問我是不是萬寶路。納悶著點頭，我接過她遞出的名片，上面寫著職銜是主編，名叫符婉真。

「妳怎麼知道我是……」一個問題還沒說完整，她便笑吟吟地點頭，說了兩個字：「直覺。」

「直覺？」

「跟做書的時候一樣，哪一本會大賣，哪一本可能比較難在市場上跑得動，靠的都是直覺。差別只是跟書有關的直覺要從文本裡來，跟人有關的，則看人就知道。」她笑著，要我稍微等一下，說還有幾個人要一起同行。我還沒會意過來，她已經拿出了一個很秀氣的小布包，裡面裝著香菸跟打火機，而我則陪她點了一根菸。

「其實老早之前，葉雲書就跟我們介紹過你了，只是這陣子公司太忙，大家都在趕著國際書展的活動，你今年有去看嗎？」見我點頭，婉真又說：「規模很大，對吧？那場簽書會也辦得很成功，這是我們出版社每年年初的盛事，馬虎不得。就因為這樣，所以儘管他已經口頭上跟我推薦過，但我卻遲遲沒有時間跟你聯繫。直到活動結束，辦慶功宴，葉雲書又提了一次，我才趕緊叫他先想辦法跟你聯絡聯絡，幫忙插個旗子。」

「插旗子？」

「就像大航海時代一樣，哪個國家的船隊先發現了一座無人島，就趕緊在上面豎立自己國家的旗子，先搶先贏囉。」她笑靨爽朗，一點也不像在談論什麼重大的決策或投資，但接下來所說的，卻又讓我為之震撼。「這個市場是這樣，每家出版社都想捧一個知名作家，他們看到尚文有了葉雲書，就認為我們會因此而滿足，也許就不打算繼續開疆拓土了，但誰知道網路文學的市場究竟極限到哪裡？又或者它的終點到哪裡？在那之前，我們怎麼可能錯過每一個可以培養跟塑造的作者？光是以愛情故事而言，難道只有一個葉雲書能寫？我想不然。所以，我們有這樣一個打算，想讓你雖然依循著葉雲書的模式，卻發展自己不同的風格。」

「為什麼是我？」相同的問題，不久前我曾問過賽子雲，現在我還是要再問一次，只是對象換成了婉真。

「因為葉雲書嚷著說要介紹新人，已經嚷了好多年，但這是唯一一次，他很認真地跟我說，有個叫做萬寶路的年輕作者，一定要讓他加入尚文，否則我們大家都會後悔。」最後一句，婉真很認真地說。

然而，即使她給了我一劑如此有力的強心針，但接下來的聚會裡，我所感受到的卻又不是那麼一回事兒。在那樓下等不了幾分鐘，自動門又開了，幾個女人魚貫而出，她們都跟婉真一樣脂粉未施，胸前都懸掛著同一家公司的員工出入證，走出來時，也都紛紛朝我點頭，有個走在後頭的中年女子，臉上看來頗有威嚴，但一瞧見站在婉真身邊、滿臉木訥的我時，卻露出笑容，說了一句調侃的話，讓我差點無地自容，真想轉身就走。她說：「這就是傳說中很有大將之風的明日之星嗎？怎麼跟我想像的差這麼多？」

那些女人們跟著一起都笑了，就在我接過她的名片，驚覺她竟是總經理，一時間腦袋飛轉，卻轉不出一點合宜的應對話語時，人群中最後一個走出來的赫然是葉雲書，他笑著朝我揮手，也不管初次見面，我在這位「前輩」面前會有多麼忐忑，竟然就跟我要了一根菸，然後對那些女人說：「都到齊了沒有？開飯吧，我快餓死了。」

乍聞開飯二字，我眉頭一皺，剛剛吞進肚子的自助餐都還沒消化，現場也完全不由我分說，那些女人簇擁著葉雲書就往一旁的巷弄裡去，直接走進一家裝潢得古色古香、華麗非常的川菜館，而婉真則在最後面，跟不由自主、非得抬動腳步的我，說起了出版的相關概念與細節。

「首先是合約的部分，簽約後，你盡快將稿子交給我，然後我們討論一下，看是否有需要修稿的部分。修稿當然不可能大幅度更動你的內容，只是針對細節做點小修飾。」婉真說：「如果你這邊沒問題的話，待會咱們吃過飯，我就把合約印出來，你看怎麼樣？」

「這麼快？」我咋舌，本以為今天只是探探路，沒想到竟然就要簽約了。

「當然，一來避免夜長夢多，二來萬一今天我讓你兩手空空地回去，總經理跟葉雲書可不會放過我。」落座後，她也不忙著翻菜單，又繼續說：「出版時間不要隔太長，趁著你這故事剛在網路上連載結束，溫度正高的時候，我們立刻推出紙本，這樣才有商機。依我看呢，大概兩個月後就安排出版，然後我會跟行銷那邊一起討論，開始構想，看能做些什麼行銷活動……」眼見她還要繼續滔滔不絕，坐在主位的總經理這才打斷她，要她別給新人太大壓力，還說這些不妨吃完飯後再慢慢聊。「我代表尚文歡迎你。」她言簡意賅地只用一句話做收尾，同時把菜單遞給我。

在一肚子排骨跟雞腿都還沒消化的情況下，我根本吃不下任何食物，況且這滿桌的菜色果然都跟菜單上一樣猩紅片片，對辛辣食物完全無法招架的我，最後只能點一盤丁香花生，其他的什麼也不敢吃。況且，菜單輪到我手上時，雖然婉真說這一頓飯會由公司買單，大家不管想吃什麼都可以盡量點，就當作是社長犒賞員工的春酒宴，但我可沒拿過尚文的薪水，而且還沒簽約前，我也不是尚文出版社的作者。萬一吃完之後，人家要跟我收錢，那我拿什麼來付帳？所以菜單上最便宜的丁香花生，就成了我唯一的選擇。

對比於我在這種場合總不自覺表現出的拘謹，那些人絲毫不以為意，顯然早已習慣一群人的喧譁用餐，全場只見這群女人對葉雲書噓寒問暖，呵護得無微不至，一會兒問他要不要加點飲料，一會兒問他接下來打算寫些什麼；過陣子的生日，出版社打算辦個小型的慶生會，讓讀者限名額地參加，想知道他有沒有什麼特別想要的形式或要求。除了婉真，根本沒人向我瞧上幾眼，即使偶爾說句話，也不過是客套地說句「千萬別客氣，盡量用」，這種慷公司經費之慨的場面話而已，我實在感覺不到自己在這場聚會中有半點重要性。而婉真也很懂得把握時間，對我這個戰戰兢兢、不敢漏聽半句話的超級菜鳥，仔細地說明版稅級距的計算方式，以及可能運用到的包裝行銷。這種衝突與矛盾感讓我有些目眩神馳，不太能夠鎮定下來，對於所聞所見的一切，也都充滿了迷幻虛無的感覺。

但，這是我再熟悉不過的城市吧？吃到嘴裡的花生香味也沒有半點虛假吧？那魚翅湯燙到嘴唇時的疼痛也何等真實吧？那為什麼我還是覺得恍恍惚惚？眼前的一切既清晰卻又朦朧，葉雲書的身影在桌子的另一端變得好遠好遠，彷彿遙不可及；而我剛剛挾起一顆花生，它一滑就落在桌上，我趕緊伸出手，在它就要滾落桌下時剛好順勢撈起，捧在掌心裡。那是一顆花生，是農人用了無數心血後才栽植出來的花生，從農田裡輾轉來到這裡，經過繁瑣的加工，最後成為一盤丁香花生裡的其中一顆，而且這一盤花生還是我點的。可能是撈花生的動作有點大，就在我神遊太虛、靈魂出竅的瞬間，我本能地撈到花生，跟著一抬手，一張口，將它吃進嘴巴裡。正要咀嚼時，才發現餐桌上所有人全都不約而同地停止了聊天跟吃飯，訝異地看著我連一顆掉在桌上的花生都不放過。而我牙一咬的瞬間，迸裂的花生彷彿散溢出一股鹹味，鹹得讓人眼眶都要濕了。

那天晚上，碧茵的父親身體不適，她只好又趕回南部去一趟，而我渾渾噩噩地，一個人在台北街頭晃蕩，滿腦子都是那些衝突激盪的畫面。大約九點過後，獨自坐在台北車站前，看著來往穿梭的人群，有些穿著優雅舒適或帥氣性格的裝扮，有些則是標準的上班族模樣，他們走著各自的路，要前往各自的方向。唯獨我一個人，在車站邊枯坐，既沒有特別想去的地方，也不知道自己能走到哪裡去。退伍前，乃至於剛退伍的那幾天，我曾想像過，自己或許會成為一個出版社的編輯，鎮日與文字為伍，過著朝九晚五的生活，能有一份穩定的工作，然後還清債務，跟著也許可以貸款買部車，甚至買間房子。等買了房子，我就會跟碧茵結婚，屆時我說不定還能擁有一間書房，牆上除了典雅素淨的書櫃之外，我還要懸掛那兩張高中及大學的入學獎勵狀，一來是緬懷自己當年，以求不忘本；二來，那是我一生中難得幾次的驕傲機會，我要牢牢記得。

可是現在呢？怎麼一切好像變得有些不同了？我終究沒能成為人群裡的其中之一，甚至一度淪為狗眼看人低的李守全不斷騷擾的對象，但慢慢地，我又從谷底爬了上來，似乎有一道曙光正逐漸浮現，要開始映照我未來的方向。那道曙光究竟能維持多久？我會不會辜負了那些人的期望？婉真說目前一般的新人，新書首刷量通常不過三千本上下，但她已經在會議中取得其他長官跟通路商的共識，將會為我增加。增加多少？如果增加一倍，瞬間變成六千本，這六千本真的賣得完嗎？如果滯銷，那我該怎麼辦？還能繼續寫第二本嗎？思緒來來回回飄轉不停，我甚至連自己什麼時候站起身，又下意識地開始移動腳步都不知道。最後當我回過神時，已經站在西門町的捷運站出口附近，一輛機車停在我身邊，鬆餅摘下了安全帽，問我是否還好。

「妳怎麼在這裡？」我還在一片朦朧未開的恍惚中，而鬆餅則露出擔憂的神色，摸摸我的額頭，確認我沒有發燒，然後才說：「是你傳了一封簡訊給我，叫我來這裡找你的。」

我完全不記得自己做過這種事，更不知道把鬆餅找來要做什麼，倒是坐上了她的機車，逛了一圈又一圈。最後她把我載回她的住處，這是個很乾淨清爽的小房間，一進來彷彿就聞到了恬淡的女孩香氣。床頭擺了一隻可愛的長頸鹿布娃娃，地上則堆著幾本小說，全都是賽子雲的作品。

「妳買了這麼多他的書？」

「才不是，這種又有狼人、又有武功祕笈的小說，你認為會是我有興趣的嗎？」鬆餅只看了一眼，便彎腰從冰箱裡拿出冰涼的綠茶來，為我倒了一杯，又說：「前幾天他找我吃飯，已經約了很多次，我實在拒絕得不好意思了，所以跟他去吃了日本料理。他提了一大袋自己的書給我，說是當禮物。」

「這麼好？他怎麼從來沒送書給我過？」皺著眉，賽子雲可沒對我如此大方，心裡忽然泛過了一句話，我跟自己說，這叫做沒事獻殷勤，看來非奸即盜。不過這種話當然沒說出口，那未免太過小家子氣。我坐在床邊的小椅子上，啜了一口綠茶。機車閒遊的途中，我已經跟鬆餅說了今天在川菜館的感受，同時也告訴她，那頓飯吃完後，我跟著大家回到偌大的辦公室，頭一次看到這種規模的出版社，心裡有多麼激動，而在那些人眼裡，我只怕是個初進大觀園的劉姥姥，非常俗不可耐，半步也不敢妄動，甚至連書架上的書都不敢隨便翻看，只能唯唯諾諾地坐在椅子上，大氣都不敢吐一口。

「比起他送那些書，背後究竟打的什麼算盤，我現在比較在意的是，你還好嗎？」說著，又略略彎下了腰，鬆餅輕捧起我的臉頰，很靈透的雙眼正注視著我，但我卻心神一蕩，因為順著她彎腰之勢，我剛好一眼看進了她上衣的領口，那是飽滿性感的胸部，包覆在黑色的蕾絲內衣裡。當下不知如何啟口才好，我卻也伸出手來，抱住她的脖子，將她攬在懷裡。

「不知道接下來會是怎樣，其實我有點害怕。」那是真心話，當我這麼說著時，明顯地感覺到自己的手正在輕微顫抖，只是我不明白，這究竟是因為工作上的問題呢，還是懷裡輕軟的女體所致。

「不管變成怎樣都沒關係，你還是你自己就好了。」鬆餅說著，仰起臉來，正好與我的雙唇相貼，我則在腦海中一陣爆炸後，輕輕地除去了她身上所有的衣物，開始跟她做愛。

躺在小窩的床舖上，柔軟的不只是棉被與床組，更是鬆餅的身軀，她與碧茵截然不同，在性愛過程中充滿小女人的柔順，對長久以來已經習慣狂放恣意的我而言，有著更新鮮的滋味。做完第一次後，她縮在我懷裡，聊起了功課，中文系的課程對她而言不算太輕鬆，那些古文也就罷了，遇到文字、聲韻學則幾乎要了小命。我輕拍她光滑的肩膀，輕聲安撫，說這雖然不是我大學時代的強項，但至少成績也不算太差，如果有需要，應該還能幫上一點忙。鬆餅又說，在台北念書的開銷太大，老家在嘉義的她，每個月能有的生活費極其微薄，原本加入再思文學館，還以為可以有點實際上的收益，然而現實卻跟想像大有出入，她負責管理詩詞館，這年頭喜歡寫詩的人很多，卻沒幾個敢提出申請，加入這個館來以詩人自居的。眼看著我的小說館日益壯大，但她卻永遠只有小貓兩三隻，能賺取的審核費根本微不足道。

「這個妳跟賽子雲提過了嗎？」

「講過幾次，但他好像沒什麼反應。」嘆口氣，鬆餅說：「我看他大概也自身難保吧，否則何必這麼汲汲營營，拚了命地一直寫？人家寫一本能賺的錢，他只怕寫十本都賺不到。」

「我會幫妳想想辦法。」咬了一下牙根，我說。沒開燈的昏暗中，只聽得見兩個人此起彼落的勻緩呼吸，我忍不住把手探過去，握住她的乳房，直到她又輕嚀兩聲，我翻過身，壓在鬆餅的身上。「我想再要一次，好嗎？」我問。

「說你愛我，我就給你。」喘息著，她在我耳邊說。

「我愛妳。」於是我乖乖地照辦。

那之後又過幾天，我始終小心翼翼，不敢在碧茵面前多提什麼，就怕露出馬腳，不但沒談到鬆餅，我甚至連文學館的事都三緘其口，反正目前最重要的焦點當然還是在我跟尚文的合作關係上。不過人生就是如此，一件事情你愈不想在誰的面前提起，它就愈容易在那個誰也在場的時候，自動找上門來。

剛跟碧茵吃完晚餐，她興高采烈地買來整桶炸雞，我們一邊喝著附餐的可樂，一邊用電腦看著影集，賽子雲卻忽然打電話給我，說他就在這附近，問我有沒有時間碰個面。皺著眉頭，眼神在還專注盯著螢幕的碧茵身上一瞥，我說目前不太方便請他上來，要不就到我樓下巷口的便利店碰面好了。

「怎麼了？」碧茵也不是省油的燈，在一旁隱約聽到我跟賽子雲的對話，她問我有什麼好不方便的，我找了個理由，說這是吃飯時間，咱們又沒什麼好招待的，況且房間這麼凌亂，請客人上來多麼不好看。

一路踱到便利店外，賽子雲已經到了，他的臉色陰晴不定，像是有什麼極高興的事，但眉宇間又似乎懷著顧慮。一碰頭，就先問我是否跟鬆餅聊過了些什麼，我當然搖頭否認。

「昨天晚上我剛好路過她宿舍附近，順便過去找她聊幾句，她說你們有提到，關於文學館賺錢速度太慢的問題。」賽子雲說：「這件事情是這樣的，原本我應該早點跟你們說，不過因為中間還卡著一些手續上的問題，一時無法妥善安排，所以才稍微延宕了一下。」

「什麼事情？什麼手續？你倒是說清楚點。」我皺著眉，一頭霧水。

「關於文學館的網路廣告收益。」賽子雲說：「其實我也明白，光靠審核入館申請，以及那些零星的撰稿費用，根本不可能維持大家的生計，所以我老早就跟『巨輪』爭取，要他們分撥廣告收益給我們，就算不是平均分給館內所有的作者，但至少我們這些管理人也應該要有一點薪水報償，這樣的要求並不為過，對吧？但問題是，這筆錢能有多少、如何分配，這些都在討論中，一時間還沒有確定。你知道，那種大公司也很懂得精打細算，咱們的文學館在網路上雖然已經小有名氣，連雨子這樣的前輩都主動靠過來了，然而對於那些只懂得賺錢的公司而言，他們看的卻是量，而不是質。所以，我們除了繼續廣開門戶、爭取更多作者加入之外，更重要的，就是要持續在網路上發聲，讓大家注意到我們的存在。」

「怎麼發聲？」我點點頭，這其實也有道理。

「你今天看了我們網站首頁沒有？我寫了一篇文章，這篇文章肯定會讓我們文學館在網路上造成大轟動。」沒回答我，賽子雲卻這麼反問，然後又直接說出答案：「洋洋灑灑六千字，我批判了整個網路小說崇尚愛情路線的嚴重偏差，更批判了造成這種偏差的元兇，也就是尚文出版社，以及葉雲書。」

「尚文跟葉雲書？」一瞬間，我瞪大了眼睛，懷疑自己到底有沒有聽錯。

「十大罪狀。第一，過度包裝、塑造偶像，扭曲了文學作家應該有的形象；第二，只圖營利，引導歪風，尚文出版社造成社會大眾普遍認為網路小說即愛情小說的錯誤觀念；第三，一葉障目，不見泰山，出版社只顧主要資深作者，枉顧其他新進作者權益，審稿過慢、待遇懸殊；第四，葉雲書往往以親身經歷入書，對書中人物極盡挖苦諷刺之能事，毫不避忌，造成他人現實中的傷害，這是只顧自己賺錢，出賣他人感情的做法；第五，假公濟私、濫用名氣，葉雲書在東區開了一家海鮮餐廳，宣稱菜單由他獨創，但內容根本與一般餐廳無異，卻藉此吸引客人上門受騙；第六，負心薄倖、虛情假意，葉雲書除了在小說裡出賣別人，現實中還出賣自己的靈魂，到處拈花惹草，玩弄他人，早已聲名狼藉；第七，欺世盜名、博取版面，葉雲書勾串出版社，購買連鎖書店的排行榜單，涉嫌造假，企圖製造暢銷聲勢；第八，口蜜腹劍，又沽名釣譽，葉雲書三番兩次在網路上揚言封筆，並廣邀年輕作者投稿，卻從不見他推薦別人，也不見他真正引退；第九，構思粗劣，賣弄文字，葉雲書的每一本書我都詳細看過，故事乏善可陳，甚至毫無章法可言，這種小說的大量銷售，只是徒然降低網路文學的水準，更嚴重傷害了台灣文學的未來發展；第十，惡意加價，哄抬市場，尚文出版社為了造勢，動輒將舊書改版重發，但內容毫無變更，甚至大量製作精裝本，哄抬市場價格，也讓年輕讀者卻步，造成閱讀市場大量萎縮。」一口氣數落完，賽子雲有點微喘，但眼瞳裡盡是興奮的光芒。

「你確定這樣真的好嗎？」我一邊佩服他的記憶力，居然能夠如此順暢地背誦出自己寫過的十大罪狀，但一邊也不免耽憂，這豈不是擺明跟當今網路小說的出版龍頭作對？而且我更擔憂的是，這幾天我才跟他十大罪狀中的所有核心人物吃過飯、聊過天，甚至還簽了一紙出版合約，賽子雲要是知道了，只怕不是吹鬍子瞪眼睛那麼簡單而已。

「有什麼不行？扳倒這個天王級的一哥，我們就有更多機會可以爬上去，你不是一直很想取而代之嗎？這就是個天大的機會；再說，尚文那些人已經囂張了好幾年，不給他們一點教訓，他們還以為可以將所有網路文學的寫作者都玩弄在股掌之間，永遠學不會珍惜。」眼裡露出凶惡的光芒，賽子雲惡狠狠地說：「你相信我，很快地，咱們再思文學館出頭的機會馬上就到，屆時咱們還看什麼廣告收益？光是寫書、賺錢、數鈔票就忙不過來了，對吧？」

「是沒錯啦……」我躊躇著，眼看著他已經挑動戰火，會害我夾在兩者之間，陷入裡外不是人的窘境，當下也不知該如何接口才對。

「怎麼了，你有什麼顧忌嗎？」賽子雲鼓動如簧之舌，又說道：「放心，雖然直到目前為止，你都還沒有出版經驗，但這只是一時的，相信我，咱們哥倆聯手，還怕他一個葉雲書不成？況且我們沒有出版社的包袱，也不受任何人的箝制，什麼都可以自己掌握，未來才是真正的不可限量，對吧？」

「你有沒有考慮過，換個角度來想，」我試圖給他一個論述，藉此以緩和自己雖然尚未曝光，但肯定包藏不住的真實狀況，我說：「就像一個女演員，先求打開知名度，成為眾所周知的人物，為了這個初步目的，可以先把衣服脫了，當三級片女主角；等到一炮而紅之後，再慢慢將衣服一件件地穿回來，最後拿個影后，成為實至名歸的優秀演員，這是不是也可以是一個邁向成功的途徑？愛情故事有什麼不對？它畢竟是最能打動人心的一種情感不是？至於偶像塑造，我倒認為那比較是市場取向，市場講究的是供需平衡嘛，即便網路文學可能成為台灣新文學興盛的搖籃，但目前來看，讀者群大多是年輕學生，年輕學生最缺的不就是偶像？所以出版社才會塑造偶像的，不是嗎？這十大罪狀，有些我很認同，比如你說葉雲書的文字其實不太具有文學價值，這個我認為很有道理；而有些我不是很清楚，比如什麼勾串書店，買排行榜單，或者葉雲書在外面玩女人之類的，那個我沒親眼見到，不能立刻附和你，至於剩下的一些……坦白講，我覺得實在不能算得上是什麼罪惡，不是嗎？」

「你是不是有什麼難言之隱？」話鋒一轉，目光一凝，賽子雲忽然將整個重心與焦點從我們的話題移轉開來，轉而投注在我身上。他也是心思極為靈敏的人，猛然一省，為之一愣，隨即踏上前一步，說道：「該不會連你都已經被他們收買了吧？」

「前天剛簽完合約，」我知道這話遲早得說出口，只是猶豫了片刻，心想或許還是趁早講出來，免得現在應付過去，日後又陣前倒戈，那才真的是不夠義氣。「我剛剛說，你有些數落的罪狀，我不是很同意，那是因為……」囁嚅一下，我說：「因為我就是葉雲書唯一一個推薦的作者。」

「你這個叛徒！」那瞬間，賽子雲像發了瘋一樣，就在這燈光明亮的便利商店門口，忽然虎吼一聲，整個人朝我撲了過來，他猙獰的表情，像是要親手把我撕裂般，用力掐住我的脖子，我沒料到會有這種突發狀況，立腳不定，身子往後仰倒，跟他拉扯在一起，雙雙倒地。「幹你娘，你是他媽的叛徒！」嘶吼著，賽子雲摔倒後，頭部重重地敲上了地板，但他絲毫不在意，口中不斷叫罵著髒話，跟著手腳並用，又朝我壓過來。就在他掐住我脖子那瞬間，我忽然意識到，這個人已經瘋了，倘若不立刻反制，只怕真的會在大馬路邊被他活活勒死，當下根本來不及細想，就在賽子雲扼住我頸部的瞬間，我的右拳立刻揮了出去，一拳打斷了他的鼻梁，跟著用腳一踹，將他踢開。

「幹你娘的萬寶路，你這趨炎附勢、見錢眼開的雜碎！你不要臉，你沒人格！你是一條吃屎狗，誰給你他媽的狗屎，你就搖著尾巴靠過去，你沒種，你是他媽的雜碎！」他摀著鼻子，鮮血從指縫間迸流出來，睜大了眼，依舊破口大罵。那當下我只覺得憤恨難平，畢竟自己可不是他的走狗，憑什麼讓他用如此難聽的字眼糟蹋？一時怒起，我揪住他的衣領，朝著賽子雲的臉上用力又揮拳，當場打得他頭破血流，直到這場喧鬧驚動了便利商店裡的顧客與店員，所有人全都跑了出來，將已經快要失去理智的我給拉開為止。

第六章
楊家有女初長成

碧茵張大了嘴，幾乎不敢相信。她小心翼翼地清理了我臉上的傷口，但那其實並無大礙，賽子雲除了嗓門大點之外，其餘的根本不是我對手，方才那一陣掙扎，他也不過抓破了我左耳下方一點皮肉而已。

「怎麼會搞成這樣呢？」皺著眉，她在破皮處輕輕擦了優碘，又稍微檢查一下，確定沒其他傷口。

「我怎麼知道那傢伙在想什麼。」我懊惱著。賽子雲被我海扁一頓後，什麼話也不敢說，居然在混亂中夾著尾巴逃了。我把事情的經過說明一遍，碧茵想了想，提出一個問題：「會不會從頭到尾，其實他都只是想利用你？」

「會嗎？」我也跟著皺起眉頭。碧茵說這只是一種感覺，而且是說不上來的感覺，但這卻是唯一能解釋賽子雲為何會如此激動的理由，當他以為我們會乖乖地跟他站在同一陣線，去對付別人時，他手下最得力的大將卻倒戈投效敵方，這種事他怎麼忍得下去？我聽完後不置可否，因為儘管就這次衝突而言，這是個合理的說法，然而從他找我合組文學館開始，一直到他知道我跟尚文簽約之前，中間過程裡，賽子雲對我一向都不差，還把文學館中油水最多的小說館館主一職讓給我，要說他是在拉攏我，那並不為過，但若要說是利用，我倒覺得似乎也還好，應該沒這麼誇張。

這件事我忍了兩天，始終沒有告訴其他人，在網路上也完全不聲張，因為衝突爆發後，賽子雲就忽然銷聲匿跡，他既不管理文學館的事務，在自己的個人版面上也沒有任何發言，這與他在面對我時那種鬚髮戟張的狂暴模樣非常矛盾，我擔心其中可能在蘊釀著什麼後續，暫時沒敢輕舉妄動。然而等了兩天後，鬆餅卻忽然打電話給我，約我到她的住處去一趟。

「看到你沒事，我鬆了一口氣。」見面後，她看了看我的傷口，肩膀一軟，嘆口氣。

「賽子雲應該會比我嚴重一點，他有跟妳聯絡？有告訴妳他傷成什麼德行嗎？」我苦笑。

「何必要他來告訴我，光用看的也能看出來，而且還是我陪他去醫院包紮的。」鬆餅帶著埋怨的口氣，說：「你倒輕鬆，把人打了一頓就算了，可是他卻跑來找我，那種情形下，你說我能怎麼辦？又不能置之不理。而且我勸半天，他就是不肯自己去就醫，最後只好由我攔計程車陪他去。」

「他沒什麼大礙吧？」

「鼻梁被你打斷了，牙齒也掉了一顆，身上一堆擦傷跟瘀青，額頭縫了幾針，除此之外都還好。」說著，她忽然靠過來，縮在我的懷裡，而我不知不覺地把手伸出來，也輕輕地抱著她。「是我陪他去看醫生的，你不會介意吧？」

「算了，沒關係。」嘴上雖然這麼說，但我多少有些不是滋味。然而我也了解，大家至少朋友一場，而且女孩子本來就比較容易被激發出母性，所以這還在我的容忍範圍之內。本來我想問鬆餅，請她幫我探探情勢，順便了解一下賽子雲現在的想法。甚至剛剛搭車過來的途中，我也曾經考慮過，或許應該去找賽子雲，給他一個道歉，試著重修舊好。雖然他挑戰葉雲書跟尚文出版社的舉動依舊讓我無法苟同，但大家畢竟都在文學館裡共事，以後還得繼續相處下去，要是現在撕破臉了，只怕會造成文學館的分裂。正想著，鬆餅卻忽然問我接下來的打算，如果離開了文學館，是不是就全心寫作，準備朝專職作家邁進了。

「離開文學館？」我愣了一下，問她：「就算我跟賽子雲之間發生了這些事，但也沒有嚴重到我必須離開文學館的地步吧？」

「難道你還打算繼續留下？」

「我不懂。」我搖頭，「我想不出什麼原因，為什麼非得離開文學館不可？難道文學館裡的每一分子都非得支持賽子雲的想法或理念不可？如果連思想都要這麼統一，那這個文學館還有什麼意義？它應該要能包容每個人獨有的想法，容納大家的意見，這樣才有可能激盪出各種多元的創作，要是大家都得被迫朝著同一個方向去思考事情，非我族類就得趕盡殺絕，或者驅逐出境，這還算什麼自由世界？這樣吧，既然他還會跟妳聯絡，不如就由妳來代為傳遞消息，我想跟他碰個面，再好好地談談，如何？至少我們應該以大局為重。」

「大局？」聽到這裡，鬆餅忍不住笑了，她搖了搖頭，「會問你要不要離開文學館，並非單純只為了你們打了一架的這件事而已。我給你看個東西，看完之後，你再決定這個大局還重不重，好嗎？」說著，她轉身從擱在牆角的包包裡拿出一張紙來，那是一本存摺的內頁影本。我接過來時還有點不明所以，但仔細一看，卻大吃一驚，上頭每個匯款戶名都是「巨輪數位網路企業」，每一筆金額都是八到十萬元不等。

「我不想把它交給你，更不想把事情說得這麼明白，因為這未免太過不堪，然而現在除了這樣做，我想不到什麼好辦法，來讓你明白這一切。」拉著我的手，鬆餅陪我一起在床邊坐下，她說：

「所以我要把這整件事從頭到尾，好好地、完整地說一遍。你準備好了嗎？」

見我點頭，鬆餅這才開始緩緩地訴說，原來早在文學館籌組之前，賽子雲跟她就在別的網路文學發表平台上認識，不過往來並不頻繁，直到他約了大家聚會，討論建館事宜的那天，才第一次見面。可是見面之後，賽子雲經常以電話或簡訊的方式噓寒問暖，有時則在文學館的通訊軟體上，做試探性的告白，想要追求鬆餅。

「我對他沒有感覺，從頭到尾都沒有，因為他根本不是我喜歡的那一型。不過我跟你一樣，很感激他給我一個機會，能在文學館裡立足。我很有自知之明，平心而論，要比文字上的造詣，我跟你們都相差太遠，根本沒資格擔任那個詩詞館的館主。」鬆餅說：「知道我經常哭窮，他也很大方，偶爾會約著吃飯或什麼的，對我算是很不錯，我也一直小心翼翼，想跟他保持純友誼的關係，這狀態向來都維持得很好，一直到你跟他打架的那天晚上。」

「那天晚上怎麼樣？」我的表情很凝重，這才明白，看來我確實小覷網路世界了，果然人心真的隔肚皮。

「那天我原本很早就睡了，可是他一連打了好幾通電話，硬是把我給吵醒，說他在樓下，要我下去見個面。但我一下樓就傻眼了，因為賽子雲非常狼狽，滿頭是血，衣服也被扯破了。起初我以為他是不是在哪裡被搶，要立刻報警，然而他卻從隨身的小包包裡，拿出了一本存摺，還翻給我看，要我當他的女朋友。」

「我跟他打架的時候，他身邊好像沒帶什麼包包。」

「這就是最好笑的部分了。」鬆餅苦笑著說：「他說被你揍了一頓，說你忘恩負義，賣主求榮，喝著文學館的奶水長大，翅膀硬了就往尚文那邊飛過去，跑去拍葉雲書的馬屁，還求他推薦你。我不知道賽子雲為什麼會這樣解讀，不過他很誇張，自己都受傷了，卻不肯先到醫院去處理，反而跑回家去，拿了存摺來找我。」鬆餅說：「我猜，或許他是想在其他的什麼方面，至少有點收穫，好平衡自己受傷的心理。不過這兩者之間要如何劃上等號，未免有些匪夷所思。」

「那這份影本又是怎麼來的？」我點點頭，這個可想而知。不過賽子雲的如意算盤卻打錯了，一來鬆餅早就心向著我，二來我也不認為滿頭是血的模樣很適合跟女孩子告白。

「我們以前都以為，文學館的所有廣告收入都讓巨輪給賺走了，對吧？但是這本存摺的主人是賽子雲，他卻每個月都收到一筆來自巨輪的款項，為什麼？」

「為什麼？」我跟著問。

「因為其實按照合約，這筆錢本來就該屬於所有的文學館成員，或者至少應該交到館務們的聯合帳戶裡，共同運用，但是這些合約內容全都保密到家，我們誰也沒看過。賽子雲給我的理由是，他之所以沒把錢拿出來分給大家，是因為人多嘴雜，很難適當分配，只好暫時由他統一保管，而為了怕有人非議，所以他也私自決定，在文學館沒有大筆支出的必要時，不會將這個祕密公開。」鬆餅說：「這件事從頭到尾，全都只有他自己知道。那天晚上，他拿了存摺跑來，叫我以後不用擔心生活費的問題，也不要汲汲營營去賺那些詩詞館的入館申請費，只要把書念好、把小說寫好，然後專心當他的女朋友，這樣就好。至於那個文學館，他乾脆不要了，反正已經有這幾十萬，他覺得撈夠了。只要我點個頭，他就會把錢都轉匯給我。」

「什麼！」我瞪大了眼睛，完全不敢相信。鬆餅把影本交到我手上，說：「後來我硬是拉著他去醫院，就在急診室裡，當他躺在病床上縫針時，我愈想愈不對，所以偷偷地打開他的包包，把存摺拿到醫院的便利商店影印。不過可惜時間不夠，無法全部印完，只有複印出最後一頁而已。」說完，她嘆口氣，下了一個結論：「現在你還認為這個大局很有維持的必要嗎？」

我咋舌不已，完全不敢想像，原來事實竟然如此不堪入目。鬆餅說她只是將自己所知的部分說出來，至於下一步該怎麼打算，則留給我決定。但我還能怎麼做呢？這難道還有任何轉圜的餘地？看著電腦畫面裡那「再思文學館」五個大字，我只感到惆悵不已，一邊悵然，一邊做資料備份，將那些我習慣只丟在網路空間裡的隨筆一一收回自己的電腦硬碟中儲存好，然後再在網路上將這些文字逐一刪除。

我知道這裡已經沒有留戀的價值與必要了。那一大筆錢就當作是賽子雲創建文學館的辛勞所得吧？以前我還覺得他很偉大，自己分毫不取，蓽路藍縷而來，始終兩袖清風，情操何等可貴。哪裡曉得原來大家苦哈哈地賺那幾百元時，他可是坐在家裡，輕鬆愉快地等著每個月有十來萬入帳，而且神不知鬼不覺。帶著茫然與感慨，沒想到我的一廂情願與絕對信任，換來的竟是這種下場，還真讓碧茵給說中，我們是徹徹底底地被人利用了。

知道所有原委後，碧茵沒再發表什麼意見，她只是嘆息著安慰幾句，也建議我不妨就此離開，轉移陣地。反正都已經跟尚文簽了合約，出版在即，現在我大可以堂而皇之地回到尚文的網路平台，跟他們要求一塊專屬的發表空間，再也不必跟大家一起擠在新手發表區。

所以我聽從她的建議，做好資料備份，也寫了一份正式的退館聲明，發表在再思文學館的館務公告區裡，當作是最後一個交代。

而與此同時，我又寫了另一封電子郵件給婉真，請她有空時幫我聯絡出版社負責管理網路區域的同事，希望可以加入這邊的作者群。本以為作業流程大概會等上好幾天，沒想到信件剛寄出，才二十分鐘左右，婉真便已處理完畢，我立刻就有了一個新家。在這個出版社主持的網路發表平台上，有著比再思文學館更加完備的功能，操作也較為簡約，連我這個網路門外漢都可以輕鬆上手。而藉由再思文學館的退館公告，我也順利地將原本的支持群眾吸引過來，人氣不降反升，甚至連尚文這邊的幾位網路小說作者也紛紛到我的版面來留言打氣，呈現出一片欣欣向榮、皆大歡喜的氣氛。

就在我剛把網路世界的地盤安頓好，也收到尚文那邊寄來，已經跑完流程後的合約時，婉真便開始跟我討論修稿細節，同時也提醒，有空不妨到書店晃晃，他們已經開始做我的新書廣告。我感到有些詫異，因為「六月的詩歌」還在修潤階段，她只怕都還沒仔細看過稿子，怎麼已經打起了廣告？

半信半疑中，我真的來到書店，只是多年習慣難改，總先往純文學的區域走過去，那些大品牌的老出版社擁有許多知名作家的作品，而那些作品當中的經典，我書櫃裡也早都已有收藏，每回來逛，我都專注地搜尋新書資訊，逛著逛著，這才想起自己的任務，於是又晃到書店的另一邊。這裡不比純文學書區的靜謐與古典，狹窄的走道上或蹲或站，擠了好幾個年輕小鬼。以前我總感到納悶，但自從看過葉雲書的簽書會，也參加過雨子的網聚後，我便明白，原來這些席地而坐、姿態邋遢的小鬼們才是真正的大爺，台灣的出版業多虧了這些小朋友，不然只怕有一大半出版社，老早要關門大吉了。

不過這一區我很不熟，架上陳列的大多都是一些書名詭異、封面誇張，簡直沒資格稱之為「書」的垃圾產品，我將雙手插在口袋裡，小心地走在書架前，就怕踩到哪個坐在地上看白書的小鬼。之所以收起雙手，是因為我心中其實十分羞赧，都已經是個二十幾歲的大男人了，怎麼會站在這裡，面對著一大堆封面畫得跟少女漫畫一樣的網路小說或言情讀物呢？隨意瀏覽著，真是讓人觸目心驚，看那些書名，什麼《寂寞咖啡館的守候》、《幸福雨中》，或者旁邊這個更不入流的，居然叫做《我的甜甜室友》，看著看著我便懊惱了起來，難道不久以後，這之中就會有一本書，上面寫著《六月的詩歌》，也畫著如此荒謬可笑的封面，就跟這堆垃圾泡沫放在一起？年輕人如果都只看這些小說，那我們的文學還有什麼前途可言？

那當中也有一整架的書，都是尚文的出版品，我隨手抽了幾本，發現封面總算是好看一點，但其實也相差不到哪裡去，唯獨葉雲書的幾本創作，設計感還不錯。心中暗暗祝禱，希望婉真在製作我的新書時，能有這樣的好心。

受夠了這些，正想轉身離去，我忽然眼睛一瞥，發現陳列架上有兩本書，書上包封著名為「書腰」的紙條，上頭有幾句話很吸引人，第一本書的書腰上是這麼寫的：「他們說我像葉雲書，但我說我是我自己。你走近了，就會看見我；你看見我了，就不會再放下我。」

這麼囂張的口氣，到底是什麼東西？我稍微蹲下一點，想看得仔細些，卻完全沒有頭緒，那書腰下方還有一行小字，寫著：「網路創作世代最值得期待的新人，即將隆重登場。」我看得一愣，拿起書來再一瞧，赫然發現，這是尚文出版社前幾天才發行的新書，瞬間心裡閃過一個念頭：這個最值得期待的新人該不會是我吧？至於另一本的書腰，更誇張了，上頭寫的是：「品嘗他的文字，一如嗅聞他指尖微淡的菸草香氣，醉人而不傷心，如詩歌在六月裡。」看到這裡，我已經根本不需再懷疑，肯定就是了。

詫異著，立刻掏出手機來撥打電話，婉真笑著問我是不是看到書腰了，我說看到兩個，而且都在別人的書上。她笑著說這是一種醞釀，目前先不公開書名與作者，等下個月，我的新書問世前，她另外還有三本小說要製作出版，會先在那些書上都做廣告，給予讀者最強烈的暗示，然後等書一上架，就可以讓大家的注意力一次集中。

「這還只是第一步，接下來還會有更多東西。」她語帶保留地說：「別急，等時間近一點，會有很多事要忙，屆時你就知道了。」

還會有其他事要忙？我丈二金剛，完全摸不著頭腦，只能按照她的吩咐，先將稿子在最短時間內修潤完畢。婉真做事極為果決明快，說起話來也不拖泥帶水，只要稿子內容一有任何問題，都會立刻打電話來討論確認，並且提供意見。我一邊按照她的指點工作，一邊不禁佩服，原來這就是所謂的編輯，與我當初的天真想像實在相距甚遠。這也才明白，尚文出版社雖然龐大，下轄好幾個編輯室，擁有多元的書系路線，偏偏就是婉真所帶領的這條網路文學線最能賺錢，原因確實其來有自，她審核稿子的眼光非常嚴謹，提出的修稿重點也幾乎都是我這個作者沒能察覺或發現的問題。現在我才了解，原來她所謂的「直覺」就是這麼一回事。

在我忙這些活時，碧茵又跟以前一樣，只要有空便往這邊跑，她會來檢查我是否有按時吃飯、乖乖睡覺，然後我們就在這春雨終於結束、但床鋪霉味依舊的被窩裡做愛。不過現在次數已經少了許多，因為只要一有空，我就會偷偷溜出門去，在這城市的另一頭，有個跟碧茵截然不同的女孩，她也很需要我的溫暖與慰藉。

如此單調而又忙碌的生活沒有維持多久，當我修完稿子的同時，婉真也寄來了封面草圖，雖然難免還是卡通風格的畫風，不過確實比那些不入流的小說要好上許多，我忍不住探聽了一下，想知道這本《六月的詩歌》，她打算首刷要印幾本。

「你不問的話，我倒是差點忘了。」婉真笑著說：「早上剛開過會，已經與通路商那邊談好，這本書我們要大張旗鼓地做，所以首刷的數量會高一些，比上次跟你說過的增加數量再多一點。」

「多一點是指……？」

「就先抓個兩萬本吧。」她說得輕描淡寫，而我在電話的這一頭卻差點腦溢血。兩萬本？這要賣多久才賣得完？萬一賣不完，扯碎了當柴燒又得燒多久？

走進華翰廣播電台的門口時，我心中充滿惶恐，尤其是到了錄音室，腳下踩著深藍色的厚地毯，那種虛浮的感覺更讓人彷彿飄在空中似的。落坐後，完全不敢妄動一下，倒是主持人親切地端上茶水，遞過名片，用聽來非常舒服的聲音，輕輕細細地說話。藝詩是尚文出版社的行銷，配屬在婉真所負責的編輯室，包括我跟葉雲書的行銷活動都由她接洽掌握，像這樣的通告也由她陪同。

我看著她跟主持人做簡單的寒暄與對話，自己還在心裡七上八下，就怕待會講錯什麼。藝詩的工作完成後，將我留在室內，自己退了出去。距離開始錄音還有幾分鐘，主持人客氣地說：「不要緊張，這其實很容易，只是聊天而已。」我點點頭，勉強擠出一點笑容。於是她先就採訪的方向與我討論了一下，先確定我的回答大綱，不外乎是寫作故事的動機，以及寫作過程中可能遇到的瓶頸，或者成為暢銷小說作家，一夕暴紅的感覺之類。而我的回答，無論是在採訪前，或是在採訪中，其實也都相差不多。只是直到整個採訪結束，向主持人告辭離開時，我都還忐忑不已，就為了那個充滿磁性的聲音，在廣播一開場所說的那番話，「今天我們非常榮幸，能夠邀請到一位特別來賓。各位聽眾們一定都會好奇，以往我們節目中的來賓，通常都是歌手、藝人；來與大家分享的，也往往都是唱片或戲劇裡的心得。然而，今天稍微有一些不同，因為，我們透過好多好多關係，層層聯絡後，才終於跟今天這位來賓聯繫上，強力邀請他來到節目中。這位來賓的身分非常特殊，他像一個魔術師，但他所演繹的戲法不只是從帽子裡變出一隻鴿子而已，他的戲法可以迷倒眾生，讓所有目不轉睛的觀眾隨之翩翩起舞；他說哭，大家就會哭，他說要笑，大家就會一起笑。我自己並不是常有時間閱讀的人，但我在這次採訪之前，事先接觸了他的文字，因而大受感動，也才了解，原來第一本新書發表才短短一週的時間，就榮登暢銷書排行榜前三名的小說，竟然有如此魅力。是的，我們今天的特別來賓，是一位作家，很年輕的作家。」

我還記得，當她開場白講到這裡時，特別用充滿溫馨而又俏皮的眼光看了我一下，然後才又說道：「這本書最特別的地方是，他採用的第一人稱是女性，因此也讓每個為了他的故事感動落淚的讀者都以為他本人也是女性，但是，在剛剛他走進我們錄音室裡時，我真的嚇壞了，他，其實是個大男孩。現在，讓我們歡迎今天的特別來賓，他是《六月的詩歌》這本書的作者——萬寶路。」

「主持人好，各位聽眾朋友，大家好，我是萬寶路。」那是我的第一句話，非常生澀，而且，五味雜陳。

結束了為時大約四十分鐘的電台採訪後，我跟藝詩又相偕離開，馬不停蹄地，搭乘計程車到長春路附近。在一條小巷子前，那看來老舊而零亂的建築群中，熟門熟路的藝詩摁下電鈴，鐵門開後，我們一起走上二樓。

眼前又是一番截然不同的光景，但同樣也讓我不知所措。一個好大的室內空間，除了角落的工作檯上架了鏡子供化妝之用，其他就是一大片攝影區，那裡每樣東西都塗成白色，連地上也鋪了白布，一片純淨的白，絲毫不帶雜質，想來是以利特效處理。我依照藝詩的指示乖乖坐下，摘除了鼻梁上的眼鏡，任由化妝師開始動手。原以為大男人拍幾張照片，不過擺出稍為隨性一點的姿勢，隨手抓抓頭髮聊備一格就好，沒想到化妝師非常慎重地先把我的眉毛修了一番，跟著在我臉上撲了厚厚一層粉底，然後還有一堆細瑣的動作，一下子眼影、一下子腮紅，當我覺得自己臉上大概憑空多了兩公斤的化妝品重量後，那個化妝師的工作就算大功告成，但光是這樣還不能開始拍照，接著另一個造型師走過來，將一坨狀似臘土的東西開始往我頭上抹，雙手飛快，要不了幾分鐘，就抓出一個鏡子裡看來非常性格的男人模樣。為了今天的工作，我昨晚已經先買好一件鐵灰色襯衫，將它套在身上，然後配掛了造型師準備好的項鍊與假耳環，這才真正地功德圓滿。

我不是很能明白這樣做的意義，只覺得在那堆白色布景中擺出各種姿勢的感覺極為彆扭，自己彷彿一隻任人擺佈的猴子，隨著攝影師的要求不斷動作。好不容易終於拍完，我也被棚內強烈刺眼的燈光曬得滿身大汗。等這些粗活都結束了，接下來才是雜誌記者的採訪。

藝詩告訴我，這是一家台灣非常有名的女性雜誌，正因為讀者都是女性，所以男作者雖然重點在於文字，但外貌一樣不能馬虎，否則那些姑娘們翻開雜誌，看到的是個醜男，誰還要買你的書？我被這論點完全說服，只好一一照辦，甚至當記者採訪時，我也盡量用幽默的口吻說話，免得過於生硬的文學論點，會讓雜誌社的讀者倒胃口，還害自己小說的銷售量下滑。

「我有一個小小的疑問。」當今天的行程都忙完時，外頭天色也漸漸昏暗了下來，我一整天什麼都沒寫，倒是被打扮得奇形怪狀，還說了一堆言不由衷的話。站在長春路的街邊，下班時段車水馬龍不斷流經，我問藝詩：「既然妳負責這個編輯室的行銷工作，我很好奇，葉雲書每次有新書出版時，他也都有這些行程要忙著跑嗎？」

「當然不會呀。」她笑了一下，說：「你可以把這想像成一種『陣痛期』，過了就沒事了。」

「怎樣的陣痛？」

「因為你是新人，必須在最短的時間內，讓最多人知道你是誰，所以我們才會想辦法安排這麼多行程，目的就是要在這波熱潮中，製造出一個話題與焦點來。」藝詩說：「光從你這本書的行銷計畫來說，它分成兩個階段，首先，在新書正式上市前，我們做了好幾個預告式的動作，用書腰做呈現，分別放在其他作者的幾本書上，這會讓長期以來持續購買我們書系作品的讀者開始好奇，進而產生期待感；等到新書一上市，緊接著第二步，就是要讓你密集曝光，當然不用每次都像這樣拋頭露面，我們可以採用各種形式，但目的都是一樣的。而且，站在書籍行銷的角度來看，我們可以歸結出一個重點，這個重點也是我們的基本原則。那就是——與其花了大把時間跟銀子，去包裝行銷一本書，不如把那些錢都省下來，轉而投資在作者這個人身上。因為若看得長遠些，便會明白，一本書的銷售是有時間性的，尤其是網路小說。當熱度過去後，這本書就會變成庫存數量大於市場流通數量的滯銷品；但如果你包裝的是作者本身，那就不同了，像葉雲書就是典型的例子。」

「怎麼說？」

「你真以為葉雲書的每一本書都寫得那麼好嗎？」藝詩給我一個很商業化的微笑，她說：「那絕對是不可能的。但他本本都大賣，為什麼？因為有太多讀者憧憬、仰慕，或者說習慣了他的文字風格，而且重點是，他的形象塑造已經成功了，所以讀者走進書店時，不需要翻閱書本內容，只要看到一本新書，上面的作者是葉雲書，他們就會開心地拿著它去櫃檯結帳。這就是品牌價值，當它結合在人的身上時，可以獲取的效益，將遠遠大過於單獨一本書。」

「造神運動。」我笑著調侃。

「接下來就換你了。」而她這次是真的笑了。

第七章
漁陽鼙鼓動地來

那是一種何等新鮮的感覺，當我搭著火車，回到屏東，步出車站後，又轉乘公車，慢慢晃回老家時，心中真是意氣風發。不過可惜的是，無論在火車或客運上，滿車的人都不曉得，他們何其有幸，能跟現今網路小說文壇上的當紅之星同車。

到家後，父親以一種完全陌生的眼光看著我遞給他的副刊報紙，那上頭有個小表格，登載了上星期暢銷書排行榜的品項，這個排行榜可是由目前台灣最大的連鎖書店「鐘鼎行」所主辦，每週統計並公告，具有強大的公信力與指標性。看了半晌，他茫然地問我：「你就是那個萬寶路？」

跟報紙一起拿給他的，是我有生以來，頭一次拿到的一張支票，上頭明明白白地寫著我的名字，標記的金額足夠我一口氣清償所有積欠的債務，甚至還可以出國玩兩趟。父親沒有稱讚什麼，他只是淡淡地點頭，將報紙與支票一起還給我。那天晚上，躺在久違的老家床上時，我不斷反覆咀嚼著自己內心的感受，這是多麼長久以來的夢想哪？就在前幾天，當我打開婉真寄來的一箱公關書，親手細細地撫摸著書本時，只差沒有老淚縱橫而已。我回想起的是畢生都在工廠裡討生活的父母親，他們手上與臉上的皺紋，這對夫妻幾乎一輩子沒離開過屏東，從工廠退休後，又不敢指望一腳踩進文學領域的獨生子能有任何成就，只好拿著微薄的退休金，又買了塊地栽種檳榔，多年來還沒有真正能休息的一天。

當年我從國中畢業，父親便堅持要我放棄升學一般高中，轉而投入技職體系。然而儘管乖乖地唸完三年職校，但後來我終究還是隱瞞家人，毅然投入重考，又回頭唸自己最有興趣的文學。坐起身來，憑窗遙望，想當年哪，當父親得知我錄取的竟是中文系時，他勃然大怒，掀翻了一家人正在享受的晚餐，氣得要我滾出家門。若非母親苦苦哀求，只怕他早就不要我這兒子了。

那麼，現在又如何呢？我不禁露出微笑，不管多麼信誓旦旦地保證，自己學中文一定會有出息，總比不上貨真價實地出版一本書，拿到版稅來得實在。至少這樣的成績，總算夠我在父親面前揚眉吐氣一番。

所以我必須開始計畫接下來的稿子，寫完了自己大學時代的故事之後，不妨把歷史線索往回追溯，從自己更早以前的經歷中尋找故事的題材。想成為一個優秀的作者，就必須要勤奮不懈，在質與量上同等精采才行，因此我沒有感慨太久，隨即翻身下床，從隨身行李的包包中掏出筆記本。這是我最近養成的習慣，裡頭記載了所有靈光乍現時的片段點子，這些隨時可以套用在小說裡的想法總是一閃即逝，我必須將它們筆記下來。一邊翻閱的同時，我便在腦海裡開始組織，打算著手構思故事。

就在翻看的當下，筆記本裡掉出了一張摺疊的影印紙，我愣了愣，攤開一看，原來是前陣子鬆餅給我的那張存摺影本。看著上頭的數字，忽然一陣蕭索與無奈湧了上來，瞬間讓我原本志得意滿的情緒全都消退下去。記得剛認識賽子雲時，碧茵曾經打趣地提醒我，網路陷阱多，千萬別太相信別人。那時我笑著不以為意，認為自己一個孑然一身的大男人，既沒有財，也沒有色，根本沒有被騙的價值。然而才過多久？竟然就一語成讖。嚴格來說，除了鬆餅與後來認識的尚文出版社那些人之外，賽子雲應該算得上是我唯一的信得過的朋友，但現實卻如此殘忍，我最信賴的人，不但企圖把我拿來當成他批鬥別人時的打手，甚至利用我的才華，替他在網路文學館裡大撈一筆。

想到這裡，我忽然一凜，事情已經過了一段時間，賽子雲就這麼銷聲匿跡了。我還上去文學館的網站看過幾次，他沒有再發表過文章，甚至連一篇隨筆也沒有。我一點也不認為他是那種遇到挫折就善罷甘休的人，況且被我狠狠打了一頓，正常人總會想要報仇雪恨才是，因此，就他現在的動靜來看，我猜想，或許他正在計劃什麼更大的報復行動？

不過想著想著，我忍不住笑了出來。能報復什麼呢？我可是光明正大地簽了出版合約，寫的都是自己原創的故事，既沒有抄襲別人的作品，在任何場合發表的言論也都小心翼翼，而且在再思文學館的那段日子裡，既沒跟任何人交惡，審核小說館的入館申請也一向秉公寬大，無論從哪個角度想，都能夠心安理得。既然如此，那又何懼之有？

帶著如此堅定的信念，在老家過了一夜後，我收拾行李又搭上客運，輾轉要回台北。沒有太多時間可以浪費，不久前婉真已經說了，她希望我能夠有規劃地出版作品，每一本書的間隔盡量不超過半年，如果速度夠快，能夠每隔四到五個月就有一本新書問世，那更是再好不過。為此，我半點也不能放鬆，即使人在火車上，那搖搖晃晃的車廂裡，心中依舊凝神細思著下一本書的開頭。

只是當我回到台北，尚未進入捷運站，背上的行囊還來不及回家放下，就接到鬆餅打來的電話，她問我今天看了報紙沒有？還說如果沒有，最好趕快先到便利店去買，早上剛出爐的新鮮消息，上頭洋洋灑灑寫了一大篇，全都在批評網路文學的現況，而且第一個就罵到我。

「我？何德何能，開玩笑的吧？」我笑著問鬆餅，腳步一轉，走上了通往車站大廳的電扶梯，來到便利商店，依鬆餅的意思，真的拿了一份早報去結帳。

報紙翻開，副刊斗大的標題是這麼寫的：「荒謬世代裡的荒謬文藝，哀悼文學之死」，副標題則是：「論網路文學共犯結構之醜陋生態」。

這是個很荒謬的世代，我承認；這年頭的文藝老是充斥著一股荒謬的氣氛，那我也理解。但誰跟誰是共犯結構？文學與網路的結合又是怎麼個沉淪法？當道的無恥明星作家是誰？難道是我？我還算不上是明星吧？忍不住停下腳步，站在便利店旁的柱子前，我放下肩頭上的包包，仔細讀了起來。這是一個頭銜為「網路觀察家」，名叫「肥仔朱」的傢伙所寫的一篇評論文章，他開頭這麼寫著：

「那傳統中洋溢著善良與純淑風範的文學到哪裡去了？當淫靡思想與露骨荒誕的劇情橋段不斷穿插，使文字間溢流著一股酸腐又帶著荒謬氣氛的況味，使得年輕人暈頭轉向，從此僅能沉淪於文字呈現的虛無表面，再沒了深沉思考的餘地時，文學於是死亡。這種死亡是無聲無息、無色無味的，沒有人意識到文學已然悄悄斷氣，更沒人發現它陳屍何處，甚至，大多數人連文學原來已經死了許久都還渾然不覺。真的，文學死掉了，沒有訃聞，更沒有喪葬儀式，只剩下即將凋零的老朽作家們在暗夜中飲泣，但在他們咽下淚水的同時，歌頌著美好光明願景的明星作家們卻正翩然起舞，而盲目的群眾則拜伏滿地，虔誠地朝這些劊子手繼續叩首。

「由於沒有法醫臨場驗屍，是以無從判斷正確的死亡時間及死因，但誰是真正的兇手，以及行兇手法如何，其實不待法醫宣告，真相早已昭然若揭，只是欠缺法理上的證據，又缺乏具備足夠勇氣的執法者，故兇手至今依然逍遙法外，洋洋得意。而在明眼人眼裡，這場兇案並非一人、一時、一地之所為，它屬於一場共謀犯案，集合多方勢力，共同置文學於死地。在文學之死被公告的當下，他們臉上還露出無辜的哀容，一齊從鼻腔裡噴發出嘆息，甚至信誓旦旦，願集結眾人之力，發佉大願念，以求使文學死而復生。然而，這一切都只是惺惺作態，他們假作掩面的同時，內心其實木然枯槁，完全不明白自己早已犯下了彌天大罪，更不知道自己就是真正的兇手。而他們的無知卻並非天生的無知，那肯定不是無心之過所造成的傷害。這些劊子手在享受屠戮快感的當下，其實根本不在乎何謂文學，更不曾真正珍惜文學存在之意義，他們只是任由自己雙手沾滿腥血，在文學被大卸八塊的同時，高呼自己正在成為文學救世主的一群狼心狗肺而已。現在我們不做更多道德上的譴責了，他們對於那些譴責早已無動於衷，我們要的是真相——一個還原後，就能讓這些兇手無所遁形且百口莫辯的，真相。」

看到這裡，我感到驚訝萬分，不過驚訝的不是他接下來要將矛頭指向何人，而是訝異於此人的文筆原來甚佳，這種程度的寫作本領，怎麼不去當個小說家？興頭一來，我忘了文章的下文可能會跟自己有關，一屁股坐在車站內冰冷的地磚上，繼續讀下去：

「時間回溯至公元兩千年前後，新世紀交替之初，台灣文學發展瓶頸在即，文壇老輩們陸續擔憂起來的那當口，究竟誰是文學的下一代，成了眾人關切的議題；什麼樣的文學體例會繼詩詞與小說後，繼續引領潮流？而文學最大宗的小說，又將以何種風格呈現出不同的面貌？在報章雜誌逐漸電子化後，紙類製品的產量逐漸下滑，接下來人們將用什麼來盛載文字？在那片詭譎迷幻的氣氛中，有志之士莫不抱著神聖而恭敬的心態翹首企盼，紛紛等待接下來的新變化。然而，這片迷離的雲霧揭開後，大家看到的答案卻無不失望透頂。該年，台灣文壇最重大的打擊，莫過於連續舉辦了十七屆的『金文獎』吹起熄燈號，這個重要的國家級文學大獎停辦，讓眾多學者抨擊不已，然而，真正縮短文學壽命的主因，卻並非該獎的取消，而是一股歪風正悄然興起，逐漸侵蝕整個閱讀市場，那是網路，以及網路文學。

「以輕薄短小為特色的網路文學，不但反映在篇幅上，內容亦多如此，而其書寫者眾、傳閱速度又快，且極易塑造明星作者的諸般優勢，使之能在極短時間內，迅速凌駕舊有的文學傳播模式。公元一九九九年，知名女性網路作家雨子，挾其十六篇短篇著作，在網路上席捲之勢，迅速擄獲當時多少憧憬愛情的年輕男女；而二〇〇〇年初，另一位網路文學巨星葉雲書更以迅雷不及掩耳的速度從網路世界崛起，自此開創了網路文學的時代。根據報導資料顯示，葉雲書出道至今的每本小說，都能於出版當週攻佔文學類暢銷排行榜，每本著作出版時的年度銷售量都在十萬本以上，有些更高達三十、四十萬本，而且從不受經濟景氣如金融海嘯之影響，堪稱台灣文學之奇蹟。」

看到他如此敘述，我一面咋舌，原來這就是葉雲書的背景與實力，而我也不免暗自擔憂，這豈不是俗稱的「黑函」手法？他愈是在一開始的文章捧舉葉雲書，接著肯定要反過來大加撻伐一番。

「然而，擁有如此雄厚的號召力與魅力，葉雲書卻從不曾成為台灣文學復興之動力，更無法領導文學群眾走向下個新世紀，多年來反而備受批評，箇中緣故十分值得探究，筆者觀察後以為，若問文學的死因，我們可以大膽假設，雨子或許是細因微恙，葉雲書則無疑是癌細胞。簡言之，這些人所引領而起的網路文學，雖然有著吸引年輕學子接觸文字的功勞，但無奈，並沒將讀者大眾引進優良的文學環境，反而誤入歧途，藉由大量情愛的描寫，與感覺一派空洞的文字，將浩瀚無界的文學世界極度壓縮，甚至造成萎靡，從此網路文學即為愛情小說，愛情小說就非青春純愛不可，若有它者，則不能入流，從而棄如敝屣，如此風潮在貫徹十年後，已成定局。如此敘述絕非危言聳聽，以目前網路上各知名發表平台做為觀察據點，無一不能印證。這些明星作家在享受讀者膜拜的驕傲與光環時，大多並不自知，究竟身為文字工作者應當具備何種使命，更不了解藉由文字闡述的故事將對讀者造成多大影響，那些荒謬不已的故事將成為年輕學子效法的對象，或淫靡，或暴力，或者怪誕，全都吞入了讀者的口中，就在不知不覺間，他們伸出的手已然握緊了文學的頸部，正在逐漸加壓使力。

「而我們不禁要問，現今諸多出版媒體，難道無人在意此一現象？答案當然是否定的。然而市場風氣既已蔚然成觀，堅守純文學立場的出版社便失去了主導力量，只能淪為各自守成的局面，在守成都有困難的窘境下，更無拓展新局之能力，也只好任由把持網路出版大局的出版社繼續發展。以此，我們便又能推論出下一個共犯，單憑作者之力，不可能推動如此複雜的謀殺大案，使文學真正淪亡的兇手，背後還有強大的利益因素，為求利益，原本應該肩負起文學傳播使命的出版商人，放棄了他們的天職，轉而強力渲染、經營以及包裝明星作家，推銷他們缺乏養分的文字。而更多新興小出版商則垂涎艷羨於擁有知名作家如葉雲書的大出版集團，於是他們更加積極努力，於浩瀚網海中大肆搜獵更年輕的作者，盲目出版，希望俯拾即是的年輕作者中，能偶有明珠出現，如此便可一舉翻身。這種群起效尤的效應，筆者姑且稱之為『葉雲書效應』，這效應便是置文學於死地的第二道沉重閘門。」

我點點頭，按照這個肥仔朱的說法推想，並非全然是詬罵誹謗，他的言論十分有理，而且很具說服力。俗話說得好，一個巴掌拍不響，網路作家如葉雲書，即便再有本事，讀者只要關上電腦，照樣能夠不受侵擾；然而一旦出版商介入之後，局勢就會大不相同，因為紙本書籍的問世，人們即使關上電腦，但走進書店或便利店，依舊可以看到他們的名字及著作。而且就像他說的葉雲書效應一樣，確實有太多作者拚了命地模仿與學習，按照葉雲書的風格書寫，為的就是希望自己有朝一日能夠跟他一樣，我至少可以替他舉出一百個以上的例子，因為擔任再思文學館的小說館長期間，每日大量審閱的入館申請稿件中，幾乎每一篇年輕作者們的小說，都有一定程度的模仿。

看到這兒，我忍不住想要擊節稱讚，這篇文章真是鞭辟入裡，甚至可以說是罵得好。不過所有的讚佩心情也就僅止於此了，當我眼睛又移動，接著再往下看時，他所描述的就完全不是那麼一回事了。

「古有云，百足之蟲，死而不僵，即便世代更迭的過程中，出現如此令人詫異的畸形突變，但終究一息尚存的文學仍在苟延殘喘。儘管從金文獎取消後，各大出版社獨立舉辦的文學獎項也不斷縮水，但這些都不能壓抑台灣文壇生生不息的創作動力。筆者曾任教於北部某大學中文系專任講師，系上有多位膺任講師或研究教授等文學前輩，亦不斷大力鼓吹創作，然而這些努力全都挽回不了頹勢，文學最後終究是死了，推究其最後一擊，大約就在今年五、六月間，壓垮駱駝的最後一根稻草有著極為浪漫的名字，它叫《六月的詩歌》。」

下巴差點掉下來。文學原來是我殺死的？我瞪大眼睛，幾乎不敢相信自己所見，怎麼我幹下了如此轟動的大案子，酬勞卻只拿到區區幾萬塊？只見他這麼寫著：「這根稻草，說穿了並無特殊之處，它原本只是茫茫洪流中的一桿懸浮，與眾多同被劃分入網路文學的出版品相較，也委實沒有突出之處，此刻卻在有心人士的刻意炒作之下，喧騰一時。小處觀之，那是網路文學領域中又一顆彗星冉冉升起，這顆彗星挾帶著葉雲書的推薦風光登場，再加上出版行銷規劃，從各方面打入市場，使作者搖身一變，由一個沒沒無聞的社會新鮮人，成為榮登文學暢銷排行榜的新人作家，在極短時間內，於電台、雜誌等媒體高度曝光，如此炒作後的強盛氣勢於是無往不利，該書作者萬寶路儼然已經是『一哥』葉雲書的事業版圖接班人，更是當今網路文學界屈指可數的『二哥』身分。

「我們躬逢其盛，恰好見證了此一新星的崛起過程，但也同時發現了文學正好轟然倒下。原因何在？在於文字本位的宣告徹底流失，作者本位則被確立，從此作者大名正式成為品牌形象，因為《六月的詩歌》很明顯地告訴世人，文字優劣及深度再也不是讀者關注的內容，他們被灌輸成只在乎作者以何等瀟灑或崇高的姿態登場。

「這是一個嚴密的共犯結構，姑且不論《六月的詩歌》之文學價值，單就寫作筆法而言，處處可見葉雲書風格，這是典型的模仿之作。如此舉動，恰可證明筆者前述之葉雲書效應確實存在，然而出版商人卻如此細膩包裝，處心積慮要培植作者，亦可見出版商人非但不追求新人新作之個別性，反而變相地鼓勵新加入的創作者延續此一寫作風格。當出版商人忘卻其使命、作者揚棄了自己的天職，讀者只學會盲目模仿跟從後，文學於是正式斷氣。新世紀開始不過十分之一，文學已奄然歸天。我們在觀察此荒謬世代的同時，不免感嘆至深。

「充滿戲劇張力但又違背邏輯或荒唐怪誕的故事充斥市面，在電視、電影與音樂都早已淪入市場腥羶口味的悲哀時代裡，這些共犯所組成的暴力集團則順水推舟，將本該是最後一片淨土的文學領域徹底染指。我們譴責某些出版商人的唯利是圖，也譴責已經具備名家身分的大作者繼續昏瞶痴癲，更譴責那些繼起者的盲目跟隨與仿效，這些盲目跟隨與仿效的庸脂俗粉們完全不懂文學的嬌羞之美，東施效顰之際，務求怪力亂神而自以為新變並沾沾自喜，實在令人不知所云。觀察之最後，我們掩卷嘆息，並在心中為文學之死默哀三十秒。」

我將這篇文章一口氣看完，又過了好半天才想起自己嘴巴一直還沒闔上，口水幾乎流了下來。

文章當中，雖然我的名字不過曇花一現，只被約略帶到而已，但新書書名可是貨真價實地被貼上標籤，它從一本再簡單不過的網路小說，居然變成了謀殺文學的三大共犯之一。有種哭笑不得的心情，我可從沒想過自己能有若干分量，能扮演如此重要的角色。幸虧這個什麼肥仔朱對我不甚了解，倘若他知道我是中文系出身，搞不好更要在文章裡罵我離經叛道、數典忘祖。

只是話又說回來，這肥仔朱是何許人也？「網路觀察家」又是個什麼職業？這職業有沒有錢賺？如果有，我覺得倒也不錯，成天留意這些雞毛蒜皮的小事，然後寫寫文章罵罵人就能過活，似乎也有趣得緊？想著，我決定來了解一下。當別人已經在你臉上吐了一大口唾沫時，基於禮貌，咱們有必要知道一下，究竟是誰這麼帶種。

對於這篇報導，婉真絲毫不放在心上，她好整以暇地啜口道地的英式紅茶，慢條斯理地說：「那也沒什麼大不了的，不是嗎？坦白講，這種事情，這麼多年來，不但我們見得多了，已經不足為奇，你要是哪天遇到葉雲書，他會笑著告訴你，他早就練成金剛護體的不壞之身，對這些空穴來風的無聊批評，一點也不會受影響了。」

「但他說的內容其實很有道理，不是嗎？」我看著婉真，說：「確實這條路上，我們走的是商業導向，對不對？」

「當然啊。」她倒是一點也不否認，還點頭說：「你知道全公司有多少員工，有幾個編輯室，有多少條書系在跑，可是那些書系真的都會賺錢嗎？儘管也不見得都在虧，但賺得比我們少，肯定是不在話下。目前尚文出版社的總營收當中，我們網路小說這條線大概佔了三成，幾乎已經是最重要的經營方向之一。外界對我們眼紅的人不少，每隔一段時間，也難免會遇到一點這樣的風吹草動。」放下茶杯，拍拍我肩膀，她臉上多了點柔和，溫婉地說：「我知道這個寫文章的是誰，他專門寫些跟年輕人有關的事，發表在自己的部落格上，因此有了點知名度，不過不要緊，這種人只有耍耍嘴皮子的能耐，他說破了嘴也不能阻止讀者買你的書，就這麼簡單。他敢這樣指名道姓批評，就是衝著葉雲書不會有什麼大反應，你則是菜得不曉得該如何反應才好，否則，你看他文章中敢不敢把我們出版社的名稱大剌剌地寫出來？他要是寫了，這官司就打定了，至少要告他誹謗。放心吧，靜觀其變，如果他再有什麼動作的話，我們也會做出適當反應的。」

儘管如此，但我還是有些不放心，離開尚文出版社後，直接前往鬆餅的住處，雖然她已經收拾好了包包，正要出門去學校，但為了我，她選擇翹掉了下午的前兩堂課。我們在她溫馨的小套房裡溫存，而後也討論了這件事。鬆餅說她有點懷疑，這會不會是賽子雲計劃性的報復，他自己勢單力薄，既不可能動搖整個尚文出版社或葉雲書，甚至也打擊不了我，更不可能與整個網路文學市場為敵，所以才會串聯其他人，想從各角度來針對我們找碴。但我笑著搖頭，除非是台灣鄉土劇看太多了，否則哪有這麼誇張的事情。

「不行，我還是覺得不保險。」鬆餅赤裸地躺在被窩裡，忽然從我身邊爬了起來，很認真地說：「你才剛開始起步耶，萬一有什麼風險，誰能承擔得起？尚文出版社那麼大，他們可以不怕；葉雲書都紅那麼多年了，他也可以不怕，那你呢？」

「我沒有那麼大能耐，可以殺得死『文學』的。」我笑著說，伸出手來，輕輕撫摸著她滑嫩的身體，從圓俏的臉蛋，下滑到細緻的肩膀鎖骨，就在我要輕輕握住她的乳房時，鬆餅卻一把將我拉了起來，很嚴肅地說：「我是說真的，這件事可大可小，我們不應該輕忽才對。與其等人家再次出招傷害你，再等出版社想什麼對策，那根本緩不濟急。」

「不然妳倒是說說看，有什麼好辦法呢？」我笑著，一手搓撫著她的身體，一手卻拿起擱在床頭的電視遙控器，打開電視，漫無目的地瞎轉頻道。

「這樣好了，我們去一趟學校，你跟我去。」鬆餅說她今天最後兩堂是現代小說的課程，上課老師是大名鼎鼎的李恆夏先生，或許我應該去找這位李老師談談。

「談談？妳以為我是誰呀，人家怎麼會願意跟我談談？」我忍不住笑了出來，這位李恆夏先生堪稱台灣近三十年來的文壇奇葩，筆下可謂出神入化，從歷史、武俠小說到諸般社論、影評，全都可見他妙筆生花的蹤跡，人家年紀雖然不算大，但卻成名已久，拿過好幾個文學大獎不說，還是好幾所大學爭相延聘的講師。我從大學時期就非常仰慕這位李先生，也收藏了他不少著作，而且愛不釋手。雖然我覺得鬆餅這個提議未免太異想天開，但知道原來李先生就在鬆餅就讀的學校開課，講授的還是現代小說課程，終究還是讓我吃了一驚，更豔羨不已，只恨自己真他媽福薄，沒能到他任教的學校來念書，無福以師事之，誠為憾恨。

「放心，沒問題的。」鬆餅不放棄，她說：「李老師人很隨和，非常幽默，很愛跟學生親近，而且他對你的文字也很讚賞……」

「我的文字？」愣了一下，我停止轉動遙控器，轉頭看向鬆餅。這時她臉上露出了無辜的表情，被我盯得不好意思，最後才說：「前陣子，我有把你網路上的文章印出來給他看過。」

「妳印的該不會是《六月的詩歌》或其他那些愛情故事吧？」我皺眉，這下可完了，要是她拿的是這些狗屁倒灶，我就算跳到黃河也洗不清自己真的跟「文學謀殺案」有關的嫌疑了。幸好鬆餅搖了搖頭，她說拿去給李先生看過的，都是我大學時期的舊作，用的是很詼諧的手法，來描述一篇葬禮的故事。故事中，我採用了死者的觀點，安靜卻激情地目睹了靈堂前兒孫們計較遺產的諸般醜陋，那是當年的一篇作業，還拿到頗好看的分數。事隔多年後，當我有了自己的網路發表空間時，也就順手將這故事放到網路上，聊添版面。鬆餅就是怕我見怪她拿的是舊作，所以才不敢跟我說。

儘管如此，我還是認為冒昧地前去求見，不免有失禮節，想了想，我又躺了回去，繼續轉動遙控器，嘴裡仍說：「我看還是再緩一緩吧，畢竟那只是一篇副刊的文章，我們真的不用這麼小題大作的。」

「萬一他攻擊你們的動作還有其他更嚴重的後續，那怎麼辦？」嘟起嘴來，鬆餅依然不放心。

「哪有那麼多好擔心的事情……」我用幾聲朗笑來安撫她，這是笑她的杞人憂天，同時也是安撫自己都開始有些動搖的信心。只是大笑聲中，我的一句話還沒講完，聲音就從中戛然而止，因為電視轉著轉著，螢幕跳到一個談話性節目，我看到的是昨晚的節目重播，主持人剛說了段不曉得什麼話，跟著鏡頭轉到另一邊，那兒坐了一整排的來賓，大多是些名嘴之流，但其中一個讓我瞪大了眼睛，他理著俐落的短髮，再搭配很醜的黑框眼鏡，更突顯出臉頰的肥胖，坐在桌子後面，只瞧得見上半身，但臃腫的身軀依舊明顯。這人桌上放了一個姓名牌，就寫著「網路觀察家」，名字是「肥仔朱」。

「這當然是一個嚴重的社會現象，雖然表面上看來，它不如影像或聲音的傳遞來得快速與直接，但它卻不折不扣地侵蝕著年輕人的靈魂層面，這才是我們需要嚴加防備的。在這裡我要呼籲全國的家長，如果你們家裡有正值青春懵懂的孩子，你們應該特別小心；同時我更要呼籲國家的教育單位與新聞單位，請正視這個問題——錯誤而荒謬的文學價值觀正在腐化我們國家的年輕人，在查禁不當的媒體節目同時，更應該把目光挪過來，看看目前市面上流通的出版品中，這些糟糕透頂的網路小說有多麼盛行，以及它們的內容究竟有多麼不堪入目……」

聽著他流利而且老實說還挺好聽的說話聲，我忍不住又坐了起來，兩眼無神，拍拍旁邊跟我一樣錯愕的鬆餅，問她：「妳剛剛說，李老師幾點下課？咱們現在去一趟的話，還來不來得及？」

第八章

不教胡馬度陰山

走進永和大學的文學院時，我只覺得質感氣派，鐵灰色系的極簡風格，讓整棟八層樓高的建築完全不見庸俗氣息，反而像是走進了哪位大師設計過的科技辦公大樓。國際會議廳至少可容納三百人的座位已經毫無虛席，亮黃色的燈光投映下，舞台中央那張鋪蓋了米白色桌布的長桌，上頭綴飾的鮮花更顯嬌豔。我被引領到後台布幕邊，跟其他幾位與會學者一起，在主持人的介紹下逐一登場。這些學者前輩大多是我曾經耳聞，甚至曾拜讀過他們大作的人物，其中一位就是邀請我來參加活動的李恆夏先生，他在我之前被介紹出場，而我則是最後一個敬陪末座的小朋友。

能夠獲邀參加這樣的研討會，全是因為李恆夏先生的抬舉。那天跟鬆餅到學校，儘管她再怎麼強調李先生的隨和親切，而且學校又是公眾場所，誰都可以在下課時間，過去跟李先生聊上幾句，但我卻堅持要她先進教室打個招呼，如果李先生點頭願意接見，那我才進教室。

「真是的，這有什麼好固執的呢？」嘟著嘴，嫌怪我的婆媽，鬆餅拗不過，只好自己先進教室，我從外面的窗邊看到，李恆夏先生正在收拾他的講義，下課鐘響後，學生已經鬧哄成一團。

這個堅持的禮貌舉動似乎讓李先生非常滿意，他轉過頭來朝我這邊點了一下，然後帶著鬆餅走出來，臉上滿是愉快的笑容，朝我伸出手，第一句話就稱讚道：「你是個很有禮貌的人，不錯，不錯。」

握手的那瞬間，我忽然有種想流眼淚的感動，這位台灣文壇上堪稱後現代主義的大師，著作超過二十本，我幾乎全都讀過，甚至也一本不漏地買回來收藏，韋編三絕之際，心中更是充滿無限嚮往，只盼有天能親眼目睹這位我文學生命中無可或缺的旗手導師一面，多年來這始終只是個願望，沒想到卻在今天這個毫無心理準備的時刻實現了，而更讓我心中激動不已的，是他跟我握完手後，居然問了一句：「抽不抽菸？一起去抽根菸吧？」

叼在嘴上的那根菸幾乎是顫抖不已的，尤其在他幫我點上火時。李恆夏先生看來不過五十開外，戴著很斯文的細框眼鏡，說起話來有點外省腔調，而目光炯炯中，卻又藏著一絲頑童般的隨性灑脫。他吐出一口濃濁的煙霧時，問我以前中文系時跟過哪些老師，也問我對中文的學習心得，稍微聊了幾句，知道一些狀況後，才問我怎麼會忽然想來找他。清了一下嗓子，不能錯過這個大好機會，我把剛剛來時已經在心中整理好的問題說出來：「關於文學，尤其是網路文學，究竟它為什麼而『輕』？文學難道真的非得分出輕重嗎？」

「那得看你基於什麼理由，而要去分出輕重了。」他聳個肩，說：「不過不管為什麼，在我看來，文學探討的始終都是人與人之間的情感，反映的是生命中所有的悲歡離合，文學作品的優劣是從中評斷的。至於它是怎麼個輕法，或者怎麼個重法，坦言之，我倒認為沒有深究的必要。」

「沒有深究的必要？」我愣了一下。

「你深究這個要幹嘛？深究了又如何？把輕文學跟純文學放在天秤的兩端，倘若發現它偏向了另一邊，請問你認為自己有多大能耐，可以去控制它的平衡？再說，控制它又有什麼意義？文學是具備時代性的，不同的時代會出現不同風格或類型的文學作品，而它會有淘汰性，當某種文學體例走到了瓶頸時，自然會被下一個新的東西所取代。你讀過中文系，應該清楚這一點，漢賦也好、唐詩也好，或者宋詞跟元曲也罷，那都是時代性的產物。文體不會消滅，只是退了流行。

「至於退了流行的產物應該往哪裡去，基本上也輪不到你我來操心，因為生命總會找到自己的出口，不管你站在什麼角度，寫的是什麼樣的東西，事實上，只要你堅定不移地確信，自己描述與呈現的內容，已經探究到自己內心最深處的情感，那麼，透過你的文字再傳達出去的，就已經是完美的作品了。當你做到這一點的時候，請問，那是輕文學或純文學呢？這問題還有研究的必要嗎？你知道自己在寫什麼，其重要性遠大於你寫的是輕或重的文學，就這樣而已。」

我點點頭，心中若有所思，李恆夏先生捻熄手上的香菸，隨即又點了一根，但他根本沒抽，繼續說道：「我之前看過你的作品，用死者的觀點來品味一場自己的喪事，很有意思。本來以為你會繼續寫作這類比較深沉的題材，但沒想到，剛剛同學告訴我，你居然出版了一本網路小說。我想你今天之所以會找我談這問題，想必是遇到了一點什麼狀況，是吧？」

我點點頭，原本只想就文學的分量輕重議題來請教他，不打算說到肥仔朱那些事的，既然他已經聯想到，我便稍微提了一下，同時也面帶羞赧，說道：「雖然我也很想繼續探討這些比較針對人性黑暗面、或者人心深處的內容，畢竟那才是我真正企圖書寫的東西，但看看目前所處的環境，以及市場上的口味，似乎都不太容許我這麼做，所以每次看著前輩們的著作，其實還挺羨慕的。」

李恆夏先生哈哈大笑，說：「那無所謂，你也不要羨慕那些大老們，我坦白講，你羨慕人家的高風亮節，人家還反過來羨慕你的年收入呢！」他又拍了一下我的肩膀，說道：「報紙上那篇文章我有看過，只是沒想到原來那個筆名叫做萬寶路的作者就是你。不錯呀，第一本書就有這樣的成績，而且還能引人注目。換個角度想吧，人家這樣罵你，把你寫成什麼謀殺文學的共犯，其實是在替你加分，還順便幫你打了免費廣告，這有什麼不好？我們想要都還沒機會呢！」

「但是他說到文學興廢的問題……」沒給我說話的機會，他已經直接搖頭，又說：「文學沒有興廢的問題，文學永遠不會死，只要文字還存在的一天。」

那是一次雖然簡短，但卻非常深刻的談話，除了一圓我得見大師的宿願外，更重要的，是他解開了我心中許多難解之結。李恆夏所闡述的道理其實我也想得通，但這是意義與層面上的差別，人家是大師，大師說出來的道理，跟我這種初出茅廬的小作者所說出口的幾句話，儘管表達的意思都一樣，但分量就是天壤之別。得他金口解釋，我心中感到踏實許多。

過沒兩天，鬆餅忽然打電話來，她說李老師應邀參加一個在台北永和大學舉辦的文學座談會，會中將就文學與社會現象的議題做深入探討，這場研討會邀請的大多是知名作家與教授，李老師向主辦單位提出建議，既然要討論文學與社會現象的關係，就應該關注到網路文學的區塊，畢竟網路的普及運用已經是目前生活不可缺少的一部分，況且網路文學發展至今，早已佔據了台灣閱讀市場的偌大版圖。因此，他認為不妨邀請比較年輕的網路文學作者一起做討論，而人選，居然就是我這個不才晚生。

坐在長桌末端，我看不太見台下觀眾，也不清楚究竟是些什麼樣的人會來參加這種研討會，反正主辦單位是整個文學院，他們總有策動聽眾的方式。會議中我發表意見的機會並不多，每次都是李恆夏先生說完一個段落後，將發言權延伸過來，我才勉強能夠講上幾句。而我的發言其實也很簡單，只是延續著他的語意，站在網路文學的實際寫作者立場，發表一點簡單的看法，談談目前網路上年輕人寫作及閱讀的情形而已。對於這次的活動，我非常慎重，原本碧茵還說要請假來聽，不過我沒答應，這種場合最好還是別分心，我必須集中所有的注意力，免得在幾百人面前搭不上話，會出醜露乖。然而當會議結束，全場燈光亮起時，本來我要起身向現場這些前輩們再致意一下的，但文學院的院長助理卻跑過來，低聲問我接下來是否有行程要趕。

「還好，怎麼了嗎？」我愣愣地搖頭，結果她對我說：「今天我們開放了三百個名額，原本院長很擔心這種生硬的研討會，恐怕沒有多少學生願意參加，沒想到反而大爆滿，有些人只能坐在走道的階梯上聽講，這全都是因為大家想一睹您的丰采。」

「我？」再沒比這更讓人傻眼的事了，看著目瞪口呆的我，院長助理點點頭，她說自己代表這些學生，想問我是否介意，再多耽擱二十分鐘，替學生簽簽名，或者拍個合照，然後學院報的實習記者們也想採訪採訪。

「你說，文學是什麼？」忽然，李恆夏先生的聲音在我耳邊響起，他不知何時走了過來，就在我的背後。面帶微笑，他又一次伸出寬厚的大手，拍著我肩膀，說：「文學是一種意念，你書寫，打動了自己，同時也打動了人，讓文字中的情感與理念傳遞出去，你認真去做，就會得到回饋，就像現在你所看見的讀者回應一樣，加油。」笑著，他跟那個助理點點頭，然後瀟灑地轉身離開。

這個研討會後有著一連好幾天的平靜，我猜大概是與報紙上刊登了這次會議的部分研討內容有關，而我猜想，當肥仔朱看到這篇報導，發現我竟能有這榮幸，得與李恆夏先生及多位前輩參與一場活動時，他臉上應該會非常窘懊才對。有了這次活動的背書，相信他應該再不敢認為我是沒有後台、毫無招架之力的初生之犢了。

我維持著一天將近六到八千字的進度在寫稿，《六月的詩歌》出版兩個月後，所有的宣傳活動幾乎已經告一段落，除了偶有些零星的小事如學生邀約做校刊採訪之外，沒有行程的日子，便如同以往一般，坐在電腦前認真敲打鍵盤。一邊寫作的同時，我一邊忍不住想起李恆夏先生所說的，他的話宛如金石擲地，鏗然有聲，不斷提醒著我，只要將小說裡人與人的情感深刻完整地表達出來，寫進心坎裡，那就會是一篇好作品。至於它寫完後會被如何歸類，其實一點都不重要。

一篇描寫年輕男女在速食店偶然邂逅的小說，引述出男女主角間欲迎還拒或似有若無般的牽掛，在細膩的拔河中，我想起已故華文女作家張愛玲女士的《傾城之戀》，瞧，那不也是一篇愛情故事？誰有膽子將它劃歸在輕文學的範疇？或者誰敢說那樣的小說根本不值一哂？我一邊寫也一邊想著，或許哪天有機會遇到肥仔朱，我應該揪著他的豬耳朵，好好問他一句：「媽的你懂張愛玲嗎？你懂愛情嗎？不，你不懂，你只懂個屁！」

除了偶爾到鬆餅的宿舍幽會之外，其他一切像是又回到原點似的，我在自己賃居的小地方努力工作。夏日漸遠，碧茵她父親的痼疾始終起伏不定，病榻纏綿中，她比以前更常往返老家，所以少了很多時間來陪我，不過儘管如此，該有的關心也從來沒少過。

「是你該吃飯的時間了。」在小說接近完稿時，通常都是我最邋遢的時候。碧茵打來的電話永遠叮嚀著差不多的內容，「別忘了洗澡、記得乖乖去尿尿，小心尿道炎又發作，而且你應該要倒垃圾了。」太多年的相處，她已經熟知我的生活習慣，電話講到這裡，我一轉頭，垃圾桶早就滿了，不但散發著酸腐的異味，甚至還有果蠅在盤旋。

「妳在我房間裝了監視器嗎？」電話夾在肩膀上，我一邊說著，一邊敲打鍵盤趕進度。

「是呀，」而她得意：「我彷彿還聞到你身上有幾天沒洗澡的汗臭味呢。」

當我終於寫完稿子，又多花了兩天，稍微潤飾過後，用電子郵件的方式寄給婉真，這篇稿子在寫作過程中，我們已經討論過好幾次，她對於小說的內容大致上都很清楚，也給了一些建議。這次的故事很輕鬆，完全不帶一點我個人的色彩，天馬行空之際，當然也多了許多揮灑空間。延續著上一本書的熱度，當新小說在我的網路版面上連載時，同樣也多獲好評，甚至還有讀者每天定期上來守候新的篇章。沒等到新的連載可是會睡不著的，他們說。

還不到年底，慢慢地微有秋意，早上十點多鐘，台北天空灰霾一片，偶爾從窗外吹進來一陣涼風，非但沒能讓人清醒，反而更讓我縮進了被窩裡。這裡的棉被很鬆軟，被單又新鮮乾淨，完全不像我自己宿舍裡的那條爛被子，老是洋溢一股酸腐氣味；而除了棉被舒服外，最重要的，是這裡還有另一個人的體溫。鬆餅年紀比我小了幾歲，雖然跟碧茵一樣，都屬於豐腴型的女人，但個性上卻有著許多明顯對比，不若碧茵的直接大方，鬆餅顯得含蓄而保守，而且因為是學生的緣故，她所經歷或見聞的世界遠小於碧茵，當然在與我相處時，更能顯出我的高人一等，偶爾說點什麼歷史小故事，或天南地北地瞎扯，總能看她眼中露出欽佩與愛慕的眼神，那就是我最滿足的時候。

碧茵才剛到台北，回機構上班兩天，她母親又打電話來，說她老父的糖尿病控制不當，人又進了醫院。已經疲於奔命的她根本毫無選擇餘地，只好硬著頭皮再請假回南部。

這幾天，我反正也沒有稿子要趕，又無其他瑣事可忙，乾脆收拾了幾件衣服，跑到鬆餅的地方來。不想去感受窗外漸秋的氣息，我探出手，將窗戶關上，跟著棉被一拉，鑽了進去。裡頭是鬆餅柔軟的身軀，趴伏在她身上，我輕輕地吻著，雙手則在她身上不斷游移，被我挑起情慾後，鬆餅也不像碧茵那樣會熱情索愛，只會嬌嚶幾聲，回報給我緊緊的擁抱。而跟鬆餅做愛的最大樂趣，在於我不需要做任何保險措施，月經週期一向很不穩定的她，要懷孕的機率可說是非常之低，這剛好便宜了我。

「你要不要乾脆搬過來這裡住，這樣我每天都可以看見你。」知道起床後我就要準備回去，鬆餅躺在我胸前，指尖在我左胸乳頭上輕劃，她輕聲問：「你跟她又沒結婚，也從來沒一個正式的男女朋友名義，何必這麼放不下？」

躊躇著，我整理自己在激情過後的情緒，想了想才告訴她，雖然我跟碧茵之間一直沒有正式承認彼此的情侶關係，但好幾年來，她總是一直照顧著經濟拮据的我，尤其是大學畢業後、當兵期間，以及還沒出版第一本書之前，那段幾乎身無分文的日子裡，多虧了碧茵，否則我大概早就餓死了。而現在一切才剛起步，雖然靠著第一本書的版稅，已經清償了所有債務，甚至還有點閒錢，也順利度過脫離再思文學館、以及肥仔朱事件的兩大風波，但誰知道接下來是否還能如此一帆風順？在這個時候，只能勉強算是小有成就，我說：「捫心自問，這些年來，她幫我的實在太多，姑且不談情愛，就論恩惠這件事，我都還沒回報過她，這時候要說分手，實在讓人有點過意不去，妳懂嗎？」

「如果你指的是錢的話，這還不簡單？再過兩三個月，下一本書一出版，不就馬上有錢了？」鬆餅抬著眼問我。

「這麼等不及？」我給她一個淡淡的微笑，老實說，這有點始料未及，我其實從來沒想過要跟鬆餅成為真正的男女朋友，原本這只是一場露水姻緣，就像村上春樹的小說裡經常描寫的，男女做愛就像吃飯一樣，根本不涉情感層面，甚至可謂之社交活動的一環而已。不過顯然我錯了，小說世界裡的邏輯本來就不該套用到現實中，況且那還是日本人的小說，跟台灣人的國情觀念就更不相同了。鬆餅用臉頰在我胸前磨蹭著，俏皮地說：「當然，我等不及了，我要你只屬於我。」

「這麼專制？」我又笑。

「沒錯。」她忽然咬了我一口，就在我感受到輕微的疼痛，想伸出手去摸摸痛處時，鬆餅很認真地說：「就算你說以前那些年，那個女人幫助過你很多，但你也不可以忘記喔，至少這次的幾件事情，可都是靠著我，你才能夠解決問題，對吧？再思文學館的事情是這樣，肥仔朱那個也是，都是因為我的幫忙。所以如果要論誰欠誰，那你欠我的也不少。」

「這是在討價還價嗎？」苦笑著，我一手搓搓被咬痛的肚皮，一手搓搓她的頭髮。

「你如果選她而不選我，那我就要咬死你，大家同歸於盡。」說著，她又咬了一下，但這次我沒有覺得肚皮痛，反而是心裡打了個寒顫。

關於愛情，究竟是一種什麼樣的滋味？前前後後也寫了好幾篇愛情故事的我，忽然感到有些懷疑，儘管那一本帶點自傳色彩的《六月的詩歌》順利榮登暢銷排行榜，但接踵而來的，卻是讀者的熱烈迴響與更多的期待，我反而沒機會在故事完成後，好好地重新檢視自己，究竟什麼才是愛情？而我心目中，可有什麼愛情的典型？如果有，那又該是什麼樣子？

搭著捷運時，我不斷反覆自問，究竟在我心目中，愛情應該以何種方式呈現？而我追求的對象又應該具備怎樣的特質？那些不斷反芻又咀嚼吞嚥的思緒，一直伴隨了我好一陣子，這段時間以來，無論是在自己的宿舍裡跟碧茵相處，或是在鬆餅的房間裡滯留，只要一有空暇，我便如此自問，然而卻一點答案都沒有。當捷運列車抵達，我步出車站，看著熱鬧的東區街頭，擁擠雜沓的人群中，有觀之不盡的美女成群時，心中不免嘆口氣，過盡千帆都不是，原來不是因為我心中已有了個對象，而是我根本不知道自己要的是誰。

「你沒事吧？怎麼老是心不在焉的？」碧茵問我，職業慣性使然，她伸出手，探探我的額溫，確定沒有感冒發燒的現象，然後又問：「你講稿準備好了沒有？」

「還需要什麼講稿？」我聳個肩，說這個活動有一大堆流程，每個作者上台講話的時間都不超過五分鐘，真正要講點什麼，那也輪不到我。

「話不是這麼說，人家流程上頭也寫了，會開放給現場觀眾提問，萬一有人問你，你怎麼辦？」

「那就更沒得準備了呀，我怎麼知道觀眾要問什麼呢？」笑了一下，我說：「隨機應變吧。」

隨機應變，我只能這麼做，因為今天的主角有十個人，現場未必會有人拿問題來問我，即使要問，也不知會問什麼，所以這是隨機應變之一；台下讀者群眾裡，有些是我認識的，包括幾個一路跟隨我在網海浮沉的讀者，還有鬆餅也在其中。走過會場時，她已經看見我，當然更看見碧茵。我瞧著她眼裡嫉妒的目光，心中有些忐忑。會不會待會就有人潑硫酸了？這恐怕是今天的隨機應變之二。

扣掉這些心裡的七上八下，單指活動而言，還算挺有意義的，鐘鼎行是台灣目前相當具有規模的連鎖書店，分店遍布全國，有很大的市佔率，而他們每週、每月統計的銷售排行榜更具有一定程度的公信力與號召力，每個寫作者無不關切榜上的即時變動。這個排行榜除了公布在他們的各分店，同時也會刊載於各大報的副刊，我的上一本書之所以能夠哄傳得如此之快，這個排行榜自然也功不可沒。不過，這樣的榜單也不是沒有任何負面評價，因為他們不只公告出名次，甚至還會將銷售冊數登錄出來，有時如果數字太過誇張，便難免啟人疑竇，所以先前賽子雲才會質疑，認為葉雲書的銷售數字與成績，可能是尚文出版社與鐘鼎行互相勾串而造假。

接近年底，我的第二本書剛剛完成，眼看著即將上架，雖然來不及參加這次由鐘鼎行主辦的活動，但上一本書卻真真實實地入選，榮登一席之地，成為該連鎖書店統計後，十大年度風雲書的其中之一。當藝詩打電話來告知我這消息時，她語氣中透著強烈的興奮之情。自從《六月的詩歌》行銷週期結束後，我們便鮮少聯繫，不過她依然努力在執行我那本書的行銷工作，這次鐘鼎行的活動，在與尚文出版社聯繫的過程中，她就扮演了窗口角色。

走進忠孝東路的百貨公司，搭乘電梯直到八樓，在書店入口處，那裡已經佈置出一個小舞台，並且擺列了座椅，我看見現場不分老幼，有不少群眾已經就座。

「你知道這份榮耀的特別之處在哪裡嗎？」一到會場，眼尖的藝詩立刻發現了我，碰頭後，依舊難掩興奮，她握著我的手，說：「十位入選的作家當中，只有你是今年才出道的新人；十本風雲書當中，也只有《六月的詩歌》是處女作，而且，你才賣了幾個月的時間，銷售量就抵得過人家賣上大半年！」

感染著她的喜悅，我也慢慢放下顧慮，跟著笑逐顏開。寒暄後，我被領到休息室裡，那裡頭有幾張沙發，已經有不少人佔據了位置，除了幾位資歷較深的前輩之外，我看見葉雲書也在那兒，而婉真就在他身邊陪著聊天。

「唷，出頭天了，兄弟。」像是闊別已久的老朋友，他一點也沒有陌生感，捲起手上的文件，朝我肚子拍了一下，調侃道：「第一本書就這樣，再讓你繼續賣下去的話，搞不好我就得提前退休了。」

「好喔，那我就代表所有混不出頭的年輕作者，先跟你致上十二萬分的謝意了，感謝你葉老闆賞臉，讓大家可以混口飯吃了。」不再像簽約那次，頭一遭見到他時的畏畏縮縮，也算稍微有了一點小歷練的我勉強笑著回答。

這次年度十大風雲書的大賞聚會，尚文出版社就佔了其中兩本，而且還同是網路小說。其他家出版社一樣有派員陪同作者出席，我在沙發上坐著，婉真則在打過招呼後，出去跟藝詩一起找主辦單位，確認現場佈置情形。

「女朋友？」漫不在意地，葉雲書手上的紙捲朝著碧茵正走出去的背影一指。她剛剛問了洗手間的方向，說要去補補臉上的妝。

「算，但也不算。」我聳肩。心裡多少還是有點忐忑，儘管同屬今天的得獎作者，而且寫的又是同一個類別，但畢竟他是葉雲書，是已經被神格化後的天王級作家，跟我這種菜鳥相較，委實不可同日而語。簡單地回答，我沒有說明太多。倒是葉雲書一笑，用手肘碰了我一下，壓低聲音，說：「拜託一下，這種場合就不要帶馬子來了，懂嗎？」

「我知道，我知道，」趕緊點頭，我解釋著：「本來我也打算自己到場就好，但她今天剛好放假，在家又無聊。早跟她說過了，這種場合我沒辦法照顧她，而且某種層面上來說，這也算是工作的一部分，帶女朋友確實有點不太合宜……」

「你想到哪裡去了？」結果不等我把話說完，葉雲書卻露出了錯愕的表情，他咂了一下嘴唇，又笑了笑，然後才說：「這種活動跟工作沒有什麼屁關係，你帶任何人來都無所謂，我叫你別帶馬子，也不是因為這個原因啦！」他的聲音壓得更低了點，說道：「我只是想提醒你，現在是星期六的下午，這裡是東區，全台北的美女有過半數都集中在這個區域，而你待會要以一個文壇新秀的姿態上場，台下肯定會有一籮筐裝不完的美女讓你看個過癮，有點手腕的話，也許你還可以有什麼後續的發展。結果這種場合你居然自備一個馬子，這實在是很不智。」

「不會吧？能有什麼發展？」我簡直不敢相信這是他會對我說的話。而且我告訴葉雲書，現場有十位作者，台下觀眾想看的也未必是我，至少光論名氣，他葉老兄就絕對在我之上。

「那現場十位作者當中，你先把我扣掉不算，再去看看另外那八個，」說著，他下巴一努，冷笑了兩聲，說道：「你認為真的有很多人會想看這些一臉撲克、永遠沒有笑容的老太婆，或者身材走樣，滿臉皺紋的老女人，以及禿頭的老先生，還有滿頭花白的叔叔伯伯們嗎？」

然後我也跟著笑了。

在那段等待的時間裡，葉雲書主動問起肥仔朱事件的原委，我說不只是他感到納悶，連我自己都一頭霧水，也不曉得招誰惹誰，莫名其妙樹立了敵人不說，還被打成文學黑五類，搞得好像台灣文學的委靡不振，都是我這小人物一手造成的。葉雲書笑著點頭，他果然如婉真說的一樣，早已見怪不怪。「我本來還以為是發生什麼天大狀況，原來不過是這點芝麻蒜皮的小事。你等著看，我們都不回應，就讓那些無聊人吃飽撐著繼續唱獨角戲，要不了多久，等他真的無聊夠了，這事情也就過去了。」

「真的嗎？」

「當然。」他根本不當一回事，撇個嘴，說道：「他吠他的，但是你照樣賺你的錢，有什麼關係？」

我不知道事情會不會真這麼簡單，只是心中隱隱有些不安，畢竟鬆餅的話一直纏繞在我心中，尚文出版社跟葉雲書都可以不在乎，那我呢？我真的也可以嗎？如果文學界對這種暢銷主義掛帥的出版集團展開了什麼攻擊，我百分之百地確定，尚文出版社一定會用盡各種方式來保全葉雲書，畢竟他們是合作多年的生命共同體，但我可不敢肯定，人家也會這樣照顧我這種新人。

而我忍不住想，這世界上有誰是真心對我好的？不用懷疑，第一個一定是碧茵，無論貧富貴賤，她是那個始終不曾離去的女人，一直常伴在我身邊，就像她名字所代表的意義，茵茵如碧，蘊含無限的生命力，卻又一點都不突出，永遠是最好的配角，在我的背後默默支持著；然後是鬆餅，鬆餅對我的感情已經無庸置疑，而感情萌生時，我還只是個名不見經傳的網路小作家，她在乎的也不是什麼榮華富貴，否則當初早就可以隨著賽子雲遠走高飛了，又何必陪我一路汲汲營營？

一邊癡想著，一邊走到了作者座位區，我抬頭，正前方是滿滿的讀者群眾，大概有百來人，還不包含已經滿座後，只能站立圍觀的那些。活動開始，在主持人的介紹下，十位作者魚貫登場，向現場群眾點頭致意後，一一入座。我先瞥眼，看見鬆餅坐在很前面的位置，滿臉興奮地看著我，同時眼角餘光，又瞄到碧茵在另一邊的角落，她和婉真、藝詩等出版社人員站在一起。

這個活動的主要目的，除了頒發十大風雲書的獎項，更重要的是希望藉由鼓吹閱讀的吶喊聲，讓更多已經被影音化的群眾回頭，再慢慢接受文字的含蓄質感。每個作者上台的時間都極為短暫，不過幾分鐘而已，唯獨葉雲書例外，他不但有長達十分鐘左右的本次活動代言，另外又是去年統計後的年度銷售天王，整場活動下來，一個人至少講了快二十分鐘。

在他手拿麥克風，輕鬆談論著寫作與銷售這兩碼子事的關係時，我原本有些心不在焉，甚至腦袋裡還天馬行空，胡思亂想著接下來打算寫些什麼小說，結果視線一晃，卻忽然愣了一下，目光停頓處，是眼前讀者座位區的最右邊，就在最前面的位置，那裡有個看起來腦滿腸肥的平頭胖子，他穿著一件寬大的黑色上衣，上頭居然就印了一個「肥」字。

等葉雲書悠哉地講完，剛走回來坐下，主持人把活動流程推進到下一個階段，開放給讀者提問時，我立刻全身緊繃，腦袋也上緊發條，同時向剛剛回座的葉雲書低聲提醒。就在這當下，果然肥仔朱一等主持人招呼後，立刻舉手發言，並直接將矛頭指了過來，他一站起身，我已經看見現場有些人臉色不變，尤其是鬆餅，她正露出焦慮的神色望向我。

「今天真是個很難得的機會，可以親眼見到這麼多位資深的文壇前輩，以及長期佔據銷售排行榜的幾位重量級天王作家。」他語意中暗藏弦外之音，偏又露出一抹看似無害的微笑，手執工作人員遞上的麥克風，直接切入重點，問道：「在文學發展日益式微的今天，傳統的文學價值觀正在不斷改變，現場十位受獎人當中，有好幾位讓人景仰的前輩，你們在文壇上的耕耘與貢獻讓人敬佩不已。而我想請問的，是今天另外這幾位比較年輕的作家，尤其是第一本書就入選年度風雲大賞的萬寶路先生，在下曾經擔任教職，也認識不少同樣執教鞭的朋友，他們在各層級的學校裡服務。這些朋友曾經向我提出過一些現象，令我百思不得其解，恰好今天有機會，我想請萬寶路先生作答，不知道是否方便呢？」

不只是來踢館，簡直就是指名挑戰，我稍微皺眉，點點頭，屏氣凝神以待，看他要下哪一步棋。

「是這樣的，我有不只一位教師朋友曾經告訴過我，他們在擔任國中、高中的老師時，經常有學生在閱讀這類嚴格來說，並不具有什麼文學價值，甚至有些內容已經浮誇到了可以用荒唐怪誕來形容的小說，小說的內容往往只有情愛，別無其他，而文字既無深度，也沒有完整的架構或敘事手法，反而引領學生產生錯誤的愛情觀，甚至誤導讀者，造成很多觀念的偏差，這些小說幾乎都是盛極一時的網路小說。他們身為必須傳道、受業與解惑的老師，自然責無旁貸，有的人禁止學生攜帶這類小說到校，有的則直接沒收，而且這種情形其實相當普遍，屢見不鮮。那麼，當你今天以這樣一本網路小說《六月的詩歌》獲獎，成為台灣本年度最具影響力的出版品之一時，請問你做何感想？」

做何感想？看著不懷好意的光芒，從他偽善的臉上那雙賊不溜丟的小眼睛裡迸射出來時，其實我沒什麼感想，唯一想做的，只是想抓起屁股下的椅子砸過去而已。快速地搜索過一遍，我確認自己腦海中沒有半點這人存在過的印象，也不覺得自己曾跟誰結過什麼深仇大恨，何以他三番兩次要找我麻煩？

「你可以吧？」也擔憂著，葉雲書小聲問我。

「搞得定。」我點點頭，同時給已經邁開步子、準備過來幫我解圍的婉真與藝詩各一個眼色，要她們不必擔心。我不知道葉雲書這一路走來，曾經遭遇過多少這類無聊人的幼稚攻擊，也不清楚他是經過多少次的困擾後，才練就今日的無動於衷。但我可以確信的是，一旦我在這次的挑釁事件中示弱，那以後恐怕任誰都可以騎到我頭上來拉屎撒尿了，所以無論如何，這個困難我得擺平，而且是靠自己的力量。

「我認得你是那位網路觀察家，久仰。前陣子那篇副刊文章我拜讀過，很棒，鞭辟入裡，讓人大起共鳴，真的。」先豎起拇指，我帶著笑容，稱讚了他一下，然後才回答：「關於這個問題，我有個很簡單的想法，不知道能不能讓你滿意。是這樣的，我個人接觸網路文學的領域，為時甚短，才不到一年的時間。不過在這段日子裡，我確實看過不少你剛剛形容過的那種網路小說。這類小說在校園裡該不該存在？我不認為能以簡單的二分法作為答案，事實上，身為一個作者，對於這樣的現象，坦白講，我是單純地感到難過與失望。

「儘管如此，既然要針對這個現象做一番表述，我會認為，這不是我或任何一位作者的問題，因為你已經把問題的地域因素鎖定在校園中，既然發生在校園，那麼很抱歉，這問題你應該去問那些老師，他們是站在什麼立場做這樣的動作？一昧的查禁真的就能阻絕學生閱讀網路小說嗎？答案當然是否定的，否則今天葉雲書先生就不會站上台，領那個年度最暢銷的獎座。年輕學生對於文字的檢閱能力不足，很難去評斷究竟什麼樣的文字才適合他們來閱讀，這個問題應該讓家長與老師一起思考，並為之把關，仔細地選擇適合的文字作品給學生，這才是正確的方式。一味查禁，封鎖年輕人閱讀文字的管道，又嫌怪他們的文學造詣低落，這不是矛盾之至嗎？因此，我認為這個問題，應該留給老師與家長們來討論才對，而不能是我說了算。」

「但你不能否認，自己確實也寫了情情愛愛，就跟其他那些網路小說的作者一樣，不是嗎？身為文字作品的創作者，你不能在寫了這些文字之後，卻將責任推給別人吧？」肥仔朱搖頭，繼續丟出問題。

「當然。」點頭，順著他的話，我也繼續還擊：「不過這屬於全體作者的自律問題，身為一個打鍵盤的始作俑者，你寫了些什麼，會不會對他人造成嚴重的誤導，這是非常重要的問題，需要自我思考與檢視。而我必須為許多人解釋的是，儘管有些出版團體以商業目標做為發展方向，或者有些作者的文字的確失真，但還有更多人仍然孜孜矻矻，戮力不懈地持續耕耘著，不能單純因為他們都發表於網路上，就以偏概全地抹煞了這些人的努力。

「至於小說描寫的內容，那我認為就更沒有爭執的必要了，因為寫作者的初衷在於表達自己的意念，經過出版社的審核與加工後才形成實體書，在這之前，它屬於藝術品，誰愛在自己的創作裡如何揮灑，他人何須置喙？正所謂，吹皺一池春水，坦白講，那到底干卿底事？

「情情愛愛的小說是不是好小說？我認為這也不能用二分法來決定。試問，張愛玲的《傾城之戀》是不是好小說？或者武俠大師金庸先生的作品中，每一本都不可避免地出現愛情，整部《神雕俠侶》與其說是武俠故事，毋寧說是愛情為主，請問這又是不是好小說？一個作者只要確實地傳達出了他的思想，並且貫徹了這種思想在其作品中，它就已經算得上是一本好小說。我們當然要抨擊那些怪誕荒謬的愛情故事，但卻不能因此抹煞了其他人的付出，更何況，除了愛情，一本小說裡還會有其他的主題，差別只是或多或少，以及文字駕馭的高下之別而已，若單只就一本書以愛情為主題，就加以否定的話，那麼我認為這樣的觀念不只是大錯特錯，而且根本就侮辱了文學本身，而只依據這麼淺薄的論點，以及不夠周全的觀點，就想從事文學批評工作的人，我認為也沒有與他再繼續討論下去的必要了。」說完，我依舊帶著微笑，朝啞口無言的肥仔朱躬身行禮，然後才緩緩坐下。

屁股碰到椅子時，我有種百感交集的心情，感謝李恆夏先生的一番開導，感謝肥仔朱無知的挑釁，原來，文學還沒死，至少我還活著。

第九章
崔灝題詩在上頭

碧茵曾經問過我，對現在這樣的生活有什麼感覺，而我不假思索，只說了四個字，「匪夷所思」。當走進這家號稱全台最高學府的大學時，沿路兩旁高聳的椰子樹下，三五成群的學生漫步而過，我感到萬分新鮮有趣，但也一邊慨嘆，曾經，這是一家我可能重考二十次都考不上的學校，而今，卻是文學院的院長助理，陪我走在通往演講會場的路上。不用朝九晚五地打卡，沒有成為每天趕公車或捷運的上班族，連人力網站的履歷資料也不用再更新投遞了，雖然還跟以前一樣住在小宿舍裡，不分寒暑都蓋著那條爛棉被，但我已經還完債務，而且銀行裡還有一大筆存款不知道怎麼花用才好。

「除了『匪夷所思』之外，妳說我該怎麼形容現在的心情才好呢？」我是這樣跟碧茵說的。

那是一場很輕鬆的演講，就跟這陣子以來的每一次相差無幾，而我發現無論走到哪一所學校，大學生永遠都差不多，大學生的問題總在宣布結束後才三三兩兩過來提問；高中生則好一點，較能大方開口；而國中生最是可愛，他們永遠不在乎問題說出口時會不會引來同學的爆笑，總是爭相舉手。

肥仔朱事件後，我的第二本書照樣攀上鐘鼎行的暢銷排行榜，連續三週都在前三名。與此同時，我幾乎馬不停蹄地繼續寫作，維持在每日至少五千字的進度，那恰好是連載小說兩集的分量。一邊寫作，我偶爾會接幾場像這樣的演講，透過出版社的聯繫，來跟學生聊點創作心得，或者有些主辦單位會找我去與年輕人談談兩性話題。我其實是有點納悶的，雖然小說劇情以愛情為主軸，但未必表示作者很懂愛情，不過也沒辦法，正如鬆餅所說的，「這年頭學校什麼都教，就是沒告訴你怎麼談戀愛。」

相隔不到半年，尚文出版社的速度飛快，立刻又著手進行著第三本書的製作，相較於處女作《六月的詩歌》的自傳性質，第二本書《雨後的呢喃》的清新小品，我維持一貫的方式，採用女性觀點做為第一人稱，寫了登場人物眾多、劇情較為曲折也豐富的新書，除了以愛情故事為主軸，並在其中探討了年輕人常發生的墮胎問題，以及求學生活中，面對不自由的限制時可能會有的反彈行為，這故事在網路上獲得很高的評價，以及大量的讀者迴響；大家都說萬寶路的小說正在快速成長中，而這樣的成長，也帶領著讀者從純粹地憧憬愛情，慢慢學會觀察人生的每一處角落。原本兼任網路平台經營的藝詩顯得非常高興，她甚至開始規劃一系列的行銷活動，準備讓我有更高度的曝光，然而就在我寫完稿子，正打算跟婉真進行接下來的封面設計討論時，卻接到藝詩打來的電話，一反常態，不若平時的樂觀爽朗，今天她似乎沒有很好的心情，也不約在出版社碰面，問我是否方便到信義誠品附近喝個咖啡。

帶點納悶，依約而往，信義誠品附近老是人滿為患，好不容易抵達咖啡店，我張望了一下，在那一片窗明几淨，裝潢得極為簡潔俐落又富有現代感的角落，打扮得很樸素的藝詩正在檢視筆記型電腦裡的資料，絲毫沒發現我的到來。

「小姐，一個人嗎？」我帶著微笑，拉開椅子。

「你要搭訕的話，最好是到東區去喔，這裡都是上班族，恐怕沒人有空哩。」她原本聚精會神的，現在也露出一點笑容。

「也不是每個上班族女郎都會乖乖上班的，」我啜了一口她倒好的水，「比如妳邢小姐就是，沒待在辦公室，也不是在洽談什麼行銷活動，卻在這裡喝咖啡。」

「你要是知道原因，也會跟我一樣，連喝杯咖啡都覺得特別苦澀的。」嘆口氣，她將電腦轉了個方向，要我自己看看內容。那是個投影片簡報檔案，第一頁斗大標題，直接套用了我前兩本書的書名，以及第三本的暫定書名《寂寞春天》，寫著：「詩歌呢喃後不寂寞的寂寞春天，萬寶路讀者回饋見面會活動企劃」。

這個簡報檔案一共有六頁，洋洋灑灑寫滿了活動的源起，以及相關的設計內容，原來藝詩認為我既然已經到了第三本書即將問世的時候，便不該維持在原有的行銷規模上，累積了足夠的讀者群後，就應當一鼓作氣、加大籌碼，舉辦更大型的活動。這個計劃中的回饋見面會將辦在明年初的國際書展，預估的活動時間長達兩個小時，除了邀請媒體採訪之外，會有一個讓我與讀者聊聊創作心得的機會，當然還要簽名，也要跟他們拍照，甚至還有大約十五分鐘的有獎徵答活動。

「內容很豐富哪。」我咋舌。不到一年前，我在國際書展的會場裡才見識過葉雲書的簽書會盛況，當天晚上就接到他本人傳來的訊息，推薦我加入尚文出版社。沒想到一年才要過完，我居然已經有機會接踵上台，也風光露臉了。

「可惜，這個企劃案被打了回票。」嘆口氣，藝詩說。

一愣，我還沒會意過來，藝詩搖頭說：「按理說呢，這樣一個胎死腹中的企劃案，我是不應該給你看的，你知道，畢竟我是尚文的員工，必須跟公司站在同一陣線。不過我覺得很無奈，也對你感到萬分抱歉，本來我開始策劃這個案子時，已經著手聯繫了一些相關單位，其實包括通路商在內，大家的合作意願都很高，也認為你是值得投資的，只要操作得當，應該會帶來相當高的獲利空間。不過很可惜，當我抱著電腦，走進會議室，跟那些大頭們做簡報時，卻被打了回票。」

「為什麼？」我皺眉。

「你先聽我說，」藝詩搖了一下頭，說道：「這說來有些話長，要將前因後果解釋清楚，才免得你誤會。從我進這家公司開始，直到今天，大約一年有餘的時間。這一年多來，公司裡堪稱搖錢樹的，當然非葉雲書莫屬，所有的行銷資源也都聚集在他身上。但對我而言，我倒是有不同的想法。首先打個比方，假如一個葉雲書，一年就能幫公司賺一千萬，那我們為什麼不捧出第二個葉雲書？兩個葉雲書不就能賺兩千萬？這是個非常簡單的類推。至於這位葉雲書二號在哪裡？我想已經無庸置疑，就是你。」

「哈，承蒙不棄。」我笑著拱手。

「這不是在開玩笑，真的。雖然網路小說書系裡，還在持續創作中的作者至少有十幾位，然而究竟有多少人是真正值得投資的？數字會說話，一看統計數據就知道。事實上，儘管我們選稿很嚴謹，但大多數的網路小說真的乏善可陳，作者要嘛無法維持一定的質與量，再不然就是條件差了點，無法在出版市場上炸出火花來。」

「條件是指什麼？」

「很多呀，天時、地利，乃至於人和。有些人出道的時機不對，就像前幾年金融海嘯時，讀者購書的能力下降，你寫得再好也賣不出去；地利就是出版社的選擇，一個好作者儘管能夠寫出好作品，但如果他投稿的管道沒選好，跑到那些二、三流出版社去，那也一樣沒搞頭；至於人和，你不就是最好的例子？有葉雲書的推薦，再加上你在網路上的高人氣，這些條件總和起來，就會很好操作。」我點點頭，原來如此，看著藝詩，聽她繼續說下去：「既然我們已經有了人選，接下來就是有步驟地前進，就像你的前兩本書一樣，逐步讓讀者認識你。經過那些平面媒體不斷曝光，以及上次年度風雲書那場活動的短暫露臉，現在正是讀者們對你興致最高的關鍵時刻，而且我已經看過你第三本書的初稿，描寫的內容比以前豐富飽滿，有更多可以操作的空間，這肯定是我們大展拳腳的機會。」

「倘若如此，為什麼這計劃卻擱淺了？」

「你不懂，坦白講，我也不懂。」扁著嘴，藝詩義憤填膺地說：「這個提案被否決的理由，居然是因為婉真的一句話，她說作者不應該過度拋頭露面。」

「什麼？」我頓時無言，只覺得哭笑不得。拋頭露面？這是什麼形容詞？藝詩也跟我一樣，只是臉上更多了無奈，她說：「我聽到這四個字的時候，就跟你現在一樣的表情。開會時，婉真是這樣認為的，她說作者本來就應該保有神祕感，雖然行銷包裝是不可或缺的一環，但如此大張旗鼓地辦這種回饋見面會的活動，恐怕不是很恰當，要是引來不必要的非議，像前陣子肥仔朱那種人肯定又會在網路上大肆批評。因此她提議，這類的活動不妨先延後，如果非得要推國際書展的檔期，可以在宣傳上多增加一點預算，做搭配促銷活動就好。」說到這裡，她「哼」了一聲，「要做搭配促銷，或者多印幾張海報，又何必等國際書展呢？隨時都可以做的嘛。」

沉吟著，我低頭思索，想推敲出一點什麼來，但左思右想，卻覺得婉真的話似乎也不無道理，雖然「拋頭露面」這四個字有點引喻失當，不過也很合邏輯，以目前的現狀來說，無論是我或葉雲書，確實應該稍微低調一點，免得又招來不必要的蜚短流長。只是我一方面雖然這麼想，但另一面又有些不以為然，是婉真自己說過的，別在意那些小事，我們要繼續做自己該做的，而且初次見面時，她也明白表示過，出版社絕對不以擁有一個葉雲書而滿足，能賺錢的明星作家當然愈多愈好，既然這樣，那她現在為什麼又退縮了？

「或許婉真在職責上，也有自己不得不的考量吧，只好跟她多溝通囉，希望可以找出折衷的方式，對吧？」我只好如此想，同時也是安慰自己。而藝詩也無奈點頭，她說這個自然，每個人職位不同，考量的方向也就殊異，只是她不免有些懊惱，因為擔任這書系的行銷工作以來，許多企劃案總是處處掣肘，婉真是主編，擁有最後的決定權，她雖然有滿腔抱負，但也有志難伸。

「或多或少都會有些不甘心的，沒辦法。我只是想讓你知道，不是我不願意策劃活動，而是礙於這些制度上的限囿，想做也做不來。」說著，她露出一笑，「不過，反過來要你來安慰或勸說，我倒有點不好意思。」她把杯子裡已經冷掉的咖啡喝完，關上電腦，對我說：「事實上，我早上已經把辭呈遞出去了。不可否認，尚文出版社絕對是一家好公司，只是它的制度讓我無法苟同。陪作者跑跑通告之類的工作內容也不是不好，只是我認為一個優秀的行銷人員應該要能掌握更大的權限，才能去經營與操作有價值的商品。葉雲書的操作模式很簡單，我可以按照既定的路子去走，卻無法改變它，因為這個模式並非由我建立，站在公司的立場，既然這個模式能賺錢，那就沒有改變的必要；但你不同，你還是一片空白，如果把你交到我手上，也許我們能夠聯手打造出不同的格局。」說著，她嘆了口氣，而這口氣嘆出的同時，我也感到萬分的無奈。

「就因為已經確定要離職，所以才會告訴你這些，從現在起，至少我不需要再顧忌公司的立場了。而我也要告訴你，接下來的路可能不會太好走，按照尚文的保守風格來看，我是這麼猜想的。」稍微降低了音量，藝詩說：「如果一個肥仔朱的風波，就可以讓他們失去開疆拓土的勇氣，這樣的公司，你認為未來還有多少前瞻性？更何況，他們一旦趨於保守，別說是你了，只怕連葉雲書的行銷包裝都會跟著縮水，這也是我擔憂的。在這種情形下，只要哪家出版社能夠趁機塑造出下一位明星，整個市場就可能一面倒，屆時只怕後果不堪設想。所以我給你一個建議，但你要記得，這只是建議，要不要做，得由你自己決定。」

「什麼建議？難道要我跳槽到其他出版社去？」

「這個建議的出發點，是基於我們是『朋友』的基礎上，這你接受嗎？」不直接說出口，藝詩卻先盯著我的雙眼，在我慎重地點頭後，她才說：「未必需要考慮到跳槽，因為放眼整個業界，目前沒有任何一家出版社，比尚文更擅長經營網路文學這一區塊。我所要給你的建議是，找個機會，扳倒葉雲書。」

「扳倒葉雲書？」這可比剛剛說的那段長篇大論更讓我震驚，瞪大雙眼，我萬分訝然。但藝詩的神情很堅決，口氣也極為篤定，她說：「雖然我也幫葉雲書做過不少活動，但那幾乎都不是我規劃的，頂多只能算是執行者。正因為我執行過那些，所以我明白，只要用對了方法，不管那些方法是對或錯，都可以讓你達到跟他一樣的巔峰，甚至更上一層樓。但如果尚文從此趨於保守，甚至退縮，那麼你就會跟著失去機會，因為一家公司只會把有限的資源投注在能有最大獲益的商品上，很明顯地，你現在確實不如他，甚至還相差很遠。所以我才會說，如果想獨霸整個市場，那麼你就得想想辦法，找機會，扳倒他。」

這件事我沒有告訴任何人，因為實在太過天方夜譚了。扳倒葉雲書？我要怎麼扳倒他？難道要參考台灣這幾年盛行的三流鄉土電視劇那樣，看人家怎麼玩豪門鬥爭嗎？我啐了一口，別開玩笑了。

坐在電腦前，將「寂寞春天」的稿子最後再檢視一遍，大致沒有問題後，我將檔案寄給婉真。仔細想想，或許這就是碧茵常說的，我這人最天真的地方。總覺得無論到什麼地方、在什麼時候，我總是相信身邊的每個人，自己不藏心機，也就覺得別人應該都跟我一樣，只為了目標而努力，不去算計機關。但沒想到，這短短一年的時間，先是賽子雲事件讓我離開了再思文學館，跟著莫名其妙爆出了肥仔朱的攻擊風波；現在，又是一個如此近距離的地方，原來婉真跟藝詩之間還有這麼多的糾葛與心結。更讓我訝異的是，以前以為藝詩在尚文出版社的工作，不過就是策劃行銷活動，跟著跑跑流程或通告，諸如此類而已，哪曉得原來她看待整個生態的眼光竟如此深遠，甚至還提出了讓我震驚的建議。或許這就是所謂的「人不可貌相」，但問題是，我要怎麼樣才能做到那件事？

看著螢幕上顯示著信件已寄出的畫面，我不禁惆悵，創作的目的究竟是什麼？就像李恆夏先生說的，一個作者，心中有想要表達的故事，那個故事中蘊藏著自己的理念與想法，作者用心地寫作，將故事說出來，其實不過就是如此簡單的一回事，曾幾何時，作者們卻為了銷售數字而開始大傷腦筋，甚至出現了誰得把誰扳倒或幹掉的提議？我按按額頭，感到萬分不可思議，本來是兄弟登山，應該各自努力的工作，在如今行銷資源有限的爭奪戰中，大家卻擠在一起，搶破了頭。我嘆口氣，關上螢幕，轉頭看見牆上高掛的那兩張獎勵狀。當年我是打敗了多少競爭對手，才順利擠進了明星學校的窄門？那看似與自己搏鬥的過程中，其實在沒留意時，也同時擊倒了許多跟我有一樣夢想的人。踐踏著別人的血跡，朝著自己的目標前進，登頂的瞬間，雖然得到了黃袍加身的榮耀之光，但低頭一看，雙手卻沾滿了別人的鮮血，然而這不就是生存的本質？弱肉強食，本該如此。當年我是這樣一路走來的，未來恐怕也得這樣繼續走下去。

在新的行銷人員與我聯繫前，婉真已經透過電話，跟我大致說明了這次新書的曝光管道，果然有別於先前那些電台或雜誌的方式，這回尚文出版社砸了更多錢，不但包下了鐘鼎行全國八十七家門市的櫥窗海報空間，全都高懸了《寂寞春天》的大型輸出圖樣，甚至買下台北市兩條公車路線的車廂廣告。我本來還不相信會有這種事，但碧茵下班回來的路上恰好看見，她興高采烈地掏出手機，拍了好幾張照片，只見車水馬龍的台北市區，應該就在忠孝西路靠近火車站一帶，一輛公車上，貼上了湛藍天空為底，男女主角走在城市街道上的背影，那帶點變形質感的行書字體，寫著我的書名，而書名正下方，就是「萬寶路」三個字，前面還附了一行：「超人氣網路明星作家」，非常聳動，感覺上就很厲害。蹦蹦跳跳地開心回家，碧茵樂不可支地對我說：「這簡直跟做夢一樣！比中了樂透頭獎還讓人高興！」

延續著看到車廂廣告時的興奮之情，碧茵在跟我做愛時顯得比平常更為激烈，她不斷在我耳邊呢喃，一邊舔著我的耳垂，一邊說：「我知道你就快要成功了，你成功以後，一定會有很多女人想靠過來，但是她們想都別想，你只可以愛我，也只可以要我，沒有人可以這樣跟你做愛，她們也不可能讓你這麼舒服，只有我才是最棒的，對不對，對不對……」

這瞬間我忽然有種興味索然的感覺，身體差點整個停止反應，這是我認識的碧茵嗎？怎麼她像著了魔一樣？難道以前沒有公車廣告時的我就不再是我了嗎？或者我們之間的情感也因為這些外在的改變而有些變質了呢？不知怎地，腦海中閃過了鬆餅也曾說過的話，她那既是情話，同時也帶著威脅之意的內容言猶在耳，而我在這個爛被窩裡，似乎正陷入一個無可自拔的泥沼中。所以在汗水淋漓的當下，我偷偷地告訴自己，如果真有一天，我要幹一件他媽的大事，好扭轉整個局勢時，最好也認真考慮一下，把私生活裡這兩顆不定時炸彈順便也給拆了。

看著堆滿桌上的新書，我一時間有點難以想像，每一本都是嶄新的《寂寞春天》，一樣的封面、一樣的內容，才剛從印刷廠送過來，每箱四十本，一共五十箱，這兩千本分屬於三個不同的網路購書平台，在造勢已達頂點之際，新書剛好出廠，準備入庫後再分別運往各通路販售，也就是在這時候，我被婉真一通電話找來出版社，在狹小的會議室裡，看著滿坑滿谷自己的書。桌上已經擺好了幾支油性簽名筆，婉真跟另外幾位小編輯分工合作，一一將箱子裡的新書取出，陸續堆疊到桌上，另一人則負責將書本封面翻開，就在空白頁上，每一本我都得簽下「萬寶路」這筆名。

其實有點懷疑，兩千本的預購，這數量會不會太多了點？真的能賣得完嗎？婉真一點也不以為意，她甚至還嫌少。我一邊哀怨著「萬寶路」三個字的筆劃太多，寫起來速度緩慢，一邊隨口問她，第三本書都已經做到這種地步了，接下來還有什麼可以玩的花樣？或許聽出了一點我的弦外之音，婉真想了想，說道：「原則上，當然還是以多面向的宣傳為主，不要拘泥在既有的形式上，整個市場是呈現萎縮狀態的，這年頭，要讓年輕讀者將目光焦點集中到紙本文字，已經是一個很艱難的挑戰，非得有其他優惠或附加價值做為誘因不可，當然我們也知道，簽書會是最簡單的活動，然而，傳統的簽書會有太多的問題點，一來是這幾年網路小說的銷售量普遍下跌，人氣不易聚集，辦大型活動就怕冷場，而且現在的讀者很挑剔，老是嫌東嫌西，打個比方，他們永遠都在抱怨，認為活動舉辦的地點距離自己太遠，這就是個讓人頭痛的問題，除非你到每個讀者家去幫他們簽名，否則這些人哪裡都嫌太遠。與其如此，不如像我們現在做的，透過網路預購就能獲得簽名，讀者不用出門，省去舟車之勞，我們也達到了賣書跟宣傳的目的，可以說是一舉數得。我們當然希望用更活潑、也更自由的方式操作，只是要怎麼做，還得大家一步一步來嘗試，同時也要看你下一本書的內容走向，才能討論比較具體的做法。」

我點點頭，這說來說去等於什麼都沒說。低著頭，繼續簽名，婉真忽然又說：「以這本書為例，我認為內容雖然豐富，但風格無疑是沉重的，這樣的故事就很不適合辦那種喜氣洋洋的大型活動，畢竟調性太過矛盾了些，所以我們轉而在很多周邊下工夫，讓買氣可以盡量再提高。前陣子，藝詩離職之前，她曾經提交過一份企劃案給我，這件事你知道嗎？」

她這一問，卻讓我原本流暢的簽名動作稍微頓滯，心頭也凜了一下，但我沒動聲色，故作納悶地搖了一下頭。

「她當初的點子在審核時沒有通過，最主要的原因，就是她沒抓準調性。藝詩認為按照行銷的步驟，接下來差不多是你該辦簽書會的時候，但我卻不這麼認為。單就小說內容而言，就已經不適合了，一個很嚴肅的故事，要怎麼搭配一場鑼鼓喧天、熱鬧繽紛的簽書會？」搖搖頭，婉真說：「至於第二個原因，則是今天找你來簽書的同時，我們需要討論的問題。」

「什麼問題？」

「你知道公司怎麼安排與規劃每本書的行銷包裝嗎？每個月都有兩本書要出版，一年下來大約是廿四本書左右，但我們真正有做活動策劃的，可能只針對其中某幾本，而這幾本又分屬於某幾個作者，比如你跟葉雲書，在你們和其他作者之間，就有一條線。其他作者要能越過那條無形的線，才有資格變成出版社開會討論時，被放到桌上來談的內容。」

我點點頭，這個道理我懂，也想起了上次見到藝詩時，她曾提過的「天時」、「地利」與「人和」。

「但你跟葉雲書之間，其實也還有著另外一條線，這你明白嗎？」婉真停止搬書的動作，拉開椅子坐下，對我說：「我想或許今天也是時候，跟你說說這問題了，因為接下來，我們就是要想辦法讓你有更突破的成績。在整個出版社體系裡，不可能將所有的行銷資源平均分配給每一位作者，這是很簡單的常識。有限的資源如何分配，這又是個不言而喻的道理，我們也不得不這樣做。把話說白一點，就是數字會決定一切。若要試圖去改變它，也沒有不可以，但這不是我一個人能夠操控的，你也知道，我上面還有總編輯，有總經理跟社長，同時還有來自通路商的壓力，無一不是影響。因此，在有限的空間裡，我們只能盡最大努力，去嘗試突破，只要能夠每次都進步一點，總有一天是可以跨過這條線，到達彼端的。」

「問題是怎麼進步，對吧？」

「是的。」點頭，婉真說：「從第三本書開始，我已經看見你自己的風格正在成形，這是一個好現象，那代表你正逐漸走出葉雲書的影子，開始用文字建構自己的世界。然而這卻也是個隱憂，因為你接下來要走的方向，是否也正是讀者期待的方向，那就是個未知的問題了。你知道這問題象徵的是什麼吧？就是我剛剛舉的例子，你讓讀者利用網路預購獲得簽名，這方法非常保險，他們只要動動滑鼠，就能買到簽名書；但是如果你舉辦簽書會，卻未必可以吸引大家前來，原因是什麼？就是你的文字風格能不能達到那樣的效果。

「不過儘管如此，我還是很樂見你的嘗試與挑戰，畢竟不管哪個方向，你都得去嘗試，成敗如何，也得等做了才知道。這條線雖然只是假想的，但它確實存在，而且有其作用：線的兩端各代表一個世界，在那一頭，不管葉雲書寫什麼風格，書都會大賣，因為作者是他的名字，而無論一本書的內容有多麼沉重，只要他辦簽書會，讀者也會不遠千里地來捧場；有了這樣的口碑，簽書會的提案就一定會通過，肯定可以辦。但在這一頭，你寫了一本書，讀者還會先檢視你的文字內容，所以不見得每本都能夠暢銷；品牌信任度尚未完全建立，也就影響了很多行銷企劃的方向，因為大家都會怕，怕今天花錢辦了一個活動，現場只有小貓兩隻。」

「所以這條線所意味的，就是作者跟作品，到底誰比較紅的問題。」

「沒錯。」

這真是一個天大的難題，因為無論如何思考，我都想不出跨越那條線的辦法。跟鬆餅聊過，她本來提議，要我再去拜訪一次李恆夏先生，但我沒有答應，因為李先生已經強調過，文學沒有分類別的必要，眼下我所遭遇到的，也與文學類別的問題無關。我一直信奉李先生的理念，認真創作出屬於自己的作品，然而時至今日，真正讓我困惑的，已不再是自己的定位問題，而是看得見頂峰在前，卻怎麼也爬不上去的障礙感。

沒有舉辦個人簽書會的大型活動，只有很簡單的兩張海報懸掛在書店裡，這一回連櫥窗廣告都縮水了。第三本書《寂寞春天》的銷售量雖然維持同樣水準，但也不過是首次印刷的數量賣完而已，接下來的續印成績就不過爾爾。我稍微留意了結算版稅的報表，發現這三本書的總銷售數量都在四萬本上下，站在逆水行舟、不進則退的嚴格觀點來看，確實是一個讓人隱然懷憂的情形。

這問題除了偶爾攀上心來，讓人稍有一點抑鬱之外，倒也還無傷大雅，畢竟日子照常在過，我也因為前三本書的收入，終於開始著手搬家。這間舊宿舍已經住了好幾年，當年因為便宜才搬來，幾年之後，一切已經老舊不堪，窗邊甚至還有逢雨即滲的問題，房東也老是漠視不管。過去的年月裡，不僅身無分文，而且債臺高築，哪裡想過要換什麼環境？但現在，已不能同日而語，碧茵還打趣地說，要是哪天真的紅到發紫，開始成為新聞人物了，或許會有狗仔隊來偷拍偶像作家的日常生活，屆時要是被發現，大名鼎鼎的萬寶路先生，原來住在這個破瓦寒窯裡，消息傳出去真是情何以堪。

笑著，這件事就由得她去也無妨，所以碧茵先聯絡了房屋仲介，初步篩選幾個之後，要我陪她到處去看看。我們最後選定的地點在木柵，很靠近山邊的地方，這兒已經發展出不少新興社區，而且離捷運站或高速公路都很近。第一次看到那房子時，我簡直啞然失笑，位在三樓的整層公寓，裡頭是三房兩廳，還外加一個頗具歐式風格的廚房，並連接著可以遠眺山景的陽台。碧茵已有了規劃，三個房間，主臥當然是我們要睡的地方，另外兩間，有對外窗的房間可以充作書房，而剩下的一間則可以備用。

「這一個月要多少租金？」我最關心的還是這個問題。

「不貴，你絕對付得起。」她笑著說：「而且我們還有一個停車位。」

「要停車位做什麼？」我皺眉。

「親愛的，」她忽然當著仲介人員的面，張開雙手，環抱住我的頸子，很甜美地說：「我親愛的大作家，你真的打算一輩子擠捷運，或者搭公車到外縣市去勘景、演講嗎？」

就這樣，她幾句說得頭頭是道的話，讓我莫名其妙地走進了汽車銷售展場，簽下了一堆合約，不到幾天，我就從一個陋室簡居的芸芸眾生，搖身一變，成了有好房子可住、還有新車代步的有為青年。碧茵說這一切都是她的心願，問她什麼心願，她說：「因為我想讓你在三十歲生日之前娶我，但我想嫁的不只是以前的你，更是現在的你。」

「結婚？」我愣了一下。

「不過在那之前，我們應該找時間再一起回屏東，我只見過你爸媽幾次，跟他們還不夠熟，最好也可以請他們到我家去一趟，最近我爸身體比較好，精神也不錯，如果要談些什麼，我想應該不會造成他身體的負擔。」像在自言自語般，沒注意到我的目瞪口呆，碧茵說：「現在我們幾乎什麼都有了，就差最後一樣了，不是嗎？等結婚之後，我們還可以……」

第十章
古來材大難為用

當我開著價值近百萬的新車，一路飛馳在國道上時，真有種恍如隔世的感覺。這真的是我嗎？稍抬頭，看了照後鏡裡的自己一眼，那個戴著墨鏡、迎著南國的風，正不斷高速前進的男人，他有著整理得非常瀟灑的髮型，身上穿著筆挺的黑色襯衫，這個人是萬寶路。但萬寶路是誰？這個翻譯成中文之後的品牌名稱，現在不只是一種香菸的代名詞而已，更是一個在銷售排行榜上屢創佳績、風靡多少年輕男女的新銳作家。但那是我嗎？

帶著一點對自己的疏離感，車子抵達台南，炙熱的陽光根本毫無四季之別，我從交流道下來後，依循著衛星導航的指引，很迅速地找到目的地。在停車時，心中不免又興起感嘆，倘若沒有車的話，這一趟路南下，不知道要轉幾次客運接駁，耗費多少時間，看來買部車果然是有幫助的。

而這裡不愧是全台南最具規模的大學，也是全國數一數二的好學校，我在開車進校門時，面對詢問來意的警衛，很瀟灑地說了一句：「我來演講」時，心中洋溢著一股自卑與驕傲交錯的複雜情感，一切彷如夢中，如此不真實。

「這麼年輕就來演講喔？」那個警衛老伯一臉懷疑的眼光。

「已經算慢了。」笑著拿了演講邀請單給他過目，我說。

前些日子婉真說過，接下來可能會改變長久以來的行銷策略，尤其是簽書會的舉行將盡量減少，一來是由於景氣低迷的影響，書籍銷售數字普遍下跌，就怕辦了大活動卻參加人數太少，場面會不好看；二來則是出版社內部討論，認為應該舉辦更有特色的活動，取代其實意義並不大的簽書會。我不知道這樣的決策是只針對我，或者連葉雲書也包含在內，然而確實不到兩個月，他們果然就想出了新點子。正好我的上一本書才剛推出不久，葉雲書也正值新書宣傳期，所以尚文出版社便廣邀北、中、南的十餘所大學，聯合舉辦一次創作徵文比賽，我跟葉雲書則理所當然地擔任了活動代言人。

我對那個接任藝詩職位的新任行銷人員一點興趣也沒有，無論口才或應變能力，乃至於身材外貌，這個新人都遜色不少，當在系辦的休息室等待活動開場時，她甚至連應該幫我們張羅一杯水的基本概念都沒有。

「活動結束後還有沒有事？」坐在沙發上，葉雲書忽然提議。他也是南部人，這兒可是他的地盤，這場對談活動都還沒開始，他已經在計畫活動結束後，要去哪裡喝兩杯。

我沒有太大意見，反正客隨主便。認識一段時間後，我開始慢慢明白，葉雲書真的不是大家想樣中的那樣，他完全沒有活在純情的小說世界裡，還相反地是個玩樂派的箇中老手。台北場對談結束後，他找我去有小姐坐檯的理容KTV喝了一整晚；台中場完畢，則跟他的幾個老同學一起，還找了一群所費不貲的「傳播妹」一起到舞廳去狂歡；現在回到他的老家台南，怎麼可以不盛大玩一場？所以那個鼓勵創作並參賽，充滿了冠冕堂皇的說詞，以及一點小故事分享的活動才剛搞定，葉雲書就要我把車開出來，停到學校外面的停車位去，跟著上了他的賓士車。熟門熟路的葉雲書根本不在乎馬路上的交通規則，他扯扯脖子上的襯衫鈕釦，點起一根香菸。

「你覺得今天怎麼樣？」吐了一口煙霧，他問我。

「還好，學生的反應還不錯，大概都是中文系的，所以比較有共鳴。」我一邊環顧著車子的內裝，一邊回答。果然賓士車就是不一樣，座位寬敞，行駛中也沒什麼顛簸感。雖然我的車也是新的，但終究沒這麼舒適。葉雲書到底賺了多少錢？寫書可以寫到買賓士車？

「其實都差不多啦，那種活動，你認真也好，不認真也好，反正我們是為了出版社的徵文比賽而來的，他們聽完也就忘了，會去參賽的學生，不聽這場演講也一樣會參賽；而不會參賽的學生，你就算拿錢拜託他，他也只會收錢，不會辦事的。」

「照你這樣講，這活動就白辦了呀。」我打趣地說。

「可不是？」他聳肩，哈哈大笑著說：「要是大家都那麼認真寫，都寫得那麼好，那咱們兩個還混什麼，對吧？」

我陪著乾笑了幾聲，不知道該怎麼接話才好，心裡想的是一年多前，我第一次在世貿書展的簽書會見到葉雲書時，他曾經說過的話，與他現在嘴裡吐出來的根本完全相反，一時間有點搞不懂他心裡究竟是怎麼想的。下午四點半，車子開到市區，這兒是我很不熟悉的巷道，本以為時間還早，他會帶我去什麼孔廟或延平郡王祠，甚至赤崁樓之類的名勝古蹟走訪一下，結果他老兄打了幾通電話後，車子在巷道裡東轉西轉，轉進了一個地下停車場，而我們直接從停車場搭電梯上樓，當門一打開，赫然是個富麗堂皇的接待處，裡面全都是穿著旗袍、打扮非常豔麗的年輕姑娘。葉雲書走過去跟一個較為年長的女子寒暄，言談間聽來，似乎他們早就認識，接著，那女子將我們領進一個包廂，隨後就有幾個年輕的服務生端著茶、酒與一整盤水果進來。

「這麼早就逛酒店啊？」我咋舌，雖然這類地方我從沒來過，但也聽聞不少，當下早已會意。

「逛酒店難道還挑時辰嗎？」他睨我一眼，在等待小姐進包廂時，又點了一根菸，說道：「難得有機會回台南，順便約了幾個朋友給你認識，都是藝術工作者，有人拍電影、有的寫劇本，反正這年頭不管做什麼，都跟酒店脫不了關係，你認識一下也好，說不定以後用得到。」

「你不要告訴我，你那些小說都是在酒店裡寫出來的。」我知道這種時候應該跟著笑，所以點了菸，翹著二郎腿，裝出一派頗熟此道的樣子。

「每個酒店小姐都會有一個感人肺腑的故事，就看你探索得有多深入了。」笑裡帶點淫穢，他特別加重了「深入」兩個字的口氣，引得我真的笑了出來。不過笑完後，葉雲書也正色地提醒我，剛剛那些不過是玩笑話，他特別強調：「我們私底下是什麼樣子，這個自己知道就好，畢竟外面的人看我們的眼光其實是不一樣的，這你應該懂吧？」

我點點頭，的確如此，一直在創作這種青春純愛小說，使得大家都以為我們就像那些活在小說裡的男主角一樣，充滿浪漫氣息，而且純情又專一，別說上酒店了，在那些懷抱著少女憧憬的年輕讀者心裡，搞不好以為我們從來不會脫光褲子坐在馬桶上拉屎的。這種感覺我已經逐漸體會到，甚至還有女讀者在網路上留言給我，說這輩子除非遇到我筆下那種男主角，否則將終身不嫁，如果能夠跟我塑造出來的男主角談一次戀愛，那她死都甘願。

「你這算什麼，我還收到過女讀者寄來的信，問我願不願意跟她生個小孩哩。」葉雲書說：「那個女的附上自己的照片，詳細地註明所有身家資料，老實說，條件還不錯。她說這輩子沒有其他願望，只想為我生個小孩。這種類似的事件太多了，不勝枚舉，幾乎每出一本新書，就會遇到幾次這種狀況。」

「真是死心塌地呀。」我苦笑著，話題一轉，聊到新書，我說他這本新書有點薄，而且行距很大，感覺上字數似乎不太多。葉雲書點點頭，說最近忙，而且也沒寫作的靈感，所以這故事非常短，不過五萬多字而已，要不是婉真一天到晚催稿，他根本不想寫。

「五萬多字？」我愣了一下，一本能出版的長篇小說，篇幅起碼應該要有八到十萬字的，怎麼五萬多字就能出書？葉雲書則嘿嘿一笑，說：「你寫十五萬字，一本書賣兩百元；寫了五萬多字，賣的還是一樣價錢。既然這樣，幹嘛浪費那麼多力氣？反正重點不在內容，而在作者是誰，不是嗎？」

這番話讓我忽然墜入谷底，忍不住抬眼，偷瞄了一下葉雲書，這真的是他嗎？之前上上酒店或應酬喧譁也就算了，這是我們第一次談到寫作心得，為何不管聊什麼，他總讓我覺得判若兩人呢？或者說，每個人都有太多面相，而我只描寫了角色的某一面，因而忽略了現實中人其實是有好多角度的？

「你現在一年出幾本書，是不是婉真跟你討論的？」一邊斟酒，葉雲書忽然問我。

「是啊，她說這樣比較好規劃。」

「那就對了。」點點頭，他說：「當婉真會跟你討論一年要出幾本書、在哪些月份出版的時候，就表示她已經肯定你的價值，承認你有資格獨當一面了。」嘿嘿一笑，他又說：「要不了多久，搞不好你就會跟我有一樣的感受了。寫什麼內容？寫得多用心？這些很重要嗎？作者自己在乎、編輯在乎，但是讀者真的在乎嗎？我看只怕未必。」

是這樣的嗎？沒給我太多陷入思考的機會，包廂門口，剛剛那個中年女子又進來，這回她背後跟隨的不是服務生，而是好幾個一樣身穿旗袍的妙齡女郎，其中兩個叫做小婷與莎莎的女孩分坐我左右，她們坐下時，旗袍的高衩直開到大腿，我還發現，那種改良式的旗袍不止可以讓女孩們的大腿露出來，胸口處還有個愛心型的開洞，正好可以看見胸部因緊挺起而形成的祕密深谷。

我們才唱了幾首歌，女郎們已經斟過好幾杯酒，敬了幾輪。依照葉雲書的交待，我不說自己是個小說家，只說從事出版相關行業，而那個叫做莎莎的女孩居然問我是否認識一些作家，如果有機會，希望我幫忙要個簽名。

「妳想要誰的簽名？」我客氣地笑著說自己認識的作者不多，她興奮地問我：「葉雲書你認識嗎？」那簡直是荒天下之大謬了，當我哭笑不得地與葉雲書對看一眼後，吞下的冰涼啤酒都還透著苦澀的酸味。

葉雲書的朋友我一個都不認識，也從來沒聽說過名字，不過這些人看來一副藝術家模樣，各個蓄髮或蓄鬍，但他們摟著女人調笑的樣子可一點都不含糊，當包廂燈光一暗，原本對著螢幕唱歌的每個人都不約而同地停下動作，就在燈光開始劇烈閃爍，讓人有點目不暇給的同時，那幾個女郎忽然紛紛起身，身上的旗袍不知怎地，就像有個神奇的機關一樣，一扯就掉，她們只穿著單薄到不行的比基尼泳裝，就在電視前面的小舞池裡開始扭動腰枝，做出各種算不上是舞蹈的性感動作；而震耳欲聾的電音舞曲又強烈地撼動我的耳膜。女郎們一邊舞蹈，跟著伸手到彼此的背後，扯下了包覆住胸部的比基尼上衣，在乳波晃動的當下，我幾乎目眩神馳，差點忘了自己到底姓啥名誰，而真正精采的樂趣這時候才要開始，那一點也不覺得漫長的舞蹈結束後，她們全都坐了回來，一時間猜枚行令、划拳吆喝聲不絕，我看見坐在一個廣告導演身邊的女郎放肆地笑了幾聲後，居然彎下腰去，那個導演不知何時已將硬挺的陰莖掏了出來，而女郎也不在乎旁人大聲的鼓譟或什麼羞恥心，便將它一口含進了嘴裡。

「該你玩的時候，千萬不要推推拖拖，弄得大家不高興，真的。」拍拍我肩膀，葉雲書一轉頭，跟一個女郎玩起很簡單的數字拳。老實說，我不相信那個女郎會輸給已經喝得面紅耳赤的葉雲書，但偏偏她很乾脆地連輸三把，讓葉雲書拿到他的獎賞——在她兩邊乳房上用力吸啜。就在我瞠目結舌的當下，我忽然看到那女郎對我擠眉弄眼，做了一個小表情，於是我恍然大悟，或許這就是她們的生存之道，因為當葉雲書終於玩夠了，再抬起頭時，他很大方地從上衣口袋裡掏出一張對折的五百元鈔票，給那個女郎當小費。

那是種何等淫靡沉醉的感覺，當我終於被酒精與女色沖得頭昏腦脹，幾乎忘了自己身處何地之際，他們購買的包廂時數即將終了，而我在喝了兩大杯水後，也才稍稍回過神來，那當下我發現自己的褲檔不知何時已經開了，雖然不像那個廣告導演一樣在包廂內讓女郎口交，但也被又搓又揉了好幾下，現在正是軟硬皆非的尷尬時候。

我原本以為葉雲書會帶幾個酒店小姐出場繼續尋歡的，沒想到他這時卻忽然清醒，居然一個也不要，很大方地買單後，叫我今晚不用回台北了，反正這棟大樓的最頂上就有飯店可以投宿。我知道那是方便酒店客人帶小姐去進行後續動作的配套，但意外的是，他居然在這一番胡鬧後，打算自己一人孤身離開。

「你今天一整晚哪裡都不用去了，就在上面房間慢慢玩吧，反正我是買全場的。」葉雲書搖晃著腦袋，舒活一下筋骨，笑著說道：「明天睡晚點也沒關係，中午一起吃飯，我再介紹個朋友給你認識。」

「明天中午還要這樣啊？」我大驚。

「當然不是，笨蛋，明天中午那個朋友是女的，我女朋友啦。」他笑著，但忽然又壓低聲音，靠到我耳邊說：「這個是外婆，你懂吧？」

我沒辦法去細思，究竟這段時間以來，自己對葉雲書所知多少，他結婚了嗎？「外婆」的特殊解釋是指外面的老婆，他平常住在台北，怎麼會有個在台南的「外婆」？那一晚我無法做仔細的推敲，更不可能打電話回去給碧茵或鬆餅問個仔細，我所有的時間都花在床上，跟那兩個免費的女郎胡天胡地，幾乎用遍了所有我從色情影片上看來的姿勢，也耗盡了全身的力氣。她們這算不算得上是訓練有素？或者這是她們最大也最重要的服務項目？當那兩個女郎要離開前，我終究還是掏出了自己身上所有的現金，大約七千塊左右，給她們當作小費，也算是她們一整晚陪酒賣笑又兼賣身的「慰勞」。

所以我這趟來台南，根本是來淫亂跟敗家的，是嗎？當隔天中午，拖著疲憊又痠軟的腳步，踏出建築物的電梯，重見天日的瞬間，又被南台灣的陽光炙得睜不開眼時，我以手遮眼，勉強自己去適應這真實的世界，然後為了想到便利店買瓶水喝卻又身無分文而苦笑不已。

接到電話，確定了午餐地點後，我循路前往。其實除了葉雲書，我還認識不少台南人，只是幾乎都是讀者，似乎也不太方便呼朋引伴地去聚會，所以就在台南火車站附近，我獨自走進整棟都以玻璃帷幕蓋起的小餐廳，在那個別緻的環境裡，葉雲書一改昨晚的風流，居然徹底變成一個溫柔服貼的小男人，而他身邊的女孩相貌平凡，說起名字時我也完全陌生，但葉雲書笑著說：「不過另一個名字你一定有聽過。」

那名字一說出口，確實讓人頗為錯愕，因為本名我雖然不認識，但她的筆名「觀月紫」卻令我又更加驚奇。這個日文名字的擁有者，是前幾年在網路上也頗負盛名的作者，不過她不是寫小說，觀月紫以在網路上發表系列性的短篇畫作聞名，還曾經被廠商相中，將這些可愛的圖畫人物印刷在文具上，當時曾蔚為潮流，連碧茵都買過，所以我早已知道這人的存在。

這個一頭長髮與鵝蛋臉，極具氣質的女孩非常活潑，老是說些出人意表的話，總有突發奇想的點子，比如葉雲書說改天也許我們可以用不同的方式，來做出版社這次徵文活動的宣傳時，她居然建議我們上了台就別用講的，改唱歌好了，反正那麼會寫，隨便抓幾首歌來改編一下，或許可以讓大家耳目一新，而且印象深刻。我聽得差點沒笑出來，果然畫圖的人腦袋都比較特別，思考方式也與眾不同。

聽著他們「兩小無猜」的戲語，那頓飯我吃得很愉快。如果不是鬆餅接連打了幾通電話，害相思的她老是問我何時回台北，我原本還打算接受葉雲書的提議，下午一起到海邊去走走。臨離開前，他忽然又叫住我，問我下個月是否有空，他有一場台北的活動，想找我去當特別來賓。

「活動？」我愣了一下。

「天知道，反正是婉真在處理的。」他說得很隨興：「你有空的話就過來露露臉，這樣就好。」

當鬆餅問起這兩天一夜的行程時，我說得非常詳盡，只是避重就輕，將昨晚的酒店鬼混、還帶著兩個酒店女郎陪宿的事情，說成跟葉雲書在台南的酒吧裡喝了一整晚，後來就睡在路邊的汽車旅館。她沒有懷疑，因為這正好可以解釋我身上的廉價香皂氣味，而酒醉酣睡也是我整晚沒接電話的好理由。

只是當昨晚荒淫一夜後，其實我有些力不從心，但好幾天沒跟鬆餅約會，這個自然也是畫卯般非做不可的例行公事。完事後，我們一起沖了個澡，接著趴在電腦前，我忽然問起，想知道葉雲書有沒有已經公開的女朋友。

「我記得是有，以前曾看他在個人網頁上寫過。」點點頭，完全不知道我的心機，鬆餅賴在床上，將筆記型電腦搬到床邊，拉得到處都是電線。在她開始搜索網路資料時，我稍微張望了一下，不知怎地，忽然覺得這女孩的生活習慣竟然如此懶散，只見兩個吃完的泡麵碗還擱在垃圾桶邊尚未處理，連碗內的麵渣也沒倒掉，而垃圾桶早就滿了也沒處理；床腳邊兩支衣架上掛著她的內衣、內褲，老實說，樣式真的很老土，根本就是二十年前那種國中小女生的款式，而且大多已經泛黃，甚至也配不成套，這點跟重視內在美的碧茵相較起來，實在扣了太多分數。我還發現，地板上到處都是她的頭髮，似乎很少清理，連桌上的瓶瓶罐罐也亂成一團，簡直就像夜市攤販的倉庫一樣。

「有了，在這裡。」完全沒注意到我正在犯嘀咕的心情，鬆餅指著螢幕，說：「去年底的事情而已，他帶著女朋友一起出席活動，據說已經論及婚嫁了，婚期打算訂在今年底呢。」

「真的？」雖然這兩天受到的驚嚇已經夠多了，但都比不上這個消息讓我感到震驚。葉雲書要結婚？那可是天大的新聞呢。

「幹嘛那麼驚訝？」

「當然驚訝囉，畢竟他是葉雲書嘛，一堆少女崇拜的偶像呢，他要是結了婚，不曉得會讓多少少女夢碎。」我故作沒事地笑著說。

「那倒也是。」鬆餅點頭，也笑說：「不過要是他爆出什麼八卦新聞，譬如劈腿之類的，應該會更讓人幻滅。」

如果他有什麼緋聞？一句無意間的聊天話，忽然勾起我內心深處的一段記憶，我想起藝詩說的，如果我要獨佔尚文所有的行銷資源，沒有別的方法，就是扳倒葉雲書。而該怎麼扳倒他，這個我一直想不出的方法，卻從只穿著內褲、窩在凌亂被窩裡的鬆餅嘴裡不經意地說了出來。

但我真能這麼做嗎？或者，我懷疑自己真的做得到嗎？又是否真有這樣的必要呢？開著新車，載鬆餅去陽明山夜遊一趟，順著山路彎道前進時，我們打開車窗，讓外頭的涼風吹進來，強勁的冷風拂面，依舊吹不散籠罩我心裡的這些複雜思緒。但這些思緒我沒辦法對別人說出口，因為那太過卑鄙。

以前無論是賽子雲，或者肥仔朱，這些交鋒或鬥爭都出自於無奈，我根本沒打算去得罪任何人，也不想淪為誰的打手，完全只出於自保。打退這些外來的騷擾後，我也從不趕盡殺絕，只求繼續相安無事。但這回不一樣，因為我太清楚，只要抓到機會，從這個角度去攻擊，肯定能讓葉雲書身敗名裂，甚至從此在文壇絕跡。這種事情絕非誇大其辭，台灣若干年來就有過不少例子：經常在書裡和電視上大談兩性相處關係的作家，因為外遇事件從此隕落出版界；一直鼓吹禪修思想、講究無欲無求的文壇大師也因為外遇和離婚問題，在市場上一蹶不振。葉雲書和我都一樣，我們都靠著營造美麗而純潔的愛情，才能在這個市場上混口飯吃，要是一個專門建構情感夢幻世界的作者，居然在論及婚嫁後還被踢爆劈腿消息，那後果可想而知。

所以我在猶豫，要不要親手點燃這枚炸彈的引信，那除了可能會害死一個明星作家之外，更重要的是他待我其實不薄，無論當初他推薦我加入尚文的本意是什麼，但推薦是事實，也讓我從一個平凡無奇還背負債款的魯蛇一飛沖天，成為台灣網路文學領域裡，僅次於他、炙手可熱的新銳作家，於情於理，我都不該幹出這種缺德事才對。

不過這樣的想法，要不了多久就立刻又動搖了。捧著一大束鮮花，站在舞台邊，我一點祝賀的興致都沒有，心裡只充滿了矛盾的思緒。葉雲書這個活動很有趣，它不是空洞乏味的簽書會，反而像是一場宣告勝利的慶功記者會。偌大一個舞台上擺了張長桌，桌上有巨大而誇張的冰雕作品，雕刻師傅將一大塊冰雕成阿拉伯數字「4000000」，我數了一下，一共有六個零，所以是四百萬。這場「慶祝葉雲書作品歷年銷售累計總數破四百萬冊」的慶祝活動，就辦在台北世貿附近的大飯店裡，尚文出版社花了大筆銀子租下大型會議廳，也廣發新聞稿給各大媒體，並且配合葉雲書的新作做宣傳，讓限定數量的讀者入場，全都坐在台下觀禮。

這是我頭一次看到尚文出版社的社長，一個已經禿了的老頭，滿臉紅光，穿著合身西裝，看來大概五十幾歲上下，笑得非常開心。我相信他的笑容肯定是發自內心，因為一本書如果賣兩百元，我可以賺二十元上下的話，那麼依照葉雲書的身價，他至少可以賺到三十；而另外的一百七十元當中，大概會有近七十元左右落入出版社的口袋裡。也就是說，四百萬本書賣出去後，他至少幫尚文出版社賺了將近三億，這還只是保守估計而已，並不包含其他的部分，比如國外版權或其他授權。三億，那是一個正常上班族要幾輩子才賺得到的收入，而葉雲書竟然在短短數年間，幫尚文達到這個數目，難怪社長笑得合不攏嘴，還在這麼不景氣的當下，為他舉辦這場超大型活動。

社長致詞後，跟著是總經理的簡短談話，然後才是葉雲書登場，在那些歌功頌德的時刻，我一直站在帷幕後，等流程進行到我該出場的階段。

在等待的時候，我透過帷幕的邊縫看出去，台下大概坐了三百個年輕讀者，瞧他們瘋狂鼓掌與歡呼的模樣，我忽然感到非常可悲。如果有一天，我生了小孩，他在幼稚得還不懂人世間所有的悲歡離合與種種折磨時，就先看了像葉雲書所寫的這種好純情、好浪漫的愛情故事，從而以為這就是一生該追求的，那我該怎麼辦？萬一他不但看了，還從此成為葉雲書的信徒，連這種比簽書會更沒意義的活動都興沖沖地去參加抽獎，只為了一個坐在台下——是啊，連張椅子都沒有，只能把屁股放在地毯上——除了歡呼與鼓掌外根本沒其他事情好做或好學的活動，那我會不會一巴掌打死他？我看著這些孩子們，大多不過十幾歲上下，正是不分青紅皂白瘋狂崇拜偶像的年紀，他們真的懂了什麼叫做文學嗎？或者，他們真的能分辨一篇文字作品的好壞嗎？還是跟那些追逐偶像藝人的粉絲一樣，在乎藝人開什麼車、載什麼女孩出遊，遠勝於人家做了什麼音樂，甚至他們也永遠不會省悟，這些光鮮亮麗的活動，其實都是他們這群坐在地上的傻子掏錢來幫忙舉辦的？天哪，我心中驚呼，文學的傳承竟是透過這樣的活動來薪火交棒，我們交的到底是什麼棒呢？

我又想到剛剛在後台，婉真將一大束花交給我時，她千萬叮嚀與交代，要我在台上多說幾句好聽話，一定要特別強調葉雲書與我的推薦關係，因為這是一個互利的舉動，既突顯了葉雲書在網路文學世界裡的領導地位，同時也是替自己打廣告，讓台下那些「葉氏粉絲」們知道，這裡還有一個寫得也很好的萬寶路。

我只是淡淡地點頭，一口承諾，心中卻莫名湧起一陣厭惡感。是誰主張要我當來賓的？是葉雲書？還是婉真？如果是葉雲書，我還相信他是出於分享喜悅的心情，但如果是婉真呢？我忽然有一種很糟糕的念頭，這個念頭就像一片烏雲忽然遮蓋住頭頂，讓我從此不見光明，只能把一切都往壞處想。或許她這是在提醒我些什麼？婉真說過，距離真正的一線作者，我還差了一步，有一條隱形的線，將我屏隔在這一邊，讓我必須汲汲營營，也只能分到葉雲書用剩的行銷資源，我在尚文得到的一切，全都只是次級規格。這束花送出去，說了那些話之後，就注定了我只能是老二，永遠也當不了大哥，因為那等於在公開場合承認我是個需要提拔、被推薦的角色，而沒有自己殺出一條血路、闖出一片天空的本領。

那瞬間，我的身體有些站立不住，整個人也恍惚了一下。就在此時，旁邊忽然有人輕輕地拍了我的肩膀，回頭，赫然是藝詩。我愣了一下，已經離職的她，怎麼會出現在只有尚文出版社的工作人員才能出入的後台呢？

「妳怎麼進來的？」

「有很難嗎？」她聳個肩，說：「這個活動可是我離職前就提案上去也審核通過的，只是在它舉辦之前我就離開了而已。我要進來看看，這有什麼難的？」

「妳是說，這個活動的企劃是妳做的？」

點點頭，跟我一起往外偷看了幾眼，藝詩說：「你看出來了沒有？網路小說的發展其實是很有脈絡可循的。」

「怎麼說？」

「有人草創時代，有人推動巨輪，而有些人則搭著時代的順風車。如果我猜得沒錯，接下來應該會進入戰國時代，弄個天下大亂。」藝詩說到這裡，卻故意賣起關子，反而提醒我要回到現實，因為接下來就該我登場了。

當我走上舞台，把花送給葉雲書時，台下爆起了熱烈掌聲，跟著是沒停過的閃光燈此起彼落，我們維持著一送一接的姿勢至少一分多鐘，臉上的笑容都已經快要僵硬，好不容易才完成這個階段，本來我打算省略所有的對話，直接轉身下台，然而主持人卻拉住我，又向大家介紹了一下，還特別強調，我是葉雲書多年來唯一一位推薦過的作者，不只是後起之秀，更儼然有了網路小說天王接班人的架勢，才短短一年多，我已經穩定而快速地累積作品數量，看來要超越他是指日可待的事。這話聽得我心虛不已，只能簡單地點頭微笑，心裡卻惶恐萬分。出版品的數量不斷累積又如何？總銷售冊數只怕還不到他的一成吧？人家的書可是足足賣了超過四百萬冊哪！偏偏葉雲書忽然接過麥克風，對台下諸多讀者說：「我的朋友很多，但只有這一個是寫小說的，所以我非常期待。今天出版社替我辦了一場總銷售數字超過四百萬本的慶功會，我想問問他什麼時候也要辦一場，等那一天，我也要來獻個花。」接著，他又對台下觀眾說：「你們呢？你們有沒有什麼話，想問問萬寶路？趁著今天這個機會，讓他練習一下，等哪天換他當上主角，他也得這樣回答大家的問題，對吧？」

那當下我只覺得羞愧難當，別說總銷售冊數要四百萬了，光是四十萬都還沒達成，要怎麼增加十倍呢？今天我只是一個特別來賓，根本沒準備什麼，現在連客套話都沒辦法好好說完了，又怎麼面對台下可能出現的各種怪問題？正在躊躇著脫身之計，結果台下居然真的有人舉手，第一個問題就讓我嘔血，那是一個看來只有國中生年紀的小女孩，她接過麥克風，怯生生地問了一句：「請問你愛情故事寫那麼快，是不是因為你談過很多次戀愛？」

哭笑不得中，我腦袋的思考方向已經不得不隨著問題的產生而改變方向，得想想該如何回答，但葉雲書立刻又點了另一個人，那是個滿臉青春痘、看來發育不良的高中男生，他則問我一個非常無聊的問題：「我想請問一下，葉雲書大哥曾經說過，他的小說裡有很多故事都是真實的，那你也是嗎？」

這問題我也只能苦笑以對，它果然印證了我剛剛上場前的胡思亂想，這些小鬼真的懂小說的好壞嗎？瞧著那個小男生一臉認真的樣子，我知道他肯定不懂，因為只有不懂小說的人，才會傻傻地提出「小說是真是假」的蠢問題。

「還剩一個問題的機會，快點，誰要問？」充當起主持人的葉雲書居然連口吻都這麼唯妙唯肖，他站在舞台邊緣，做出眺望的手勢，跟著立刻點了一個非常接近舞台的小女生，那個小女生我實在連看都不想看，她不僅又矮又胖，而且眼睛非常小，五官幾乎是擠在一起的。我忍不住替葉雲書感到哀傷，怎麼放眼看去，他今天這場活動，來參加的每個讀者都長得這麼慘不忍睹呢？

「我想請問萬寶路一個問題，就是……」那個胖女孩輕咳一聲，問道：「我們都知道，你是葉雲書大哥的徒弟，請問你是怎麼跟他學寫小說的？」那問題一問完，我就從有點想哭，變成真的很想哭了。

第十一章
當時祇記入山深

我好奇的是藝詩怎麼會策劃一個這樣的活動，在我看來，不管從什麼角度切入，這個活動都找不出任何值得舉辦的意義。跟她在後台對話的同時，下一位特別來賓剛自歌舞聲中登場，那來賓是個電視上常見的女藝人，載歌載舞，就是要為葉雲書大壯聲勢。聽主持人方才的簡單介紹，似乎那個年輕的女藝人在出道前，也曾經是葉雲書的書迷。

「反正就是造神，這麼簡單。」藝詩攤手說：「活動重點不見得是內容，重點只是看對象是誰，我寫這企劃，就為了證明這個觀點而已。」張望了一下，見四下無人，藝詩對我說：「但我與婉真在觀念上最大的分歧也就在此，葉雲書已經是神，他不需要多加這種錦上添花的造神手續，反過來，他應該漸趨低調，朝著內涵的方向發展才對。至於你，你才是需要這種活動的作者。」

我點點頭，本來想再繼續聊下去的，但眼見台前的女藝人即將唱完，活動正在如火如荼進行，又有一波工作人員進出，我們只好暫停話題。那個女藝人走進休息室後，根本連朝我看一眼的興趣都沒有，就讓助理之類的人員簇擁著離開。接著，我看見尚文的新任行銷扛著好大一塊寫有數字的背板走出去，隨即聽到主持人興奮地說明，原來那就是葉雲書這本新書的首刷版稅數字，我瞪大眼睛，幾乎不敢相信，因為那比我的新書首刷版稅足足多了好幾倍；每出版一本書，尚文出版社會在出版的隔月就將第一次印刷的版稅總額結算給我，之後每半年才以再刷後的實際銷售數字結算。這種具有熱度與時效性的網路小說，看重的就是出版之初的爆發力，所以相對地，它能帶給作者的收益也就直接反映在首刷版稅上。我的前幾本書，每次首刷大約能拿到四十至五十萬元上下，而剛剛那塊板子上的數字，足足有一百七十幾萬。

「你覺得一本書才剛上市，就能輕而易舉讓一百多萬現金掉進口袋的人，還需要這種活動嗎？」苦笑著，藝詩在我旁邊輕輕地說。

舞台上，尚文出版社的禿頭社長將這塊板子象徵性地遞交到葉雲書手中，現場響起一片連綿不絕的熱烈掌聲，跟著依序是總經理、總編、主編等一干人在唱名中紛紛上台，工作人員將一把把小槌子交到眾人手上，就在氣氛營造到最高潮、現場幾乎為之瘋狂的時候，他們一起動手，將那座「4000000」大冰雕敲個粉碎。

一整個下午的活動中，除了誇耀成就之外，更不能免俗的，當然還是葉雲書要端坐桌前，為所有讀者簽名。本來我跟藝詩已經打算離開，新任行銷忽然走過來，問我過兩天是否有空，她臉上完全沒有剛才的興奮之情，口氣也很稀鬆平常，只說有個廣播電台的節目，想找我去做採訪。

「要去的話，我把地址給你，就在大直附近，你到了以後跟對方聯絡。要是懶得跑一趟，電話採訪其實也可以。」說得輕描淡寫，但見我眉頭一皺，才又問：「怎麼，有什麼問題嗎？」

我搖頭，說並沒有問題，既然電台在台北，去一趟也無所謂，只是大直附近我真的不熟，而且活動是由出版社接洽的，還是希望有人陪著一起去。聽我這麼一說，這名個子嬌小，綁著一撮馬尾，本來就沒什麼好臉色的新任行銷，表情忽地刷了下來，居然當著我的面表露出極度的不耐煩。

「沒關係，那一帶我很熟，我可以帶路。」就在狀況有點僵持的當下，藝詩滿臉笑容地往前一步，輕輕巧巧地化解了尷尬，說話的同時，她還偷偷伸手拉了我一下。

說是要看開一點，但我認為這何等困難，畢竟感受差別待遇的人就是自己，這種親身體驗的滋味實在很難受。不知怎地，整個尚文出版社簡直是在大換血，除了藝詩離職之外，連坐鎮門口的總機小姐也換了新人。我們搭著電梯直上七樓，原本我很習以為常地要朝裡面走，然而還沒推開進辦公室的玻璃門，就被新任總機小姐叫住，她還傻愣愣地對我說：「先生，你是哪家快遞的？送件的話，麻煩請在這裡等。」

這個小插曲讓陪我一起上樓的藝詩笑得合不攏嘴。我只是順路過來一趟，因為婉真打了電話，說有幾個採訪過我的學生，將他們採訪後編輯的校刊，連同要送給我的禮物全都寄到出版社，叫我找時間過來拿。

沒好氣地收下這些東西，扔到後座去，驅車前往大直方向，一路上我都覺得憤恨難平，再怎麼樣也不該淪落到讓一個離職的行銷人員陪我去跑通告的地步，而且藝詩還調侃我，說怎麼去了尚文的辦公室，卻看到我如此安分的模樣，簡直是連大氣都不敢吐一口，甚至椅子就在旁邊，我也沒有直接坐下，活像被叫到訓導處聆訓的小學生。

「不然呢？妳認為我應該怎麼做？」等紅燈時，聽她說著，我反問。

「都合作那麼久，也跟婉真那麼熟了，我以為你會和葉雲書一樣，把那裡當成自己家客廳才對。」藝詩說她印象中，以前葉雲書一到辦公室，總是跟每個人大聲寒暄，坐在有滾輪的辦公椅上到處溜，隨手就去翻閱書架，簡直像在自己的地盤一樣。

嘆口氣，我說這就是一哥跟二哥的差別，雖然我在尚文出版社也算是主力作者，一般人也認為我已經頗具大將之風，儼然是網路小說領域裡的下一顆劃日彗星，然而事實如人飲水，真的冷暖自知。拍拍我肩膀，藝詩沒有多說什麼，倒是陪著嘆了好大一口氣。

主持人笑靨依舊，嗓音也還是那麼輕柔富磁性，四十分鐘的採訪結束後，讓人有種餘音繞樑的舒暢感。對談中，我很認真地暢談自己在小說中企圖表現的種種理念，也再三強調，希望可以不去計較所有的得失，將創作的重心放在如何使自己的作品除了市場銷售外，也能令年輕讀者有所啟發。這份使命感，是自己在這個新興而蓬勃的平台上不能遺忘的，我自認為有這必要，非得堅持下去不可。

通告結束後，我原本打算送藝詩回家，而她卻突發奇想，問我想不想一起吃飯。反正閒來無事，我也在被採訪的虛榮過後，又漸漸陷入惆悵情緒，所以順著她的提議，乾脆開上陽明山，在山路邊的野菜餐館裡吃了一頓。當車子順著山路蜿蜒而上，回首迤邐，迎面又飄來細細薄霧時，我有種恍如登仙的悠適之感，似乎所有的不平全都遺留在喧囂繁雜的塵世之間，而我捨棄了那些紅塵轇轕後，就像得道的修行者一樣，逐漸地了脫塵緣。不過當然這中間還是有點差別，一般的修行者要鍛鍊心志，禁慾禁色，但我身邊卻是個穿著連身短裙的性感女孩，打開車窗時，飄進來的霧氣彷彿都沾染了她身上的香氣，氤氳間讓人心蕩神馳不已。

逛了一圈，我打算循原路再回台北，但在陽金公路的終點，靠近省道邊的便利店暫歇時，藝詩卻進去買了好幾瓶啤酒出來與我對飲，我起初有些猶豫，畢竟這條山路起迄兩端常有警察臨檢，專門守株待兔，查緝那些玩改裝車的飆車族，新聞上時有所聞，要是自己也在這裡酒駕，恐怕會惹上不少麻煩，而且沒跟碧茵報備，不知道她夜班結束後會不會過來新家。不過藝詩卻絲毫不以為意，她甚至沒打算要回去，還問我今晚能不能在外面過夜。

「過夜？」我愣了一下。

「我知道這邊過去再不遠，有一家很棒的溫泉會館。」說著，她朝我一眨眼，很俏皮地補了一句：「很隱密，不會有人跟蹤得到的那種。」

先前那似夢而非夢、清新脫俗的羽化閒情，在酒精與溫泉的催化下，變成了一幕幕綺麗而荒唐的畫面，一種從所未有的激情自體內最深處驀地轟炸開來，而身體的每一處感官反應，則如同陷入深黏的泥淖，再也無可自拔。我們付了錢，拿了房卡後，才剛將車子開進車庫，就迫不及待地激烈擁吻，連房間都還沒進去，藝詩便將我脫得幾乎一絲不掛，於是我們在垂吊著白紗網、很漂亮的帷帳大床上翻來覆去，瘋狂做愛，她甚至牽引著我，一起踏入溫度適中的露天溫泉池裡，在池邊繼續狎愛。我的雙腳踩在水裡，屁股坐在木頭地板上，而藝詩全身泡在溫泉水中，用心地埋首為我口交，在一片淫靡氣氛中，我根本忘了自己是誰，當然也忘了連日來所有的不愉快，更不會在這種時候還想到碧茵或鬆餅。

是啊，碧茵雖然也是喜歡狂熱激情的女人，但她哪裡比得上藝詩擅長的欲擒故縱，而又撩人心弦；鬆餅雖然稚嫩年輕，又哪有藝詩在輾轉呻吟時，那眉頭緊鎖卻還略帶歡足的成熟媚態？所以我們做了一次又一次，直到真的筋疲力盡，時間都已經凌晨兩點半了，才帶著一身的疲憊，幾乎在溫泉池裡睡著。

「有沒有人告訴過你，你是那種不自覺中，就會讓女人著迷的男人？」依偎在我懷裡，藝詩拉著我的手，輕輕撫過她豐滿的身軀。怕她受寒，我貼心地撥撥溫泉水為她保暖。

「從來沒有，我也不認為自己會有這種特質。」很認真，我正色說。

「就是這樣。」調皮地，她捧了一把溫泉水，全都澆在我頭上，然後說：「我說真的，如果是葉雲書那種男人，他要多少女人都不成問題，但那種人不會激起女人的憐愛之心。」

「因為他大概也不需要。」我沒好氣地說，怎麼這時候聊起葉雲書呢？

點點頭，藝詩說道：「沒錯，他不需要，因為他已經太成功了。」轉過身，與我相擁而吻，滑膩的舌尖在我嘴裡不斷攪動了許久後，她才慢慢離開我的嘴邊，又說：「但是你不同，真的。以前剛認識你，陪著你跑活動，我常常覺得你很可憐，但那種可憐的意思不太一樣，你懂嗎？」捧著我的臉頰，藝詩說：「我老覺得，你就是欠缺一個機會。雖然那時我也不知道這個機會究竟在哪裡，但沒關係，只要持之以恆，相信總會有成功的一天。你說對吧？」

「對。」於是我乖乖點頭。可是藝詩卻忽然雙眉一軒，用力猛搖了好幾下頭，說道：「當然不對，你這個笨蛋。」

「我是笨蛋？」不懂她葫蘆裡賣的什麼藥，我錯愕得說不出話來。

「你以為我為什麼想跟你上床？想跟你做愛？甚至連保險套都不用，就這麼大方地讓你射精在我身體裡？難道只是因為我喜歡你嗎？不，絕對不是，那是因為我想滿足你身為一個男人的渴望，你讓我覺得有這麼做的價值，換句話說，投資報酬率計算起來是很划算的。」

「我不懂。」我苦笑著。

不繼續在溫泉池裡泡著，藝詩一把將我拖上了木質地板，拉了純白色的小棉被，遮蓋住兩人的身體，問我知不知道呂不韋的故事，而我當然點頭，還說了句成語：「奇貨可居」。

「沒錯，之於我，你就是那件『奇貨』，值得我粉身碎骨、也要拚著去投資的『奇貨』。」不讓我有提問的機會，藝詩說：「或許照我剛剛說的，繼續盡自己的本分、默默地等待一個機會到來，你總有一天一定可以出人頭地，但請問，那要花多久時間？一年？兩年？還是三年或五年，甚至更久？你認為一直這樣寫下去，那個新來的行銷就會對你刮目相看？或者那隻尚文的看門狗就會對你搖尾巴還請你直接進去？別開玩笑了，萬寶路，或者我這時候應該叫你魏崇胤先生？你想當哪一個？」

「我想，當萬寶路可能會開心點。」我黯然，魏崇胤走出門去，他什麼都不是，但萬寶路卻可以在廣播電台的高級會客室裡喝咖啡。

「但現在這程度的萬寶路是絕對不夠的，你懂嗎？還記不記得我跟你說過，在我離職時說的那些話？人家能放多少資源在你身上？就像那天的白痴活動，婉真會不會願意也為你辦一場？還把社長、總經理都請來，順便再找個只會搖屁股、抖胸部的三流小歌星來助陣？會嗎？不用猶豫，也不需要想，我們都知道那是不可能的事。明天天一亮，下山之後，這些問題不會被解決，你一回到台北，寫完下一個故事，就會發現自己的首刷版稅依然只有那四、五十萬，根本不是人家的對手。

「不過這也正是我認為你是『奇貨』的原因，我有我的想法，也有自己的盤算，我想讓你成為一個能夠取代葉雲書的人，從此不會再有低能讀者問你是不是葉雲書的徒弟。」

說到這裡，藝詩雪白的胸部急劇起伏，甚至還沁出了幾顆汗珠，但我已經完全失去了色慾，只想聽她怎麼繼續說下去。

「你上過電視節目沒有？」

「沒有。」

「去過大陸宣傳了嗎？」

「沒有。」

「嘗試過把自己演講或座談的身價拉高嗎？」

「就怕拉高以後沒人找。」

「想過要多一些不同的寫作路線，別讓市場在你身上貼標籤，搞得你好像只會寫愛情故事嗎？」

「婉真不會希望我這樣做。」我已經滿是無奈，但藝詩卻毫不客氣，回了一句：「去他媽的婉真。」

夜風漸起，但我們絲毫不覺得冷，一直窩在床邊的地板上，藝詩褪去了她柔媚的那一面後，展現在我眼前的，是既強勢又果斷的態度，她扳著手指，一一細數哪些我可以嘗試的方向，也做了具體說明。她要我樹立自己的風格，在各種管道上盡量曝光，只做自己就好，就像那個隨性不羈的魏崇胤，這樣才有親和力，絕不能一味模仿葉雲書的斯文書生路線，甚至應該更放浪形骸一點，才能彰顯自己的特色。等大家都認識這樣的萬寶路之後，我就該力求突破，爭取多元寫作與出版的機會，尤其要注重質與量的均衡，別窮於應付來自婉真的稿約，而同時也要從另一面著手，培養自己的人脈，更要去爭取文學前輩們的認同，在大家一面倒地抨擊網路文學時，必須成為他們唯一支持的作者。這樣耕耘下去，等到時機成熟，一個另類的神就會傲然挺立雲端，成為下一個世代的文學明星。

「只會寫愛情故事的作者，是最沒前途的作者；壓低價碼來吸引學生邀請演講的作者，是最可悲的作者。」藝詩堅決地說：「答應我，證明一下，別說我看走眼了。」

「但妳知道這些都有執行上的難度，不是嗎？不說別的，要想去大陸宣傳，搶佔簡體字的市場，這絕對不是我跑到尚文去嚷嚷就可以的，況且那些行銷資源，人家不願意分給我，我又能怎麼辦呢？」我細思著，儘管這些建議都很有道理，但難處卻也不少。

「是呀，所以你必須扳倒葉雲書。」藝詩說得理所當然：「又回到我們這些討論的最初，這個還沒能突破的關鍵點——想辦法，把他踢出局。」

「踢？談何容易？」我不禁失笑，「就算人家的純情書生都是演出來的，但也未免演得太好了，他跟『深情』二字簡直都劃上等號了，妳要怎麼動搖他的地位？」

「你又怎麼知道他是演出來的？」藝詩瞪視著，突如其來這一問，忽然讓我縮口。該怎麼解釋呢？我想起那個到台南參加座談的傍晚，一群人在酒店裡荒唐胡鬧的畫面，也想起葉雲書買單，讓我帶了兩個酒店女郎去開房間的慷慨大方，更想到隔天中午，他毫不避諱地帶著觀月紫來與我一道午餐，更將我當成自己哥兒們，要我幫他保守這個劈腿的祕密。這當下我該怎麼解釋，才能逃得過藝詩銳利的眼光，又保全了對葉雲書的義氣呢？

「聽著，嘿，仔細聽我說。」拍拍我臉頰，很澄澈的眼神，幾乎就要看穿我微薄如紙的偽裝，藝詩說：「你要搞清楚，這就像一場戰爭，勝或敗的契機只有一瞬間，誰能掌握住，誰就會贏。大家都說葉雲書是推動網路文學的巨輪、使之發達的那個始作俑者，但我一點也不這樣認為，換作任何人，誰都可能辦得到，他只不過剛好掌握到一個契機，在那個少數人從事網路創作的時間，率先開始寫起，而且正好沒幾個人寫得比他好。但現在不同，光論文筆，你就絕對在他之上。

「但我們如果想獲勝，同樣也需要那個契機，這是孤注一擲的機會，你要是知道了什麼，就快點告訴我，這樣我才能幫你想辦法，運用到這場戰役裡；反之，你要是始終拿不定主意，只想龜縮在自己的小世界裡，滿足於目前的成就，那你也早點說，今晚就當我們是一夜情，大家都爽，爽完了什麼事也沒有，因為我不想賭上了自己的一切，卻輸在你的猶豫不決。」

我不知道這樣究竟是對是錯，但在這當下，根本沒有任何轉圜餘地，硬著頭皮，我只好和盤托出，不但說了觀月紫與葉雲書之間的關係，甚至也老實承認了酒店尋歡的那一節。不過令人訝異的是藝詩完全不在乎，她反而鉅細靡遺地問我，那天在哪裡吃飯、吃了什麼，觀月紫跟葉雲書之間如何互相稱呼，兩人看來感情如何，甚至連觀月紫當天穿的是什麼衣服都問得清清楚楚。

「妳該不會打算從這裡去做文章吧？」我隱然有些膽寒，彷彿自己說了一個萬萬不能宣之以口的祕密，也不知道這麼一說，會不會惹來偌大風波。但藝詩搖搖頭，她說非常時刻總得使些非常手段，只是要不要從這個地方下手，或者應該如何下手，這她還沒有計畫。

「答應我一件事，要怎樣做到真正出人頭地，這些我都可以配合妳的計畫，但是唯有這件事，請妳無論如何要給我一個承諾，」很慎重地，我說：「我們要的一切，都應該靠自己本本分分去努力，就算不扳倒葉雲書，頂多也不過是多花一點時間、繞點遠路而已，那個目標終究有一天會達到，不管怎麼樣，我都不希望踩著別人的鮮血，用別人的性命來實現自己的夢想，好嗎？」

「好，當然好。」嫣然一笑，她忽然攀身，跨開兩腿，坐在我的大腿上，溫熱的私處一刺激，我立刻又有了性慾的感覺。不過藝詩卻揪著我的臉頰，惡狠狠地問道：「但你也得給我個交代，關於你們上酒店的那件事。」

「那是逢場作戲嘛！」捱著痛，我掙扎。

「這種戲以後不准演了，懂嗎？」一手掐住我的臉，一手卻已經探向了我的下體，藝詩輕輕囓啃著我的肩膀，我聽到她語氣裡已有不再計較的笑意，連忙又道歉一次，順勢托高她的臀部，準備又要插入。

只可惜這個美好的打算沒能付諸行動，就在我們商量完大計，而我也坦承招供，以為皆大歡喜，可以繼續享受下半夜的甜美春光時，我的手機偏偏忽然響起，而藝詩把手一伸，就從角落裡扯過我的包包，拿出電話。

「不接？」見我搖頭，藝詩有些疑惑。今天在她開口問我是否不歸時，我是這麼說的：「今晚碧茵應該是值夜班，沒空理我，她甚至連電話都不會打來。」這下可好，剛剛的浪漫霎時間又煙消雲散，這次她關心的不是葉雲書怎麼劈腿，不是我的造神之路如何鋪排，更不是酒店裡我怎麼顛鸞倒鳳，她問的是：「誰是鬆餅？這麼晚還叫外賣嗎？」

這一晚我簡直是在天堂與地獄之間不斷輪迴，每當我快升天的瞬間，藝詩總能讓我轉眼又墮入深淵，她用力咬著我的脖子，就像原始動物廝殺般殘忍，往往在我幾乎以為她真的想取我性命時，才甘願鬆口，然後極其嚴峻地，要我一一坦白自清，究竟這一兩年來，沒公開的地下情人還有幾個。

「就這一個，沒了。」我坦承不諱。電話早已響了一通又一通，沒有哪個單純的朋友會如此無聊地非得找到對方不可，況且幾通電話沒接之後，鬆餅傳來的訊息還寫著：「親愛的，你睡死了嗎？」這種讓我百口莫辯的內容。

「我只問你一次，你愛她嗎？」藝詩也不囉唆，搖晃著手上那支我的手機，開門見山地問。

「怎樣算是愛？」

「你很會寫愛情故事，連演講也可以講兩性關係，你倒是說說，怎樣算是愛？」

「如果是我，我會分成三個等級，第一種最初階，叫做『欣賞』，人對世間所有美好的萬物都可以欣賞，無關乎愛情，那只是單純的好感。」

「你跟她絕對不只是這一層。」藝詩搖頭，「繼續說。」

「更進一步的時候，我們稱之為『喜歡』，這時會慢慢出現一種佔有慾，希望把這個自己喜歡的東西留在身邊，當然對人也是一樣。一般來說，大家都以為這就算愛情了，殊不知，那只是自私的心理作祟而已。」我說：「我相信鬆餅對我的感覺應該只到這個程度。」

「那還有沒有最高級？」

「當然，最高層次的愛情才是愛情，也就是真正的『愛』。達到這個層次時，人會領悟什麼叫做成全、叫做奉獻，那是一種為了對方也甘心就死的無私之情，只要能讓對方更好，他會不惜犧牲自己。不過套句爛小說裡常有的話，真愛就跟鬼一樣，大家都相信，可是誰也沒見過。」

「這麼說來……你對她也沒有到這種程度囉？」

與藝詩對望時，我總感覺她眼神裡藏著一股寒氣，那是平常從未見過的，直到今晚我們做愛後，彼此卸下所有的表相防備，她才願意讓我看到，所以這當下我也不敢遲疑，沒有就是沒有，很乾脆地直接搖頭。

「那她就不會是問題了。」稀鬆平常的語氣，手卻忽然揚起，藝詩就這麼若無其事地，把我那支新買的、價值不菲的昂貴手機扔進了溫泉池裡。我連驚叫都來不及，只能瞠目結舌，看著眼前這個裸體的女人。

「不管她年紀多大、是不是個難纏的女人，或者她有什麼後台與背景，那些都無所謂，只要你不愛她，那她就永遠不會構成威脅。至於她曾經跟你有過的一切，很抱歉，都在水池裡變成泡影了。」又以手輕捧住我的臉，這次她非常小心細膩，然後緩緩坐下，與我交合，藝詩喉間發出一聲淺淺的呻吟，適應了之後，才對我說：「我會搞定一切，全都服服貼貼，真的，我保證，就像今晚你感受到的一樣，完全不會有任何阻礙，相信我，好嗎，親愛的？」

第十二章 吾觀自古賢達人

我不知道藝詩將如何去搞定她所謂的「一切」，但隔天中午回電話給鬆餅時，倒是被她抱怨連天的囉唆攪得心煩意亂，她直嚷著，說自從肥仔朱的事件後，我整個人就好像哪裡不對勁了，也不曉得忙些什麼，電話不愛接、簡訊很少回，連在網路上也愛理不理。

「你是不是有別的女人了？」不知道為什麼，女人在質疑男人時的首選永遠都是這一點，她們總能創造出一個假想敵來威脅自己，弄得大家都神經兮兮。不過我也活該倒楣，自己心裡有鬼，雖然依舊矢口否認，卻不免色厲內荏。

「最好給我乖乖的，千萬別想亂來，否則我一定讓你好看。」她氣呼呼地掛上電話。

無可奈何，這當下我什麼也做不了，真的只能靜待藝詩展現通天本領，看她如何施為。

不過幾週的時間，趁著沒有行銷活動的空暇，我跟碧茵稍微佈置了一下新家，廚房很少開伙，所以只有最基本的配備；臥房的寢具則全都換新，老舊的棉被或枕頭就扔了。我們一樣一樣地添購，每次去大賣場，戰利品總能把車子塞滿。

「枕頭呢，最好不要太省，就算不買貴得要死、有保健功能的枕頭，至少也應該符合人體工學。」選了第一樣後，碧茵發揮她賢妻良母的本性與醫療照護的專業，又說羽絨被雖然保暖，不過蠶絲被的質感也不差，總之不能再買一般的棉被，以免又蓋得不舒服，她更堅持不買來路不明的芳香劑，一定要使用精純的香精油來維持室內芬芳，還自作主張地請裝修工人來，在書房裝了一台抽風機，讓我可以盡情抽菸。

「但是抽風機會擋住窗戶的視野。」我說。

「少看一點風景，卻能讓你多活好幾年，換算起來很值得。」她說著，轉頭就對等候指示的工人一聲令下，「裝，千萬別客氣！」

抽風機有了之後，最重要的是書櫃，能將所有的藏書一一上架。而且我還換了新電腦，正所謂「工欲善其事，必先利其器」，有了這部電腦的幫助，才短短兩個月，我幾乎已快完成下一篇作品。

很清楚我工作的型態，碧茵不會在不該出現的時間出現，一本書從無到有的過程大約需要四個月，頭兩個月基本上是構思，或者尋找題材，所以不需要窩在電腦前面工作，等到大致的架構完成，只剩下付諸於文字時，我才需要絕對的安靜，好讓自己專心致志，將故事一段一段地完成。像這種時候，碧茵要嘛乾脆不過來，或者來了也只會窩在客廳與臥房，從不進書房打擾我，但有一件事是不變的，就是不管任何時候，只要有她在，我就永遠不會餓肚子。

當新家整頓好之後，稿子也即將完工了，這次我將格局縮小了些，故事重點挪到大學校園，寫起大學高年級生面臨畢業時的徬徨，與他們在那時可能會有的愛情觀轉變，這故事很輕，但著重在內心刻畫，網路上的評價一樣不差。為了這個故事，我特地聯繫了幾位在線上經常與我有互動的大學生讀者，一一採訪他們的觀點，甚至也有些剛出社會的新鮮人，在網路上讀過這篇小說後，紛紛寫信過來，表述自己的看法。

我將這些訊息透露給婉真，她想了想，覺得頗有可以發揮的空間，提議將這些信件做個整理，挑選文筆較佳、或內容較好的信函，收錄在紙本書籍的最後，因為這些讀者的鼓勵與讚許，意義大過於找別的作家寫推薦，她問我意見如何，我當然滿口答允。

「除此之外，我們應該還可以做點其他的活動，畢竟是接近年底的旺季，應該要設法衝業績。」電話中，婉真這麼說著。

是呀，年底可是出版業的旺季。學生於九月份開學後，會開始在學校裡分享資訊，此時若能有新作品問世，也就更能口耳相傳，如果又能順利打進新書的暢銷排行榜，則加分效果更大；而且農曆年一過完，緊接著就是國際書展登場，更是出版業一年一度的盛會，絕對要好好把握。婉真將這本新書的出版時間預定在明年一月，剛好就是書展前不久。

會不會接下來就輪到我了？滿懷著期待的同時，我也不敢忘記藝詩的交代，這陣子很努力地感受自己的生活，並開始嘗試隨手寫點詩詞章句，雖然不像那些在詩壇上享譽已久的前輩們能精練深喻，但透過詩詞的書寫，我忽然發現這也可以是一種自己心理狀態的反映，比如聽著網路上不知名的鋼琴演奏曲，我便心有所感，隨手寫了一篇短詩，取名為「夢裡的七星潭」，那詩頗為簡短，不過寥寥數行：

「那些年秋暮光景有殘紅清清，短草間藏了不說的憂鬱，是對海風的怨悵之辭，
他們擔憂，來年的春曉之際，女孩裙襬又飄過時，怕不認得他們了。

而淡綠色如拇指一節那巧石則孤零零睡去，絲毫不曉浪花的扣問。

他又問說：好嗎，我們去旅行？

遙遠山頭邊泛起青紫成片時，羊奶咖啡正香。

苜蓿芽寂寞地獨自歌唱，羊蹄聲淹沒漁村，誰家炊煙就冉起。

女孩摘下越過矮牆探頭的一片葉，她笑著卻渾不知生命如此寂寥，

只細細揮霍了深心處一縷思念給想像中的情郎。

但這總會老去的，正如多少次季節變幻前老祖母倚門而盼的容顏，

不變的唯有潮聲始終，始終。

我走了一趟夢裡的七星潭，巧石安靜地質問這闖生的過客。

回首時，卻連足跡都不留下。」

其實我只去過七星潭一次，還是大學畢業旅行時匆匆一瞥，根本不復記憶，但不知怎地，聽著音樂寫詩，腦海中便不自覺浮出這個地名，總覺得如夢似幻。

一段時間下來，小說完成了，詩詞也累積了十來篇。每寫完一首，我都會給碧茵瞧瞧，雖然不甚懂詩，但她只要看著喜歡，就會把這些文字抄錄下來，寫到自己的筆記本上當扉頁。而我彙整了篇章後，也寄給藝詩過目，她非常滿意，說詩集雖然是台灣出版業的票房毒藥，不過那只限於作者是一般詩人的時候，倘若今天書店裡擺上一本詩集，作者大名掛著的卻是一個暢銷網路作家，那銷

售數字一定不會太差，即使成績不可能比小說好，但總算是一本詩集，可以營造出這位作者潛藏的文藝氣息。我原先不是很敢肯定這樣的說法，然而就在不久之後，一個清冷而安靜的下午，我正翻開旅遊手冊，想規劃一個假期，準備送自己跟碧茵第一次出國旅遊時，意外發現電子信箱裡有封未讀信件，赫然來自一個北台灣極為有名的文藝團體，名叫「左手詩社」，他們不但邀請我加入會員，並希望我能在年後的定期聚會中，以朗讀與解析的方式，和會員們一同分享自己的創作。

這封信讓我欣喜若狂，它不但證實了藝詩的觀點，更加強了我的信心，於是我立刻放下手邊的工作，發了一封信給婉真，想告訴她這個好消息，也是試探她對於出版詩集的意願。

不過回應令人十分沮喪，信件寄出不到十分鐘，婉真便直接撥了電話過來，先是恭喜我在新詩創作方面受到了外界的肯定，但她說：「目前尚文的幾個編輯室當中，只有我們是以文學類為主，可是目前的四個書系，分別是網路小說、翻譯小說，以及歷史解析與本格推理，從來沒有嘗試過詩集的出版，就算要成立新書系，也需要匯集足夠數量的作者與作品，不可能大費周章地弄個書系之後，卻只做你這一本，你知道這樣是行不通的……」

然後我就不想再囉唆下去了。當臉上被潑了一大盆冷水後，我已經意興闌珊，本來想快點掛電話的，熟料她話題一轉，又說道：「詩集這件事雖然難辦，但我倒是有另一個好消息要告訴你，今天早上公司開會，決定了國際書展的活動提案，這跟你有關。」

「什麼提案？」我原本已經快熄滅的信心被這個話題重新挑燃，口氣也忍不住透露出興奮之情。

「每年國際書展的會場，都會區分出好幾個活動空間，專門提供給參展的單位使用，我們已經預約了一個時段，時間大約是兩小時，其中第一階段就由你負責，跟雨子一起上台。」

「雨子？」我愣了一下，這個名字已經好久沒有出現在我的生活中，想當年還是個名不見經傳的網路小作者時，我曾經參加過雨子的個人網聚，這位網路創作領域的前輩年紀比我大了幾歲，資歷深而創作量豐富，但近年來轉趨低調，也沒什麼驚世之作，怎麼會忽然跟她扯上關係？一邊納悶，我一邊想起了那次網聚她性感的打扮，以及對我傳達的、略帶性意味的暗示。還記得當時，她在活動結束後，叫小助理拿了張寫著電話號碼的紙條過來，要我有空不妨與她聯絡，說想交流分享寫作的心得。理由冠冕堂皇，但我可忘不了她在聚會中拋來的媚惑眼神。那張紙條在網聚結束後，被我丟進了垃圾桶，一來藉此向同行的鬆餅表達忠誠，二來我那時難免自慚形穢，人家可是成名已久的前輩，我卻是個連一本書都沒出版過的小人物。那現在呢？現在的我是不是夠資格，可以跟她「交流」、「分享」點什麼了呢？

「沒錯，」婉真完全不知道電話這頭，我滿腦子的胡思亂想，又說：「她最近才剛剛簽了約，有一本描寫女同志的小說，也即將在我們公司出版，時間就跟你差不多，所以由你跟她一起合作，在台上分別以男女不同的角度，來談論愛情故事的寫作觀點，相信可以激發出不同的火花。對談大約是一個小時，相關的題目，我們會先跟主持人再討論過。」

「那後面的一個小時呢？」

「噢，接著是葉雲書的演講。」婉真說。

我沉吟了一下，一時間不知道怎麼整理自己的想法，只好暫時先答應。但掛上電話後，卻愈想愈不平衡，葉雲書沒有新書要發表，他上台幹什麼？活動總長是兩小時，一個在國際書展期間沒有新作問世的作者獨佔了一半時間，這又是憑什麼？看著已經安靜的新手機，我以手支頤，悶了好半天，始終覺得難以接受。但問題是，不接受又如何？活動怎麼規劃，不是我能介入的，即便可以，我也不能當著所有人的面，大聲地抗議，說葉雲書仗著什麼來分享一半的資源？要是真的這麼做，不說別人，我看那個新任行銷人員會用鼻孔哼口氣，說：請問你萬寶路是什麼東西，輪得到你來質疑葉雲書有沒有上台的價值嗎？

是的，我承認自己還是非常渺小而微不足道的，只好跟一個過氣以後、僅能靠著爆乳身材與聳動話題來吸引目光的女作者一起上台，並希望藉由互相拉抬的方式，達到為對方加分的效果。

那一晚，雖然已經結束了工作，我卻沒打電話給碧茵，獨自在陽台上，斟了滿滿一杯威士忌，十二年的名牌好酒應該是順暢甘甜，對著台北市遙遠的繽紛夜空喝起來，也應該充滿都會男人優雅瀟灑的情調，但此刻全然不是這麼回事，我不但喝到了苦，還有一肚子酸。

整晚喝不出什麼閒情逸致，就在我已經放棄、準備回臥房倒頭大睡時，偏偏手機又響起，原以為是碧茵或鬆餅，沒想到來電顯示卻是藝詩。

那通電話講了很久，我分享了終於有機會站上國際書展舞台的喜悅，也說了詩社邀請的好事，但同時又大吐一番苦水，最後結論是雖然藝詩給了不少建議，但以目前的局勢來看，我果然還沒有扭轉它的實力。

「也不是沒有，只是時候未到。」電話那頭，藝詩沒有與我一起義憤填膺，反而安慰了幾句，叫我稍安勿躁，「不是跟你說過了？一切由我搞定，你先忍著點。」說著，她忽然又問起國際書展的活動，要我去確定一下，活動規劃是否已經定案，那天真的是我跟雨子一起，然後葉雲書自己一場。

「這已經確定了，婉真說那是開會討論後的結果。我就是搞不懂，展期中有新書出版的是我跟雨子，但我們居然只是暖場的，最後還是讓葉雲書壓軸，這實在……」忍不住還要抱怨，藝詩卻打斷我：「嘿，親愛的，你冷靜一點，冷靜，好嗎？小不忍則亂大謀，我是認真的，你再給我一點時間，很快，我保證下次公司再要辦什麼活動的時候，絕對不會讓你再受這種氣了。」

「妳有什麼打算嗎？要不要我幫什麼忙？」

「不用，你只要乖乖在家裡寫詩、寫小說就好，如果真要報答我的話，等這件事做好，你陪我一起休息幾天，看要去哪裡都好，好嗎？」她說。

藝詩會怎麼做，讓我感到十分好奇，但不管怎麼探聽，她口風始終很緊，完全不肯透露，逼得急了，甚至直接罵人，說我就是心腸軟，萬一她把計畫說出來，我又一時婦人之仁，害得她前功盡棄，那可就得不償失。所以寧可冒著讓我不高興的風險，無論如何，她要我等著看戲，而這齣戲的上演日期，就是國際書展活動當天。

為了等待謎底揭曉，我足足苦候了一個多月，連鐘鼎行舉辦的年度風雲書大賞也去得心不在焉，在那個平靜又平順的頒獎典禮上，葉雲書再度蟬聯銷售總冠軍，他臉上依舊是自在輕鬆的微笑，彷彿拿獎是稀鬆平常之事，而我坐在一旁暗懷鬼胎，心裡七上八下個沒完，怎麼也看不出哪裡有異常，藝詩究竟在策劃什麼，我完全一無所知。

這種等待的煎熬，比起等自己新書付梓上市更痛苦。而同時讓我感到煩亂的，還有來自鬆餅的壓力。知道我搬了新地方，有了寬敞的空間，她一天到晚央求說想來看看環境，還儼然以女主人自居，逕自說著打算怎麼規劃剩下來的空房間，又說要買幾個衣櫃、如何安置，然後她想將我的臥房全都改成粉紅色的佈置，並打算等我跟碧茵一分手就立刻搬進來。

這種無奈感日益俱增，到後來我幾乎冷眼以對，就看著她怎麼做春秋大夢。不是不願意讓她走進我現在的生活，但如果她在房子裡留下了蛛絲馬跡，我又該如何向碧茵交代？我不記得兩人之間有過任何天長地久的承諾，也沒有答應總有一天會讓她成為女主人，甚至我連兩個人的將來是什麼樣子都完全沒想過。當初會在一起，其實帶著一點同病相憐的感覺，一樣都在寫作之路上不得志，又對未來感到茫然，我這個中文系的老學長恰好可以提供她一些借鏡而已，哪有什麼非得是愛情的部分呢？於是我開始感到懊悔，當初應該更自愛一點，不該魯莽地跟她上床，貪圖一時的愉快，卻惹來無數的麻煩。

好不容易熬過了那陣子，可是直到現在，我還是得時時提心吊膽。就如同此刻，當我一面對著鏡子整理儀容時，一邊，怕我人在休息室裡做準備，外頭鬆餅已經跟碧茵起了什麼衝突。撥著頭髮時，我一方面也在想，藝詩這麼嚴格地保守祕密，絲毫不肯洩漏，究竟她在葫蘆裡賣的是什麼藥？她說過會連鬆餅的問題一併處理，但兩個月過去，都已經春寒料峭的時節了，我還在這裡牽腸掛肚，到底她搞什麼鬼？

「好了嗎？主持人要準備開場了。」門口傳來工作人員的提醒，我回頭給她一個ＯＫ的手勢，示意一切就緒。

「我沒想到，真的，兩次見面，居然已經差別這麼大了。」穿著低胸的小禮服，毫不擔心可能走光，雨子簡直像是走星光大道似的，非常雍容華貴的模樣。不過湊近一點看，可以發現臉上脂粉甚厚。但我認為這也無可厚非，畢竟她成名已久，年紀還大過我，一個三十來歲的女人再怎麼天生麗質，終究還是需要一點妝扮的。

「那只是運氣，真的。」我客氣地說。

「不管怎麼樣，今天能夠跟你一起上台，我覺得很棒。」說著，她居然拉拉裙襬，轉了一圈，媚態橫生之際，讓我心神一蕩。雨子問我這樣的造型是否可以，還說平常邋遢慣了，就算是辦網聚，也都只有隨性打扮，今天這種大場面她只看過，卻是第一次登台當主角。

「放心，很好看。」我想起她當初網聚時的風騷，那算什麼隨性打扮？不過嘴裡依然笑著說：「這是女王應該有的架式，而妳絕對夠資格如此。」

「這是拐著彎說我老囉？」

「風韻比年紀來得有話題，也更值得每個正常男人關注，不是嗎？」談笑聲中，雨子很自然地挽著我的手肘，相偕走出門口，會場已經坐滿了年輕的讀者，台下響起一片熱烈掌聲，只是我稍微掃視一下，卻沒看見原本說好要來的藝詩。

這些讀者真的都是為了我跟雨子而來的嗎？並不見得吧？兩個小時的活動裡，總共有三位作者要上台，按照平均數的算法，現場我跟雨子的讀者應該要佔三分之二，但這絕對是不可能的，因為台上的我們雖然盡量輕鬆幽默地討論愛情故事裡的兩性關係，但現場觀眾卻沒有一開始時的熱情捧場，我甚至發現有人已經偷打瞌睡。

你們真的如此期待葉雲書嗎？當雨子拿著麥克風，以她的新書為例，有條不紊地闡述著女同志的愛情觀時，我心中嘀咕：每個聽過葉雲書演講的人都知道，他從來沒有認真地在演講中發表過什麼具體見解，更不曾老實本分地將應該演說的時間用完，跟他合作過，我非常清楚這一點，給一個小時，葉雲書大概只會講三十分鐘，剩下的時間，如果現場無人提問，他就會直接收錢走人。這種不敬業的態度，根本不是大家所想像的那樣，我甚至可以預期，待會他上台，只會瞎聊一些沒營養的內容，然後說說場面話，鼓勵大家從事創作而已，就像去年的國際書展一樣，根本沒什麼不同。

我對葉雲書本人並沒有那麼強烈的敵意，畢竟在很多人眼裡，甚至在他自己眼裡，我們都是朋友般的交情，而他也沒有打壓我的意思，然而眼前卻是個再現實不過的問題：有他在，尚文出版社的主力就永遠不會是我，而我也不欣賞他在表面之下，對於寫作所抱持的真實態度，我認為那已經有損一個創作者的人格。

當一個小時的活動結束，我們完成了對談，也結束了寥寥無幾的讀者提問，在一片掌聲中下台，我回首看看那些群眾，心想，他們此刻的掌聲或許是真心的，因為這片掌聲不僅意味著序曲結束，更表示主角即將登場。

休息室這邊，婉真臉上帶著滿意，對我們這兩個剛完成任務的配角大加讚許，還說之後應該多舉辦類似的活動；她也強調，這樣的活動才有內容，可以帶給讀者們不同的體驗，讓他們在閱讀小說外，進一步明白作者的創作理念，從而產生認同感。我點點頭，不太想理會這些場面話，口袋裡的手機正震動個不停，我知道那一定是藝詩打來的。

「怎麼回事？我以為妳會來的。」電話接通後，她要我走到安靜的角落去，豎起耳朵認真聽。

「我來了，只是不在你那邊的會場。」等我確定無人打擾後，藝詩說：「我很想進去，聽聽你在那裡跟讀者聊了些什麼，不過沒辦法，這邊有讓人走不開的事，而且是大事。現在你仔細聽著，我要你馬上離開，帶著碧茵立刻回家，而且將手機關機，不要接聽任何電話。下午六點之後，打開你家的電視，隨便哪個新聞台都可以，好好看看新聞。」

「為什麼？」我感到萬分錯愕，還說一分鐘前，雨子才提議等活動結束，大家繼續聊個痛快的。

「照我說的去做就對了，別跟那隻傳說中又老又騷的狐狸精出去，現在不可以，以後也不准。」

掛上電話前，她壓低聲音，還不忘給我一句：「親愛的，我愛你。」

這真是莫名其妙至極，害我只好臨時推託有事，跟雨子改約他日，然後走出會場，拉著碧茵就往外面走，她也一頭霧水，說好不容易才搶到一個拍照的好位置。

開車回家的路上，我始終眉頭緊鎖，一直有股呼吸困難的窒礙感，明知道即將有什麼天大的事情要發生，卻束手無策，還只能夾著尾巴逃走，這種滋味讓人十分難耐。對於碧茵的所有問題，我完全無法回答，逼得急了，竟忍不住罵出一句：「叫妳走就走，他媽的有完沒完？不爽走的話，妳現在就滾下車，可以再回去沒關係！」

這難得的喝罵，讓她頓時傻眼，一句話也說不出來，只好安靜地低下頭，回到住處，把車停妥後，我們誰也不再開口。剛進客廳，我立刻打開電視，隨便挑了一個新聞頻道，不過這時候的內容跟平常沒什麼差別，一點異狀也沒發生。抬頭看鐘，才剛傍晚五點半，距離藝詩預告的好戲開鑼，足足還有三十分鐘。我像隻徬徨失途的螞蟻，獨自在客廳裡晃來晃去，一會兒走到櫃子邊去拿酒，一會兒又到處找菸灰缸，之後才發現它一直擱在桌上沒被動過；碧茵被我吼了之後，也失去探詢的念頭，獨自坐在沙發上，木然失神地盯著電視看。

那種分分秒秒都計算著的心情，讓人如坐針氈，盼呀盼地才等到下午六點的整點新聞開播，我立刻放下酒杯，蹲到電視前面，連主播都還沒張口說話，才剛播完開頭音樂而已，赫然驚見螢幕下方的跑馬燈已經走過一個讓我驚心動魄的標題，寫著：「純情夢碎！最會營造唯美愛情的偶像作家遭劈腿對象踢爆不倫戀情。作家簽書會、劈腿記者會，國際書展場內場外同步進行！」

而新聞台也很給面子，完全沒讓觀眾焦心如焚地繼續等，主播抬起頭，露出明眸皓齒的招牌微笑後，立刻就報導了這則新聞，鏡頭左側寫著「稍早錄影畫面」，場景赫然就是書展外面的小廣場，那裡聚集了大批參觀群眾及媒體，一張長桌子前，一個淚眼婆娑的女孩，長髮披覆在她兩肩，一旁應該是她的友人正不斷出言安慰著。那女孩語帶哽咽，看著鏡頭，說道：「四個月前，我們才從加拿大回來，會帶我去加拿大，是因為我為他拿掉了一個小孩，他說要陪我去散散心。我知道我不應該在這時候做這種事，但我真的忍不住了，因為他承諾過的一切，原來都是假的……他說現在不能有孩子，我們得再等一陣子，等他賺夠了錢，等他終於可以光明正大，跟我一起牽手……一起牽手走在路上，再也不用擔心會被認出來的時候……但我知道那天不會來了，後來我才曉得，他根本沒打算娶我，他要娶的是另一個女人，而我從頭到尾……從頭到尾……都只能是個第三者……」

這女孩的長相我見過，她哭泣的時候反而比平常更好看一點，那股憂傷與悲淒中，竟然還帶著惹人憐愛的純美之感。這女孩其實也是個知名人物，電視畫面中，女孩的旁邊也上了字幕，寫著「插畫作家，觀月紫」

「那些都是假的，關於葉雲書的一切，都是假的。」吞下眼淚，稍微甩了一下頭髮，輕咬嘴唇，雖然勇敢，但仍帶著痛不欲生的傷，觀月紫對著鏡頭說。

「完了，完了，真他媽的完了……」盯著電視，完全失去了思考能力，我只能嘴裡不斷地喃喃自語。

足足有好幾天時間，白日裡我都不敢打開手機，要等到大半夜、確定不會有人找了，才敢開機看看有多少未接電話。事情爆發的當天雖然恰逢週日，但整個出版社的人員幾乎都在書展會場，不過那裡最高階的主管只是婉真，其他如社長、總經理等更高層級的人物全都不在，陡然遭遇這樣猝不及防的奇襲，他們肯定陣腳大亂。那天傍晚，電視新聞一爆開來後，我的手機跟著湧入大量的電話，而且一半以上都是陌生號碼，可以猜想，那些一定都是媒體方面的來電，因為我的朋友很少，而尚文出版社會跟我聯絡的人也屈指可數，只有那些無孔不入的媒體才會想方設法，企圖與我聯繫。

除此之外，手機裡還有一封簡訊，是藝詩傳來的，她叫我這幾天先別出門，最好依舊關機，甚至也別使用網路通訊軟體，她會在半夜裡與我用簡訊聯絡，還說這一切都是為了那個最終目標所採取的必要手段，我們沒有傷害別人，只是把真相公開而已。

把真相公開？把真相公開的結果不就是這樣嗎？就像隔天我託碧茵帶回來的報紙，上頭滿滿的篇幅所刊登的內容一樣，將葉雲書歷年來出現過的蜚短流長全都做了一次總整理，赤裸裸地攤在眾人眼前，我看著那些報導，心中不免要想，這當中究竟有多少件是真的？而不管多少是真、多少是假，現在有了觀月紫這位「被害人」露面爆料，大家當然更不會去判斷，只會一概認定，這些全都是真的。我皺著眉，心裡不斷地問著自己：這還叫沒有傷害別人嗎？

斗大的標題，上面寫著：「破碎的面具、虛假的深情」，副標題則是：「純愛偶像作家劈腿，出版社忙救火！」看到這裡，我就知道葉雲書真的完蛋了。這幾天，尚文出版社沒人找我，想來應該都在忙著擺平這件事。而我也從電視上的追蹤報導看到，那些擅長渲染事件的新聞媒體究竟有多麼厲害，他們不但把觀月紫又找出來，做了第二次的採訪，甚至讓觀月紫將自己珍藏的一些東西全都拿出來供媒體拍攝，其中包括兩個人去加拿大旅行的紀念品、登機證，乃至於這位多情郎親手寫的情書，以及一大堆禮物，這些原本象徵甜蜜的物件，此刻全成了令葉雲書百口莫辯的鐵證，坐實了他玩弄對方感情的罪狀。

另外一家媒體更狠，他們不從觀月紫下手，居然找上了葉雲書的正牌女友。那女孩是個公務員，不過已經請了長假。媒體在女孩家門口盯梢守候，最後終於採訪到她。但那女孩頭戴棒球帽跟口罩，完全一語不發，最後只透過她的父親出面，在鏡頭前大罵葉雲書的無恥與負心，並對著電視前的全國觀眾宣布，他們將取消原訂的婚約，從此一刀兩斷。

不知道接下來會變得怎樣，眼見得這些好事之徒已經將整件事與前幾年什麼香港藝人的性愛淫照事件相提並論，都提升到這種等級了，之後怎麼解決？

在家裡悶了幾天，這次新書的行銷活動全都取消了，出版社那邊來信，說目前一切均得暫緩。我知道這是必要措施，畢竟在這個風頭上，只怕再也沒人願意相信那些宣揚青春純愛故事的作者了吧？以前每逢新書出版上架，我都還會去書店，看看銷售情形的，但現在也足不出戶，只能躲在家裡。

葉雲書會不會認為是我出賣了他？不知道之前除了我，究竟有多少人知曉他的祕密，也不知道藝詩是用了什麼方法，才說動觀月紫倒戈，這不但一舉毀了兩個創作者，更一次葬送了三個人的幸福，當然，也徹底覆滅了一個網路文學的巨星。從此，再沒人會記得他曾是推動時代巨輪的偉人，大家只會在茶餘飯後，聊到他在國際書展會場內大談愛情的同時，會場外卻有一場公開批判他劈腿的記者會。

我感到萬分懊惱，就算葉雲書沒有猜到是我，但我又怎能置身事外、假裝自己毫不知情呢？愧疚的念頭始終揮之不去，我好想拿起電話，撥打葉雲書的號碼，跟他解釋這一切。我真的不是故意的，而且我真的沒料到，藝詩會採取如此極端的手段來打擊對手。她果然猜中了，倘若我早點知悉，斷然不可能同意這個計畫，因為那違背了我們的承諾；我說過，朝著目標前進的速度可以慢一點，但絕不能以傷害別人的方式來當作捷徑。即便在她的解讀中，這只是公開一件本來就存在的祕密，但任誰也不能否認，此一舉動對很多人確實造成了嚴重傷害。只是事到如今，解釋什麼都太遲了，我只能想像葉雲書現在的狼狽樣，當天王寶座忽然從屁股下瞬間崩塌，該有多麼令人難以招架。

躲了好幾天，無論電視也好，或者網路新聞、報章雜誌，這些一度甚囂塵上的渲染都慢慢趨緩時，我原本打算主動與婉真聯繫，探探口風，如果有機會，還想順便約葉雲書，不管他怎麼想，我都認為有必要跟他碰個面，至少解釋一些什麼。但就在下定決心，想打這通電話時，卻收到藝詩傳來的簡訊，她還是揣測到了我的念頭，訊息中提醒我，千萬不能軟弱，尤其在這個時候，只能等到葉雲書出來面對大眾，將事情交代清楚後，才算是平息風波。

可是，葉雲書會出來面對媒體嗎？我問碧茵這個問題。知道事情的嚴重性，這幾日，她只要一下班，就會立刻趕過來陪我，儘管對整起事件隻字不提，但她看得出我臉上有複雜的神情，也知道我陷入了矛盾的漩渦中，所以她並不囉唆，只是每天幫我買當日報紙，陪著我吃飯、陪著我睡覺，更陪我一起看著那些媒體對葉雲書窮追猛打。聽我這麼問，碧茵左思右想，認為可能性並不大，而後我偷偷地上線，跟鬆餅報了平安，也叫她暫時別與我聯絡，雖然現在各界的矛頭都指向葉雲書，但誰也不敢保證，會不會有吃飽撐著沒事幹的媒體開始留意我們這些要紅不紅的二線作者。小小安撫她的同時，我又問了相同的問題，鬆餅也覺得不會，理由是不管怎麼解釋，他都不可能置身事外，想要全身而退是絕對辦不到的。

我只好按捺住性子，就這樣又等了好幾天，直到一個週間的午後，難得碧茵放假，她到市場去採買，也認真地翻閱食譜，打算為我煮一頓愛心晚餐。聽著廚房裡很不常出現的炒菜聲，我打開電視機，想再追蹤一下後續消息，看了大約半小時，始終沒有相關報導，本來已經打算轉台了，卻看見一則發生在今天早上的重播新聞，地點我非常熟悉，就是尚文出版社的會議室，沸然不止的事件中，始終沒露過面的男主角就坐在桌前，他顯得非常憔悴，雙頰凹陷、滿臉鬍碴，頭髮也沒有整理，整個人好像瘦了一圈。對著鏡頭，葉雲書向所有支持過他的讀者朋友道歉，也對兩個被他傷害至深的女孩致上歉意，說著，他還站起身，向前九十度鞠躬。

「我知道我應該給社會大眾一個交代，更應該給多年來，始終支持著我的所有讀者一個解釋。」深吸一口氣，鼓足勇氣後，葉雲書才開口，「但我什麼都沒辦法說，因為整件事已經沒有讓我解釋的空間。我不知道事情為什麼會爆發開來，沉澱很多天後，我不斷檢討，後來才明白，那其實一點都不重要、也沒有追究的必要，因為我確實做了這些事，本來就應該付出代價。

「身為一個作者，我所呈現給大家的，原本只侷限在文字上，但因為寫作的題材，我知道很多人都把我或創作同類文字的作者當成偶像、甚至是一種寄託。今天發生這樣的事件，我感到非常抱歉與遺憾，我不只對不起事件中的兩位女主角、不只辜負了長期栽培我的出版社，更對不起所有期待我文字的讀者大眾。」說到這裡，葉雲書眼眶泛紅，幾乎就要落下眼淚，但他又深吸了幾口氣，勉強自己緩和情緒，過了大約幾秒鐘後，才又說道：「現在我正式宣布，從此退出創作領域，台灣的網路文學界，以後不會再有葉雲書這個人。」說完，他站起身來，對著鏡頭，又是深深一鞠躬。

第十三章
莫見長安行樂處

搭上飛機時，我還有點不太自在。座位旁邊原本應該是要與我同行的碧茵，好多年前，我還是那個窮困貧苦的魏崇胤，而她也只是個護專剛畢業的小護士時，我們就曾說好，等賺到錢的那一天，要買兩張機票，一起飛到北海道去看雪。前陣子，我終於開始翻起旅遊書籍，上網搜尋相關景點，打算就在冬天結束前，一起去實現這個願望的。然而局勢陡轉，一整個風起雲湧、混沌不明，一拖就拖了快半年。最後，我的出國初體驗既不是去日本，也不是跟碧茵同行，反而直飛上海，身旁則變成了藝詩。

整個尚文出版社亂了好一陣子，上自管理高層，下至婉真等人，全都忙著平息葉雲書事件的餘波，他宣布退出網路文學界，無疑是為這個圈子投下一顆震撼彈，龍頭霸主一倒台，即是宣告戰國時代緊接來臨。幾個平常老是捱打的小出版社，最近忽然大舉興起，不但出版量快速增加，而且新人輩出，這裡一個號稱「網路文學最值得期待的新人」，那個被譽為「出版詢問度無人能及」，居然還有人堂而皇之地褒揚自己成「網路文學經典製造機」，看得人眼花撩亂、目不暇給，同時還笑得合不攏嘴。如果這些半途殺出的後生晚輩也算得上是網路文學經典製造機，那在他們之前成名的葉雲書呢？雨子呢？或者我呢？難不成我們都是大便了？

笑著，我這樣跟藝詩說，她也啞然失笑。陪我度過半年來這段沉寂的日子，我們都知道，此刻不是宣揚什麼深情鉅作的好時機，趁著愛情書寫的潮流暫歇，我去參加了那個詩社，挺用心地學了點寫詩的名堂，而尚文出版社在這次打擊中受創甚重，也力圖振作，所以順理成章地，真的為我規劃了一本詩集，婉真甚至還主動提議，要介紹幾位繪本畫家給我認識，也許有機會做結合，朝不同領域拓展看看。除此之外，就是我們此行遠赴大陸的原因——她終於下定決心，暫時放下台灣市場的戰國亂局，只維持基本的出版量，將我與雨子等人的作品推廣到對岸，要朝著另一個未知的世界邁進了。

「下午五點抵達，我們先到飯店，放好行李後，稍微準備一下，六點整有個電視台採訪，然後八點半是政府刊物的採訪。」在飛機上，尚文隨行的行銷人員走過來，我終於記得她的名字了，叫做雅晴。雖然她壓低音量，但在將睡將醒間的我聽來，還是覺得很刺耳。知道我的不耐，藝詩稍稍坐起身，接過雅晴手上的行程表，然後打個手勢，要她退開。

「今天就這兩個採訪，也沒什麼，應付一下就過去了。不過明天會辛苦點，早上先是文學網站的代言活動，下午則是簽書會，傍晚又有兩個採訪，然後隔一夜，後天早上就飛北京。」藝詩簡單地報告一下，隨即闔上行程表，把頭靠在我肩膀上，小聲地說：「你知道我對這樣的行程，最不滿意的地方在哪裡嗎？我最不高興的，就是他們根本沒安排時間，好讓我們溫存。」

「還好啦，至少不會有媒體在半夜兩點跑來敲門，對吧？」

「萬一真的有，那就不妙了，知名作者跟他的助理兩個人，赤裸裸地躺在一張床上，你說該怎麼辦呢？」

握著她的手，我也湊到她耳邊，輕輕地說：「就說是提前度蜜月，妳認為如何？」

「想得挺美，哪有這麼便宜的好事，可以一箭雙鵰？」她微笑著，卻又偷偷捏我一把，低聲地說：「這只能勉強算是你實踐了之前的諾言，等那些風風雨雨過去，陪我出來走一走，稍微散個心而已。至於蜜月旅行，你自己看著辦，就算咱們不上火星去觀光，至少也該給點巴黎鐵塔上的風景吧？」

或許對藝詩而言，這是難得的休息，但對我來說，當葉雲書的風波慢慢平息後，我的好戲才要緊鑼密鼓地開張。應邀去了幾次演講，不再與學生大談兩性，就怕敏感時機引起不當聯想，反而都是文藝營之類的活動，讓我展現自己的真才實學，與對創作有興趣的學生分享經驗，或者提供他們意見。而演講結束時拿到的高額報酬，更讓我感到萬分欣慰，原來這才是我真正應得的價碼。趁著到外地演講，當然也是新小說取材與約會的良機，所以只要藝詩有空，她便會跟我相偕同行。這次也是，專程請了特休假，擔任我的專屬助理，與我共赴神州。

除了陪伴我的旅途孤寂外，多次出門，她也屢屢出謀獻策，要我注意自己的態度，不能再讓尚文出版社予取予求，什麼事都配合到底。她說：「千萬要記得，你是屬於你自己的，萬寶路這三個字，從來都沒有簽過任何賣身契，從來都不屬尚文出版社所有。既然這樣，你也不必非得仰他們鼻息不可，沒意義的通告或活動，都可以直接拒絕；應該屬於你的權益，則不能輕易妥協。要曉得，如今那麼多出版社崛起，大家都在找下一個能替代葉雲書的明星，事實是誰也找不到，因為在這段時間裡，你就是天王，尤其對尚文而言，他們已經失去了一張王牌，現在更不能失去你。所以，與其說是你依賴尚文為你安排活動，倒不如說是尚文依賴你繼續維持這條書系的主要收入。誰仰誰鼻息，以後可難說得很。」

我明白她的意思，但也不可能立刻就對婉真翻臉不認人，所以需要權衡輕重，認為是自己該做的，就照做不誤。只有一點，我完全聽從藝詩的建議，她要我無論如何，別去打探葉雲書的下落，因為這無疑是戳到了尚文出版社的痛處，而且過度關心也會讓別人感到好奇。

可是，儘管嘴裡可以不問，但我又怎能假裝什麼都沒發生過？當我走進公司，看到婉真辦公桌後面那一整排書架上，原本擺滿了葉雲書的作品的，現在卻全部被清空；他們編輯室的牆上，本來貼著好幾張葉雲書的宣傳海報，現在也全都拆了下來，那種感受其實非常複雜。有好幾次，我幾乎都問到嘴邊了，終究還是忍了下來。

我唯一告解的對象，就只剩下碧茵而已。她知道這件事爆發前，我與葉雲書還有著頗為密切的往來，當然猜得到，這一切可能與事件爆發後極度低調、竟完全沒幫忙護航的我有關，不過她很識相，完全閉口不談，也從不刺探我對這件事的態度與看法。只是我隱約察覺，從我這些異常的表現中，從極少的蛛絲馬跡裡，她似乎對我出現了一些猜疑。可是我又能怎麼辦呢？那種想說又不能全部說出來的痛苦，終究還是只有自己承擔，不過我對碧茵透露的內容其實也頗為簡短，只有一句「我從沒想過事情會變成這樣。」

反正現在多想什麼也來不及了，去計較更沒意義，只會破壞好不容易才恢復的平靜。握著藝詩的手，飛越台灣海峽時，我稍稍側眼，看著輕閉上眼睛在休息的她，那略微顫動的細長睫毛，以及秀麗的容顏，心裡還多少有些不敢置信，為了幫助我，她竟然會設計出這麼殘酷的手段，而且還去執行了它，那真的是我眼前這個美貌女子的所做所為嗎？我實在很難聯想到一起。事件後，我們隔了好一陣子沒見面，她只用手機簡訊或網路與我聯絡，提醒我接下來與尚文周旋時應注意的諸般細節，也不斷安慰我忐忑的心，並要我冷靜下來，繼續投入工作；在認真正經之外，她也總不忘給我關心，或俏皮地提醒我要記得想她，總之，不管寫些什麼，她都完全不提葉雲書事件。等婉真那邊規劃好了大陸宣傳的行程，我忽然靈機一動，問藝詩能否同行，都到了機場，才是我在事件後第一次看到她。

藝詩似乎稍微瘦了一點。或許是因為這陣子風聲鶴唳，她也疲倦不已？還是她自己原本的工作應接不暇，所以勞神費心？離開尚文的行銷職位後，她在一家專做藝人活動的公司上班，負責與校園或廠商聯繫，接洽適合的藝人，舉辦各種活動。這樣的工作必須走南闖北，來回奔波，對一個弱女子而言實在不輕鬆。

我們很有默契地，完全不談葉雲書那件事，她怎麼策動觀月紫、如何聯絡媒體到場，又怎麼讓觀月紫在鏡頭前，把葉雲書的一切都昭告天下，這些我當然好奇，卻也了解，那些都不能問也不該問，問了，只會揭露出我們隱藏在陽光下的黑暗面而已，而這片黑暗太過巨大，一旦浮升上來，會立刻將大家吞噬，誰也別想再重見天日。於是我沉默了，在機場，只握了握她的手，很真心又感激地說了一句：「辛苦了！」

儘管我可以不問，但卻無法遺忘，是我，都是因為我，為了我這樣的人，眼前這個略顯疲憊、仍勉強露出笑容的漂亮女孩，才不得不出此下策，獨自一人承擔那些罪惡的幽暗與壓力，讓我神采奕奕地在國際書展的會場中跟雨子輕鬆對談，而她則醞釀、布局，然後施行，在我毫不知情的情況下，獨力完成了這個龐大的計劃。

「不休息一下嗎？」忽然微微睜開眼來，藝詩問我。

「我想看妳。」

「不用急於這一時，這張臉，你還得看很多年。」微笑著，她把頭倚過來，靠在我肩膀上，和我交指而握的手上，傳來暖暖溫度，藝詩說：「為了你，我什麼都願意做，但我什麼都不求，只求你願意這樣看著我，看一輩子。」

頭一次踏上中國大陸的土地，有種奇妙的感覺，多年來浸淫於中文領域，所聞所學大多與這片土地有關，儘管統治政權數十年間變革遷異，但孺慕之情倒是未曾稍減。當地接待人員頗為親切，自機場往抵飯店途中，也一一指點這中國頂尖大城的風光特色。我跟藝詩說，要不是這活動行程繁湊，我還真想多留幾天，沒有好好細看這江南風景，豈不枉費？她笑著依偎在身邊，拍拍我的手背，說：「把工作忙完以後，你想來，我們隨時都來。」

真的隨時都能來嗎？進到飯店，她也不再避忌什麼，就在我面前更衣，看著她姣好玲瓏的身材，我忽然在想，葉雲書是真的扳倒了，但除了事業上的威脅，還有我私生活底下的問題呢？鬆餅今天又傳了幾次簡訊，問我大陸的感覺如何、問我吃飯了沒；碧茵則直接打電話來，提醒我回台灣時，記得到免稅店幫她買保養品。對於這些，我又該怎麼辦才好？

只是，這些想法還沒來得及跟藝詩說，她已換上一襲紫紅色洋裝，整理了筆記與資料後，拉著我又走出房間。時間剛好六點，我在飯店大廳入口處看到攝影機已經準備停當，雅晴在跟電視台的工作人員確認採訪內容，等他們就緒後，我便中規中矩地坐在沙發上，開始忍受那為了補光而架起的刺眼燈泡直接投打在身上。其實我根本沒看過大陸的節目，也不曉得這是地方性或國家級的電視台，但對方陣仗甚大，工作人員很多，裡裡外外忙活個不停。主持人年紀大約四十開外，北京話倒是說得很標準，起初我還擔心會不會有口音上的障礙而無法溝通，真的是多慮了。

「我們都知道，目前因為網絡的廣泛傳播，兩岸之間的文學交流已經有了初步的開始，但就更長遠的目標來看，從文學發展的觀點上，你認為兩岸之間還有些什麼樣的交流方式是比較適合的？」

這個主持人態度看似輕鬆平淡，但丟出來的問題可真是嚴肅又敏感，採訪前他才悠哉地說雖然是電視錄影，但希望不要太過死板，最好能像朋友聊天一樣自在，但這對一個生平頭一回在攝影機前說話的人談何容易？而且，文學歸文學，兩岸關係歸兩岸關係，是兩碼子完全無關的事，但偏偏文學跟政治脫不了干係，偏左偏右的問題吵了幾十年也沒答案。好在以前除了學習中國古典文學之外，我也涉獵了不少現代文學，尤其喜歡閱讀台灣左派的散文或傳記，因此這當下不容仔細思考，我只能點點頭，回答道：「兩岸之間的文學雖看似各自前進，不過我覺得以都使用同一種語文創作的立場來看，其實兩邊本就有著密不可分的關係。現在透過各種管道，文學交流的盛會已經不少，不過這類活動大多屬於年度性或偶發性，效果較為有限。而且，兩岸的文學發展路線並不相同，如果各自朝著自己的方向繼續前進，未來會不會出現更多分歧點，最終走到徹底分家的地步？這是每個文學人都應該思考的問題。

「要想讓兩岸在文學的交流更為密切，我想有幾個可以著手的方向，比如兩岸出版品的互相引進。在台灣雖然很容易能買到大陸作家的作品，但廣大的中國大陸上，有那麼多優秀的文學人，每年產出眾多的作品，儘管出版品引進台灣已經很大量，卻終究難免遺珠之憾；相對地，土地遼闊的中國大陸，這邊的人民百姓要非常普及地接觸到台灣的文學作品，只怕更不容易了，這是出版社可以考慮的方向。當我們可以閱讀到更多對方出版品的同時，也就更能貼近對方的文化，從而去相互了解，並共同學習與成長，或者透過交換學生的教育機制，讓年輕一輩可以早點接觸對岸的文學理念；更甚者，就像我此行的目的，雖說看似是出版社的宣傳行程，但除了來上海，之後還要到北京，也會有幾次機會，與大陸這邊的作者對談，我個人就非常期待，因為作者之間的交流分享，更是激盪創作想法的重要刺激，透過這些，再將所接觸到的新體驗帶入自己的作品中，我相信以後的寫作會更豐富飽滿，能帶給讀者的感受也就愈深遠。」

「那麼，你個人對網絡文學在整個文學領域所佔的地位，又有什麼樣的看法？正如你剛剛所說，我們的土地非常遼闊，實體商品的流通需要耗費的時間是比較長的，然而透過網絡，這些文字作品可以快速傳遞。在中國，網絡上的閱讀與創作已經普及，也廣泛被年輕人接受了，那台灣又是如何呢？」

我笑了一下，這問題就簡單多了，啜了一口茶水，我說：「台灣網路文學的發展已經超過十年，算得上頗具規模，近年來更是百家爭鳴。它跳脫了傳統的文字創作框架後，原本就很自由，而且傳遞速度很快，當然更能在年輕族群間引起共鳴。不過，這也透出一個隱憂，就是在如此自由的領域裡，誰也不受限於誰，或不師承於誰，沒有追隨的目標，沒有教育的動作，自然也就缺乏進步的機會。這問題在台灣的網路文學尤其明顯，雖然，台灣年輕人在攫取資訊的管道與便利度確實有優勢，但正因如此，面對目不暇給的資訊，思考與判斷的能力反而下降了。這一點，反而會是大陸方面的優勢，因為五光十色的誘惑較少，較能反求諸己，在自己的內心來回激盪，咀嚼出更有味道的文字來。」

「照你這麼說，是認為中國方面的網絡文學發展，在質量上是優於台灣的囉？」我這兩句好聽話一說，主持人臉上已經露出了滿意的微笑。

「所以我才說，這一趟來很期待能與大陸同在網路上耕耘的作者們有所交流，我其實是抱持著學習、取經的心態來的。」笑著，我也說。

藝詩誇讚我會講話，這個電視節目在中國大陸的收視率很高，也具有一定的指標性，能夠上一次這個節目，儘管訪談時間不長，但無疑是鍍金效果，別說原本不認識我的人，看了節目後會想找書來看，就算已經約略認識我，卻興致缺缺的人，也會重新提起興趣，想了解一下，萬寶路究竟是何許人也。而且這節目所介紹的，向來都是純文學作品，這次竟然能讓我這個發跡自網路的年輕作家上通告，真是莫大殊榮。

「我發現，這種冠冕堂皇的話你真的說得挺順口，根本不用打草稿。」她調侃我。

「我那可是肺腑之言哪。」我也笑著說。早在赴大陸之前，我已經擬好書單，行李箱還挑了特大號的，就是準備買書買個過癮，取經之孺慕絕非虛言。那一晚，結束採訪之後，就在飯店的酒吧裡，十二層樓高，寬廣潔淨的落地窗外，有上海繽紛燦爛的夜景，我手拿著酒杯，看著外頭發呆。藝詩什麼都沒說，安靜地坐在一旁。

「大江東去，淘呀淘地，淘了千百年，多少英雄人物就這樣被淘盡了，結果淘出一座上海城，而千百年後，又是風起雲湧，我們才在這裡看這座城市。」忍不住感嘆起來，我說：「浮生若夢，誰也不知道時局如何，或者自己在這時局裡該怎麼走，哪天也許一步沒踏好，就成了一抹江浪碎花，青春泡影。我每次一想到這些，就覺得恐慌無比，彷彿目前一切都是天上掉下來的，像一場夢，隨時可能會醒，所以趁著醒來之前，我得認真做夢，把夢做得盡善盡美。」

「那現在呢？夢夠美了嗎？」

「還沒，當然還沒，而且還早得很。」雖然是跟藝詩說著，卻又好像是與自己對話似的，我說：「人的想像力是無限的、沒有邊際的，每個人都知道，但有幾個人敢去挑戰自己實踐的極限？我敢，至少在文字的領域裡，我非得找到一個極限不可，因為不走這條路，我就別無其他選擇。所以我很感謝這個時代的潮流，至少，踩著這波潮流，我才走到了這一步，才有機會去實現夢想。可是有時候又會想，我真能堅持到最後嗎？而那最後的最後，有什麼在那裡等著我？這條路感覺似乎很遠，又彷彿一轉眼就已經看到盡頭，只是在走到盡頭之前，中間還要遇到多少困難？我很懷疑自己是否能一路挺進，闖到最後。」

「你會一直走下去的，我很確定。」伸出手來，握住我空著的左手，藝詩說：「你負責完成夢想，我負責讓你專心地完成夢想，這樣就可以了。」

「妳有沒有問過自己，究竟現在站在妳眼前的這個人，是不是真值得妳這麼做？」忍不住又想起葉雲書那件事，我回頭看她。

「我今年二十九歲，對女人來說，是個非常尷尬的年紀，儘管還處在象徵青春的二字頭，但剩下不到三百六十五天，就會有人用『徐娘半老』這個成語來形容我。」一樣看著窗外景致，也像在自言自語，藝詩說：「這個年紀的女人特別懂得計較跟盤算，我們要算計的事情很多，內容也因人而異。我知道自己不是可以站在台上的那種人，我有舞台恐懼症，從小到大，不管什麼時候，只要站上舞台或講台，就會結巴得說不出話來；像你坐在沙發上，對著鏡頭說話那樣，對我而言是不可能的，我辦不到。但很奇怪，如果一換到其他場合，需要與人交涉時，我又能口若懸河、滔滔不絕，而且由我去交涉的事情，往往十拿九穩可以談成。所以我才會走這一行，躲在幕後，策劃所有的工作，然後交給舞台上的人去執行，不管是歌手或模特兒，甚至今天換成一個作家，我都可以當個稱職的企劃人員。」斜坐椅子，她彎著腰，將手肘擱在膝蓋上，轉過頭，看著我說道：「為什麼是你？有時我也問自己，但這是沒有答案的，因為追根究柢，說穿了也只能推給緣分而已，老天爺安排，讓你在最需要幫手的時候，碰上了最需要找個人來幫忙的我。當然，之後的感覺另當別論。只是，我說認真的，從一開始認識你，我就有這種感覺，而且非常強烈，我覺得你有成功的本領，卻缺乏機會，儘管我不像你們這些學中文的人，有那麼好的文學鑑賞眼光，但我可以從文字中找到自己想要的畫面，產生只屬於我的共鳴，單純就一個的讀者而言，這樣就是最重要的。至於這個作者是不是明星作家，老實說，我根本不在意。」

「所以妳讀過我之前寫的每一本書？」

「當然，不然我怎麼出去跟別人推銷這個作者？」她一笑，說道：「所以看著看著，我就覺得你的文字值得被投資，那與我過去看過的網路小說大不相同，你的小說往往不只是單純的情愛，更飽含了許多元素，比起其他人而言，顯得豐富許多。只是我不懂，尚文這麼大的公司，何以作風如此保守，竟然滿足於一個葉雲書，不願塑造出第二個明星，好賺更多的錢。他們打從一開始，就徹底地錯估了你的價值，把一個可以全方位發展的萬寶路，圈禁在葉雲書的模式下，當成像備胎一樣的次級品，簡直傻得要命。反正呢，就是這樣，一塊塊寶近在眼前，他們不懂得撿起來，我就趕緊說我要了。」俏皮的口吻，她說：「現在這塊寶石在我手上，我就會想盡各種辦法，讓它變成一顆昂貴的鑽石，誰也別想來搶。」

「真有這麼可貴嗎？」我失笑。捫心自問，我從來沒有想過這些，只覺得能夠盡情寫作，看著自己的創作得到愈來愈多人認同，就會非常開心。至於錢要賺多少，以前我只想把債還清，還完之後接著要怎麼賺，毫無頭緒；前陣子我甚至想起李守全這傢伙，或許現在是聯絡他的時候了，這次我要問他：「窮光蛋才需要理財的道理我懂，但我現在銀行裡存了幾百萬現金，不知道幹嘛好。老同學一場，可不可以幫幫忙，替我也理一下？」

「可不可貴、該怎麼論價，現在是我說了算，不管你再怎麼擅長揣摩女人的心理，用女人的觀點寫了多少篇小說，你終究不會明白，一個二十九歲的半老女人的微妙心境的，所以就省省吧，讓我去忙我該忙的就好。」還握著我的手，藝詩說：「至於你呀，你這種不食人間煙火的大作家，專心寫作就好，最好別停下來，拚了命的什麼都寫，這樣就對了。」

北京的歡迎酒會非常風光熱鬧，天子腳下的氣象確實有別於上海的新潮時尚，這兒反倒處處透著一種堂皇正大的氣氛。尚文出版社在安排這趟行程之前，已經先跟北京當地的出版社簽下合作約，透過彼此授權的方式，交流兩岸的出版品，因此，除了介紹作品之外，這場歡迎酒會更有幾位知名作家及學者蒞臨助陣。雖然身為主角，但在他們面前我一點也不敢囂張，這些人年紀大多已在四十以上，一位遠從山西過來與會的老作家更是華髮滿頭，不過龍行虎步的伐履間卻極其穩重；經由當地出版社的介紹，我才曉得原來他是寫作一系列鄉土故事，記錄文革前後數十年間的人民生活，因而經常遭到當局關切的知名作家龍少鐘先生，操著厚重的鄉音，他在滿臉皺紋中依然綻開笑容，親切地與我握手寒暄。觥籌交錯中，藝詩不知退到哪裡去了，在公開場合，她畢竟只是我的私人助理，這裡顯然沒有需要助理協助的地方。我無暇去煩惱她該如何打發時間，其實也不用擔心這個，習慣居於幕後的她，當然有自己的方式可以排解無聊。

龍少鐘先生在眾人裡的輩分甚高，但幾杯黃湯下肚，紅光滿面後倒是逸興遄飛，絲毫沒有那種老派文人的寒酸模樣，他顯得非常開心，不斷跟我聊著兩岸書寫的差異，也問我有沒有興趣寫作台灣的歷史故事。儘管鄉音難辨，還好出版社的隨行人員一直在側，他們可以用字正腔圓還帶點捲舌的北京話做即席翻譯。這場酒宴從大中午就開始，一直持續到傍晚才結束，當中也不乏許多媒體記者，我至少收了十幾張名片，可是連一張臉也記不住，直到傍晚，我已經醉眼矇矓了，才在眾人的寒暄聲中不支告退，臨走時，我只覺得這些人到底是不是喝酒長大的，怎麼一個個都還清醒得很？

飄飄然地走過長廊，腦中仍充斥著眾人你我互相盛讚的言詞，我覺得自己已經不再只是個普通的網路文學作家，彷彿下回再翻開《中國文學史》時，就會看到自己的大名似的。帶著滿心歡喜地打開房門，本以為行程結束，回來就可以睡覺的，然而才剛進房間，連衣服都還沒脫下，卻看見藝詩正在講電話，一見我回來，她先點了點頭，又跟電話裡的人應付了幾句，然後才掛掉。

「台灣的工作有問題嗎？」我擔心。

「還好，有一場在墾丁的演唱會，藝人的調度有點差錯，搞不好會開天窗，所以我只好打電話幫忙聯繫聯繫。」替我脫下外套，換上輕便的衣服，藝詩又說：「不過那還好，只是小狀況，幾通電話就可以處理。」

「這世界上還有妳處理不來的事嗎？」我笑著說。

「當然有囉，比如你在台灣的兩間金屋裡還有兩個阿嬌，那就不是一時三刻可以搞定的。」瞪我一眼，不過她沒再繼續這話題，遞來一杯冰開水，她轉身走向梳妝台，打開筆記型電腦，開啟了信箱，叫我過來看看，又說：「比起那兩位女士，我們現在還有更麻煩的狀況。」

「什麼狀況？」

「你知道這個人嗎？龍舌蘭，挺好笑的，你用香菸品牌當筆名，他就用酒的名字。」藝詩的電腦畫面上，是幾張封面圖，那是一系列的作品，大概有四、五本，從書名《天帝》及一堆古裝人物的畫風看來，應該是武俠小說。不過這種風格的故事，作者居然取名叫做「龍舌蘭」，未免有點不相符。

「這種名字寫這種小說，他在想什麼？」我說。

「你叫萬寶路，還不是在寫愛情故事？而且，他也不遑多讓呢。」說著，她又打開另一張圖片，一樣也是封面，書名是《暗戀二〇〇九》，我低頭略看了一下文案，故事描述的是二〇〇九年夏天，一個高中生的愛情故事，作者居然也是龍舌蘭。

「還真的有。」我搔搔腦袋。

「不只有，而且這個故事已經出版，也打響了廣告，預計半年後，會製播一齣電視偶像劇，就改編自這個故事。他們已經簽了合約，開始物色演員，很快就會開拍。我有朋友在製作公司上班，得到消息後，特別打電話來問我，他們知道我以前在出版社做行銷，還以為我會認識龍舌蘭。」藝詩說：「所以我也透過了其他朋友，幫忙查了一下，到底那個龍舌蘭是什麼來歷，得到的結果真是讓我大出意料。」

「怎麼說？」我原本酒精沖腦，只想倒頭大睡的，現在整個人的精神都來了，看著電腦螢幕，我問藝詩。

「這位龍舌蘭先生，年紀跟你差不多，不過紀錄卻很輝煌。以前他用舊的筆名也出版過幾本小說，可惜市場反應很差，他也因此銷聲匿跡了一陣子。在他蟄伏的那段日子，雖然沒有太多的創作，倒是很認真經營網路上的人脈，甚至成立過一個網路文學館。」

「網路文學館？」我大吃一驚，藝詩平緩的語氣，像在談論一樁距離我們非常遙遠的事情，她繼續說道：「這個文學館在輝煌時期，著實網羅了不少優秀作者，其中還包括當時尚未成名的萬寶路先生。」

「難不成，這個龍舌蘭就是……」我已經錯愕得說不出話來，而藝詩幫我接了話：「就是他，以前叫做賽子雲。這個人在葉雲書倒台後，居然從一片混亂中迅速竄起，他沒有特定的出版社，筆下兩種完全不同風格的創作，交給了兩家路線迥異的出版社發行，而他之所以能迅速打入市場，甚至還跟電視台扯得上邊，最主要的，就是因為他有自己專屬的經紀人。」

「經紀人？」

「不過我看這經紀人也不怎麼樣，」忽然冷笑了一下，藝詩說：「從沒頭沒腦的賽子雲，變成拾人牙慧的龍舌蘭，這個經紀人是怎麼幫作者選筆名的？難道是卜卦、算命嗎？」

「或者他取這筆名，還有另一個目的？」我憂心著，轉頭看看藝詩，而她點頭，早就猜到了這個可能性，說道：「他是針對你來的。」

第十四章
蜀道之難，難於上青天

我做了一個夢，有黑色的河水流過，起於陰濛緲緲的灰霧深處，又流向迷茫淒寒的遙遠他方。在那夢境的晦暗色調裡，我沿著這條河不斷前進，但每一步都如此蹣跚艱難，因為腳步落下的地方不是平坦康莊的大道，而是深陷至膝的泥濘沼澤。每一步都踏得好辛苦，那片泥濘像是帶著吸力似地，要將我拖入令人窒嘔的地獄深淵中。

走呀走著，我不時抬眼上望，想看看四周是否有一線曙光透入，可以指引前方，然而除了周遭不時有某種動物的振翅聲遠近飄忽外，什麼也看不見。我感覺兩條腿已經不聽使喚，就快要失去知覺，卻絲毫無法停止，似乎得為了某種自己也不清楚的理由，繼續走著、走著。好不容易走了一大段，四周的景象仍然不見變化，黑色的河流依舊無聲無息，但我聽到那些翅膀的鼓動聲好像近了些。再度抬頭時，只見一隻黑色的蝙蝠快速撲面而來，牠張開巨大的翅膀，搧動時有股腥臭的氣息，我驚嚇得掩面低頭，牠卻已經逼近眼前，我赫然發現，那隻面孔猙獰的蝙蝠竟然有著人臉，是一張雙眼暴出、獠牙掀張的男人面孔，但我無法分辨那是誰，只能害怕得亂揮雙手，可是怎麼也驅趕不開，就在緊張的當下，我的腳步踉蹌，一個沒踩穩，就跌入了黑色的溪水之中。

沒想到，那水竟連濺起的水花也是黑色如墨，而且靦靜無聲。我慌亂著拍打水面，掙扎不已，無意間摸到了溪畔的一塊石碑。攀扶碑緣，如獲生機，我壯起膽量，想站起身對抗那隻盤旋不去的恐怖蝙蝠，然而一低頭，卻發現手上抓著的石碑，原來是一塊墓碑，上頭居然刻著自己的名字。

「你沒事吧？」面露擔憂，藝詩靠得我很近，她清麗的面孔與夢境中沉黑的色調呈現極大的反比，我忽然意識到，這裡是幾萬英尺的高空，自己不在什麼黑色的河水邊，而是坐在舒適的客機機艙裡。

「沒事。」嘆口氣，我說。

帶著忐忑的心情回到台灣，原本在大陸興高采烈的情緒被弄得七上八下，我怎麼也料想不到，居然會在半路殺出這個程咬金來。賽子雲變成了龍舌蘭？這兩個名字中間到底有什麼關聯性？難道真如藝詩所說的那樣，他現在張揚著一對復仇的惡魔翅膀，這個筆名其實就是針對我而來，更是他的宣戰文告？雖然聽她這樣猜測時，我是嗤之以鼻的，但其實我也有這種感覺，否則本來很中國風的賽子雲，什麼不好改，偏偏改了一個龍舌蘭，以酒對菸，擺明和我打對台。

他怎麼會有機會竄起的？前陣子有很多小出版社如雨後春筍般冒出頭，一堆小作者在網路上興起好幾波熱潮，但那些故事都沒什麼好文筆。那這個蛻變後的龍舌蘭呢？他現在的程度如何？印象中，我連一次都沒有看過這傢伙寫的故事，到底寫得好不好也不知道，但可以確定的是他真的頗具生意頭腦，光從再思文學館時代的獲利方式，就可以看得出來，這人很懂得賺錢。不過現階段我比較擔心的，還是他會不會透過鬆餅，又跑來找我麻煩，而且葉雲書退出文壇後，剩下的強者當中，幾乎沒有幾個人是我對手，眼看著這塊大餅就在眼前，本以為能好整以暇，逐步蠶食下來的，不料卻被他從中攔路，而且照他的發展模式來看，不約而同地，剛好就像藝詩為我規劃的那樣，走全方位路線，什麼都寫、接觸媒體，為自己拉抬聲勢。

我一抵達台灣，便趕緊上網搜尋了一下，他的個人網站非常豐富，條列出他近期內的所有活動，其中有兩項讓我十分傻眼，第一是他已經接拍了兩個電視廣告，分別為一款新上市的烈酒，以及電腦品牌代言，烈酒正好符合他的筆名所指，電腦商品也恰能代表其網路文學作家的身分，可謂相得益彰；另一個讓我啼笑皆非的，則是龍舌蘭文學獎的舉辦。我活了三十年，頭一次看到毫無文學地位的年輕作家，居然敢用自己的名字辦文學獎，而且還兼任主辦單位及評審，就差沒自己也參賽而已。不過值得關切的地方是，這文學獎雖然讓人貽笑大方，但竟然有人參加，不知何時，龍舌蘭已經聚集了一批死忠的擁護者，這些人不但對他大加歌功頌德，甚至還真的參加了比賽。

網站上有張照片，是龍舌蘭的最新近照，他一改當年的斯文外貌，居然走起豪邁路線，故意蓄鬍，留得滿腮都是，頭髮也經過刻意造型，活像一堆沖天而起的雜草，而且全部染成了紅色。拿下眼鏡後，他看來年輕了些，只是不知怎地，眼神裡總透著一股說不上來的氣息，我感覺那像是霸氣，但更像是報復的怨氣。

我嘆口氣，與其去在意別人怎麼樣，不如好好做自己該做的事。詩集才剛剛上市，我電腦裡已經收到繪本畫家的來信，開始討論合作方式，初步規劃是我先寫短文，然後由他配上插圖，彼此都透過網路聯繫，誰也不需要去見誰，非常方便。而且這種短文對我來說簡直輕而易舉，只要用類似寫詩的方式，做小段落的描述，呈現出較具童話色彩的氛圍即可。這個繪本作品將定期在網路上刊登，然後才集結成冊出版。

將繪本的文字工作當成休閒娛樂，婉真另外要找我談的是下一波計畫，從出道至今，寫了好幾本校園愛情故事之後，我已感到有些厭倦，而婉真這時所提的，正好與我的念頭不謀而合，雖然主要題材仍是愛情，但她想要的卻是以都會為主，寫點不同的風格。

「儘管不是成立一個新的書系，但我們的打算是這樣，你有你自己專屬的封面特色，也會製作不同的周邊贈品，比如書盒、書籤或筆記本，或者推出限量精裝版，這些都是我們考慮的範圍。」約在公司碰面，這回總機小姐再也不會將我誤認為快遞小弟，我大方地走進去，就在葉雲書宣告退出文壇的會議室裡，婉真說：「不過除此之外，我們也有另一個想法，不曉得你認為如何。」

「先說說看。」我聳個肩，不知怎地，心中對這個環境的一切，忽然都生出了一種嫌惡之情，我知道他們現在對我好，是因為這家公司不能再失去第二棵搖錢樹，如今再也沒人能搶在我前頭使用行銷資源，當然以我為優先的挹注對象。儘管如此，表面上我還是維持著合作的態度，畢竟在這個相互依存的行業裡，他們需要我，而我目前也還需要他們。

「有沒有進過錄音室？」婉真說：「上個星期，你人在大陸的時候，公司這邊開了會，討論關於你的行銷方案，畢竟現在是多媒體時代，文字不能永遠只存在於紙本，同事們有人突發奇想，建議在書裡加上音樂，我認為也很有創新感，你寫詞，我們幫你找譜曲的專業人士，然後編曲，你負責唱。不用很多首歌，錄製完成後，我們一樣做限量，就附贈在書裡，如何？」

「聽起來非常有趣。」我忽然笑了，這是什鬼點子？寫小說的人賣腦袋還不夠，這下居然連聲音也可以當成賣點了。

談好計畫後，也很難得地，婉真居然說要請客吃飯，不過時間已過了中午，我也沒什麼食欲，相偕一起走到公司附近的便利店，她問我大陸之行如何。

「還可以，只是有點累，尤其是北京那一場酒會。」我苦笑。

「見識過後，就知道他們的厲害了。」她也笑，跟著又問新家如何，我說這倒是很不錯，早在去大陸前就已經佈置完成，我也邀請她有空來坐坐。在便利店裡，我只買了一杯咖啡，而她挑了紅茶，又走出來時，婉真這才切入下一個正題，問我跟龍舌蘭是不是認識。

「以前有過一段時間的合作，妳知道，就是葉雲書推薦我來尚文之前。」我點頭。

「從很多小動作看來，我覺得他的挑釁意味非常濃厚。早在他以賽子雲做為筆名的時候，就曾經在網路上公開向葉雲書宣戰，不過你也清楚，對於這種無聊人士，我們向來以不變應萬變，當他是耳邊風。」我點頭，就像肥仔朱事件一樣，尚文的高層根本連理都懶得理會。「不過這回情況有點不同，因為他崛起的速度實在太快了，快得令人吃驚。我聽說他那本《暗戀二〇〇九》才剛上架，不到兩週時間，已經拿到鐘鼎行暢銷排行榜的第一名。」

「這個月沒什麼高手有新書出版，沒人跟他爭，就算第一名被他拿下來，應該也不足為奇吧？」

「但是他的銷售數字太可觀了。」搖搖頭，婉真說：「就是因為這樣，我們更不能掉以輕心，要做好長期抗戰的準備。」

楚囚對泣，根本拿不出什麼具體辦法應對，最後婉真只能安慰我，朝著自己該走的方向前進就好，寫繪本文字、練習寫歌詞，還有小說的進度，這些都要同步進行。至於外面有多少風風雨雨，應該無所動心，不要輕易搖擺，就像以前葉雲書也經歷過不少攻擊，但他始終不動如山，最後大多能夠順利度過難關。這些道理我都懂，如果不是藝詩那致命一擊，我相信葉雲書至今仍是尚文的超級天王，大陸出版宣傳的機會也肯定輪不到我。看著婉真，我忽然覺得她很可悲，當初拒絕給我同等的資源，理由是我被隔絕在那條隱形的界線彼端，她知道這條線的存在，知道線的兩端各代表什麼世界，卻拒絕拉我一把，幫我跨越過去，但現在沒得選擇了，只剩我可以操作的時候，她就再也不提那條什麼線不線的問題了。

臨走前，在電梯門口，新的行銷晴雅忽然跑出來，她剛剛接到一通邀請電話，說市政府文化局的專員打來，他們想找作者參加一場藝文活動，宣傳市政府在各個文化層面的耕耘之功，因此語氣裡也暗示，希望出版社幫忙物色的，是較具知名度的作者。

「看吧，至少市政府還有點眼光，知道好作者在我們家。」露出得意的笑容，同時也是一種安慰，婉真看著我說。

結束這場不算會議的會議後，我開著車，沒有回家，也沒有找藝詩，反而往鬆餅家的方向去，從大陸回來後，她就很少跟我聯絡，也不知道忙些什麼，甚至龍舌蘭興起，她也好像無動於衷似的，跟當初肥仔朱找我麻煩時，大驚小怪的樣子很不同。

台北市的車位無分晝夜，總是一位難求。儘管有了自己的車，去哪裡都非常便利，可以免去轉車之苦，但抵達之後找不到車位的話也是枉然。轉了好幾圈，在狹窄的巷弄中不斷迂迴進出，就是沒個地方能停，我覺得有些心浮氣躁。後來索性不找了，乾脆先在巷口停車，然後撥打電話，如果鬆餅在家，就直接叫她下樓，開車載她出去也可以。

但這個打算偏偏又落空了，一連撥了三次電話，都在響了片刻之後進入語音信箱。我心想她會不會去上課了，所以不方便接聽？可是從巷口看過去，發現她的機車還在樓下。那輛小車子我坐過幾次，它的側面有張可愛的凱蒂貓貼紙。車子在家，當然表示人沒出門，既然在家，那幹嘛不接電話？就算在睡覺，電話響了好幾通，難道還吵不醒？

久候不耐，也不曉得是否發生了什麼意外，我甚至幻想，搞不好那個龍舌蘭現在就在樓上，可能跟我以前一樣，偷偷摸摸地跑來，到她那個窄小的套房裡，鬆餅翹掉了下午的課，不接任何電話，只為了偷會情郎。龍舌蘭可能正摟著她，趴伏在她身上，兩人在這個光天化日的午後，開始激情做愛。這些不堪的荒謬念頭在我腦海一閃而過，隨即又被我踢出腦袋，這是不可能的，我知道鬆餅不是這樣的人。她說過她愛我，而且絕對不會輕言放棄。

不過話又說回來，說不放棄就真的不會放棄嗎？人心隔肚皮，誰能知道對方在想什麼？當初我也認為這樣的女孩就是我夢寐以求的，但後來呢？還不是變成現在這副德行？我腦中不自覺地浮現出，鬆餅房間裡那一地頭髮、滿了的垃圾桶跟泡麵空碗，還有俗不可耐、白得泛黃的內衣褲，當初我怎麼會覺得這女孩完美？但再換個角度去想，要是她從此移情別戀，我也心有不甘。只是儘管不甘，卻又想不出什麼好對策。如果論前途，瞬間竄起的龍舌蘭絲毫不亞於我，他同樣從一文不名，然後旱地拔蔥，直接登天得道，人家現在不但即將把小說搬上電視螢幕，甚至有經紀人籌劃撐腰。我拚了兩三年，也不過一點皮毛般的成就，他卻是大鵬展翅，直接一飛沖天，如果鬆餅轉而對他投懷送抱，也很合情合理。

滿腦子都是這些思緒，左想右想，到最後真的不耐煩了，只好轉動車鑰匙，重新發動引擎，既然找不到人，那就直接回家去吧。我嘆了口氣，握著方向盤，本來轉個彎就可以開上車道，卻也在這當下，從車子左側的後照鏡看到一部機車快速騎來，隨後停在鬆餅家樓下。騎車的是個男生，看起來非常年輕，後面的女孩戴著葡萄紅色的安全帽，上頭也貼著凱蒂貓貼紙，不用看到臉，我都知道那是鬆餅。

「那是妳同學嗎？」那種小男生顯然不太具備成熟男人的基本禮貌，送女孩到家後，應該等對方進門，自己才可以離去。但他沒有這麼做，不但機車沒有熄火，鬆餅都還在開門，這小子已經催了幾下油門，引擎聲揚起，就先往巷口騎走了。我在鬆餅剛打開門的時候才走過來。一看見我，鬆餅原本俏麗的臉上閃過一層陰霾，兩道細眉揚起，怒容頓顯，但眼裡似乎也透著一點心虛。見她不答，我又問了一次：「怎麼自己不騎車，卻讓人家載？他是妳同學嗎？」

「是又怎麼樣？難道我身體不舒服，請別人來載我一下也不行嗎？」她沒好氣地說。

「不舒服？感冒了嗎？看醫生了沒有？」皺著眉，我不想在路邊吵架，正打算牽她的手，但鬆餅居然強硬地避開，還回嘴道：「我就算病死了，你會來嗎？你在乎過嗎？你關心過嗎？這幾天你的手機有幾通未接來電？你自己算算看。我打了多少次電話都找不到人，就算經痛到快死了，你也默不作聲。」

「我前幾天去大陸，妳又不是不知道。」

「你已經回來快一個星期了！拜託，這是什麼爛理由！」更生氣了，她根本不在乎附近巷子人來人往，對我大聲喝罵：「你自己說說看，現在是什麼情形？別說是你去大陸之後了，就算是之前吧，你從國際書展前那陣子就不曉得搞什麼鬼，老是一天到晚不見人影，連簡訊都很少回，也不知道在忙什麼。葉雲書那件事以後，你甚至根本不理我了。是怎樣？怕有狗仔或記者跟蹤你是不是？放心吧，我不會去開記者會踢爆你的，要是不想跟我在一起，老實說就好，一句話，我也不會為難你，更不會糾纏你不放，又何必這樣避不見面？我沒去找你理論，你倒是跟我興師問罪來了，那是我同學，又怎樣？他喜歡我，跟我告白，我有答應他嗎？我沒有啊！就算我沒有答應，但人家一聽到電話，知道我月經來，痛到連路都不能走，馬上送便當來給我，還接我去上課，那是我同學耶，人家可以都做到這樣子，那麼我的正牌男朋友，請問你做了些什麼？你今天是憑什麼來質問我？」

罵得我完全無法回嘴，看著她氣得幾乎掉淚，雖然心疼，其實我也有滿腹怨氣，只是在這種不適合吵架的地方，我真的什麼也說不出口。鬆餅誤會了我的意思，以為我是理虧才無可辯解，她瞪著我，哼了一聲，說道：「反正你很忙，你永遠都有忙的理由，這篇稿子要趕、那個活動要跑，還有什麼通告要上，很好，你就繼續去當你的大作家吧！我不會擋著你的路，等你哪天想到我的時候，記得再來這裡看看，看我死了、爛了沒有吧！」說完，她一轉身，用力地甩上鐵門，砰然大響，引來附近行人的側目。

這下可好，該怎麼辦呢？不但想問的問題都沒談到，反而鬧得這麼不愉快。我懊惱地上了車，點了一根香菸，可是吸不到兩口，心頭怒火整個驀地上來，憤怒之下，我用力捶打了好幾下方向盤，結果不但怨氣沒有發洩，反而讓右手疼痛不堪。我實在不曉得該怎麼跟她解釋才好，或者說，要解釋也解釋不來，我大可以告訴鬆餅，最近的冷淡絕非因為葉雲書事件，雖然我也覺得應該小心一點，會不會真的有什麼狗仔跟在後頭，想挖掘下一個網路明星作家的緋聞，那難說得很，但這種可能性終究不大，我也還沒紅成這等地步；但除此之外，最重要的疏離原因，當然還是因為藝詩在短時間內，竄進了我的生活之中，別說是鬆餅了，我最近連跟碧茵相處的時間都不多。

只是這麼一吵，我便無法從鬆餅那邊探聽到關於龍舌蘭的消息，無計可施，開著車，我獨自回到家，百無聊賴中，連打開電腦看稿子的興致都沒有，最後索性抱著一本《聊齋誌異》，窩在客廳的沙發上，一邊聽著音樂，一邊隨意翻閱，這類小說既與現實無涉，又淺顯易懂，翻著翻著，雖然沒真的看進多少篇故事，但總算好過一點，能暫時遠離那些令人厭煩的問題。

一直看到天黑，窗外已經從一片光明，慢慢轉成陰暗，終於，我覺得有點倦了，心想應該振作一下，至少也該想想晚餐的著落，問題可以擺著先不解決，儘管龍舌蘭在短時間內已漸成氣候，但總不至於立刻傷害到我，此刻最該處理的，還是民生問題。打開電視，讓安靜的屋子裡有點聲音，我走進廚房，雖然不善廚藝，幸好櫃子裡還有點存糧，泡碗麵也能抵過一餐。

我一邊處理著泡麵，一邊苦笑，如果碧茵在，她絕對不會讓我只靠一碗泡麵果腹，好歹也會弄點小菜。有些人就是這樣，從來不真正成為主角，卻又扮演著不可或缺的角色，平常看不見她存在的價值，但沒有她在，卻又少了一點什麼。我在想，碧茵與藝詩之間，遲早也得面臨抉擇的一刻，屆時我該怎麼辦？

而一邊等泡麵，我忽然念頭飛轉，又在思考著，究竟龍舌蘭是用什麼方式，如何在沉寂一段時間後，能迅速在網路上爆紅？那肯定與他過去的經營手法截然不同，難道有了經紀人操刀，真的可以有如此大的功效？那經紀人也未免太厲害了。搜索著記憶，當年龍舌蘭還叫做賽子雲的時候，他貌不驚人，說話老是擺著大哥的架勢，在文學館的籌組過程中，處處都要扮演主導者的角色，這人的主觀意識很強烈，雖然後來文學館的經營不是很理想，然而他織夢的本領可謂一流，每個被他找來的作者都被那股熱血的激情影響，甚至連我也不例外，大家都很熱衷在耕耘著。

這樣講起話來頗為正經八百的人，現在到底變成什麼樣子？一邊狐疑不定，一邊捧著麵碗又走回客廳，我才剛剛坐下，拿起電視遙控器，把一大堆頻道瀏覽一遍，想挑個新聞台看看也好，頓時被其中一台的新聞主播給吸引住，他長得不怎麼帥，說起話來又沒什麼抑揚頓挫，但內容卻讓我目瞪口呆。原來大約幾個月前，台中一家頗有軍事管理化色彩的高職學校，因為教官發現學生在打掃廁所時不夠勤謹，蹲式馬桶上沾有糞便痕跡，竟下令全校學生，在社團活動課中，每個班級都帶隊到該廁所去，人人持刷子去刷它一下，還得順便跟馬桶說句「對不起」，以示大家對清潔工作的熱忱與決心，此一事件當時鬧得沸沸揚揚，引來不少撻伐之聲，學生們也憤慨不平。而今天下午，龍舌蘭應邀到該校演講，他用一種非常誇張的手段，來宣示自己與學生同仇敵愾的立場，竟然從包包拿出一個透明塑膠袋，狠狠地砸在演講的禮堂地板上，袋子爆開的瞬間，全場師生都聞到一陣臭味，原來那竟是他特地準備、帶來作秀用的道具，裡面是一坨他自己的大便。

「我們反對校園官僚與專制教育，教官們通通滾出校園！」抓著麥克風，簡直就像舞台上的搖滾樂手，他力竭聲嘶地大喊著，相較於那群目瞪口呆的旁聽師長，台下千餘名學生則是哄然叫好，紛紛報以熱烈的掌聲。當新聞播出這段學生用手機錄下的畫面時，我的第一口泡麵剛挾起來，卻已經完全沒了食欲。

這到底是什麼世界哪？我臉部五官揪得像包子一樣，完全不敢置信，這真的是一個創作者應該有的舉動嗎？雖然博取了全場學生的滿堂采，但他到底把自己當成什麼？是搞笑藝人？還是他打算參加政治選舉，要藉此拚取年輕選票？那些未成年的孩子可沒有投票權哪！瞧他們興高采烈、大聲叫好的樣子，這些人大概不是看傻了，再不就是樂歪了，居然沒有一個人出來阻止。而新聞主播說，這件事雖然引起校方微詞，但畢竟眾怒難犯，也只說希望以後來校演講的作者可以自重。不過有趣的是，這個新聞台又另外採訪了一些前輩作家，請教他們對這件事的看法，結果畫面一轉，我看到李恆夏先生吹鬍子瞪眼的生氣表情，他憤怒地給了八個字的批評，說這簡直是「譁眾取寵、媚俗下流」。

我搞不懂龍舌蘭的腦袋到底在想什麼，或許他自己也沒想到，這種舉動會讓外界對「網路小說作家」的印象變成什麼樣子。嘆口氣，這下麵不吃了、電視也不看了，我收拾了一切，對這世界的感覺忽然變得好糟，好像不管自己做什麼，永遠都無法如意順遂，永遠都會遇到莫名其妙的對手，用各種光怪陸離的手法來搗亂。而更無奈的是，每一次出現的阻礙或麻煩，都像這樣不能說解決就解決。我還能怎麼做？上回是藝詩動了手腳，才扳倒葉雲書，這回難道要僱個殺手幹掉龍舌蘭嗎？不，買凶殺人未免太便宜他了，我要叫他把自己的那坨大便給吞回去，這樣才能為所有網路文學作家出一口怨氣。

舉目四顧，空蕩蕩的屋子裡沒了其他聲響，外面是繽紛熱鬧的台北市，但我卻在這水泥砌起的牢籠裡安靜而憂鬱著。到底還有什麼辦法，可以讓我暫時逃開？而我該逃到哪裡去，才能讓自己無視這些煩心的事物？走回書房，點亮小燈，電腦螢幕上一片漆黑，就像我現在的心情。嘆口氣，正打算轉身，卻在抬頭時留意到牆上懸掛的那兩張獎勵狀。不知怎地，在凝望中，心中忽然大生感觸，那是我已經看得很習慣的存在，也很少會去留意，但現在不同，我走近兩步，盯著那出現暗褐色鏽蝕的金屬裱框，看著長年裱在裡面、因為失去水分而顯得乾皺的狀紙，上頭還清晰地印著我的名字、說明頒發此狀的理由，並且非常八股地寫著：祝學業有成、鵬程萬里。

學業是成了，畢業證書八百年前早已到手，但鵬程萬里可就很難，至少現在就十分瘸腳。別說是萬里了，我連一小步都走得步履維艱，好不容易打進大陸市場，眼見即將拓展新的局面，甚至有為小說作詞配唱的機會，現在竟然冒出一個龍舌蘭，我往前踏一小步，他在後面就跨一大步，我的領先局面究竟能維持多久？一想到他在學校禮堂，將一大包裝著他大便的塑膠袋給摜在地上的畫面，而且那些學生不但沒有唾棄，居然還興奮歡呼，把他捧得跟神一樣，我覺得要不了多久，他很快就會以天主降臨的神聖姿態，一舉獨霸整個市場，然後用更多的大便，來填滿這些無知學生的空虛腦袋了。

黯然，看來在這屋子裡，不管走到哪個房間，我是注定都逃不開的了。最後逼不得已，乾脆收拾點行李，隨手抓了幾件衣服，搭電梯到地下停車場，漫無目的，只要能夠離開台北，去哪裡都好。車子開上高速公路，選擇往南的方向，這時才晚上八點不到，整個北二高塞成一團，車流量實在太大，行進的速度緩慢至極。我焦躁又懊惱，原本想出來透口氣，結果現在更慘，困在車陣中動彈不得。一路上停停走走，本來二十分鐘就可以開過中和附近的，現在居然花了快一個鐘頭，才剛過安坑交流道不遠。氣苦著，偏偏車上又沒有好音樂，只好打開車窗，用力吸了兩根菸。

「親愛的，你今天還好嗎？」熬過了北二高最壅塞的路段，接近鶯歌附近時，車速總算稍快一點。藝詩忽然打來電話，她已經忙碌了一整天，帶著一組工作人員南下，到墾丁的一家大型飯店幫他們辦活動，我從電話中還能聽見她身後熱鬧吵雜的音樂聲喧。

「不好，簡直是糟透了。」嘆著氣，我說。

「有什麼事嗎？」

「說有事其實也不是大事，說沒事，我現在卻待不住，非得逃出台北不可。但問題是，妳現在有時間講話嗎？」

「你想說話的時候，我曾經錯過嗎？」依舊是溫柔且氣定神閒，藝詩似乎走遠了些，我聽到背景音樂聲漸小。掛著耳機，兩手握著方向盤，於是我用滿懷抱怨的口氣，把今天的所見所聞全都說了一遍。聽完後，藝詩想了想，又問龍舌蘭的事是否有進展，我抱怨說，尚文根本沒有具體對策，只要我做好長期抗戰的準備，但看來他們不打算正面迎敵，因為根本也打不過。

「你怎麼知道尚文對付不了他？」

「因為出版社的競爭對手是其他出版社，而不是其他作者啊。」我說：「他們犯不著跟龍舌蘭硬碰硬，搞不好以後還有合作機會。不管怎麼樣，婉真絕對不會擬定什麼用來對付龍舌蘭的辦法。他們現階段正專心朝大陸市場發展，根本沒有多做其他準備。萬一哪天龍舌蘭發起狠，我們怎麼扳倒葉雲書，他就怎麼扳倒我們，到時候別說網路文學界，整個台灣的文學版圖全都落入他一個人的口袋裡了。」

「有這麼誇張？」

「妳覺得很誇張嗎？」超過了一直擋在前面的兩輛車，我用力一踩油門，車子飛快竄出。「雖然這陣子很多小出版社崛起，一堆新人紛紛冒出頭，但妳說，有哪間出版社比得過尚文？又有幾個作者可以在銷售數字上拚得過我跟龍舌蘭？屆時萬一我垮了，尚文是不是得再找一棵搖錢樹？妳覺得他們不會重金禮聘，去對龍舌蘭招手嗎？藝詩，妳別忘了，當初婉真就是這樣，透過葉雲書才把我網羅到旗下的，這是商人的手段，一點也不稀奇。」

「但台灣文學版圖那麼大，龍舌蘭獨吞得下來？」

「怎麼會吞不下來？」我講得有些激動：「不要說別人，光講李恆夏就好，他在台灣還不夠有名？他的文學底子難道不夠深厚？但是妳隨便查一下，李恆夏的書什麼時候打進過鐘鼎行的文學暢銷排行榜了？拜託，他們賣的是口碑，不是業績。妳在尚文幹過幾年行銷，這些數字妳也很清楚，何必需要我解釋？現在是年輕人拚出頭的年代，只要把我剷除，龍舌蘭就幾乎天下無敵了，其他的那些老人，他根本無需看在眼裡，甚至連甩都可以不甩他們。」

沉吟著，似乎也在思索對策，過了半晌後，藝詩才問我人在哪裡。

「我也不知道要去哪裡，反正待在台北，就覺得什麼都不對勁。」我氣呼呼地說。

「不然這樣好了，」靈機一動，藝詩說：「待會活動結束後，我搭工作人員的車子到高雄，就在車站附近找地方坐著等你。至於你，可以一路散心，兜風兜到南部。從台北往高雄，最快也要五個小時吧？這段時間應該能讓你稍微冷靜一點。」

「然後呢？等我到高雄，都大半夜了，妳在那邊不無聊死？」我沒好氣。不過藝詩就是這樣，大事情或大狀況都需要時間籌思對策，但如果是對付我，她可是信手拈來就有好點子，甜甜一笑，她說：「我們家老爺都火大成這樣了，就算等你兩天，我也得心甘情願、乖乖地等下去，對吧？親愛的，車子慢慢開，沒關係。等你到高雄，我們去找家像樣的好飯店，我給你全身按摩按摩，好讓你消消氣，這樣好不好？」

第十五章

雲雨荒臺豈夢思

「問蒼天，天都無語，一如這夜深深的寂靜。你如豔陽天下蒸散的水氣，忘了連我都帶走。」

「是不是我們之間也就這樣了？你走到一個我再無法企及的世界裡，忘了當初曾經說好的一切，也忘了象牙塔裡還有守候著的女子。」

「但我夢見你輕挽我羅袖，走過銀杏樹下。確實夢見，綠色髮夾上蝶影翩翩，像極了你提醒我的，噢，那是夢。」

「像座遙遠的深邃迷宮裡，我終夜徘徊，聽不見你到來的腳步聲，一整夜，一整夜。」

「鏤刻我心腸的並非誰的無心，而是失落的、那顆你再看不見的眼淚。滴落於十二樓陽台邊，那裡懸掛著古老的十字架，歌頌別離。」

「死心於清晨六點過兩分，七秒。我墜落在魂夢邊緣的深淵裡，只求與你告別時的一個吻。」

看完這幾封簡訊，藝詩問我這算不算遺書。

「應該不算，因為也不像。」我皺眉頭。

「那算是分手信嗎？」

「似乎也不盡然。」我指著其中一封，說：「她說死心，可是還要一個吻。」

「這個小女孩究竟想幹嘛？」

「好問題。」我把手機拿給藝詩，說：「上面有她的號碼，妳不如直接打去問她。」

根本沒辦法聯想，昨天下午在巷子裡對我破口大罵的人，跟天一亮，起床後我才發現傳訊息到我手機裡來的女孩，竟然會是同一個人。箇中轉折未免太大了些，一個是罵街的潑婦，一個卻是十足的文藝少女。藝詩說這真的很匪夷所思，文字果然會修飾一個人的。而我搖頭，一邊刷牙，一邊看著落地窗外的高雄晨景，咕噥地說：「我愈來愈覺得，她是個住在象牙塔裡的女人。」

「可不是。」皺著眉。比我早起的藝詩也唉聲嘆氣。

我知道這世界上有一種人，他們的想法永遠不會具體或直接地說出來，即便說了也無法說得完整，但那些念頭或思緒卻不能自行消化吸收，反而會在腦子裡無限迴圈，不斷碰撞，並演繹出自己想像的情境與畫面。當外界的變化與這些虛構內容相符時，他們便會感慨殊深，隨之悲喜；當外界的反應與他們所想不符時，他們則會再演繹出另一套劇情，把自己代入其中，順便連別人也一起網羅進去，成為想像中的角色。我覺得，鬆餅就是個典型的例子，否則哪來什麼銀杏樹？又哪來什麼綠色髮夾？還有奇怪的十二樓陽台邊的十字架，我的老天爺，鬆餅住的地方其實是四樓，連陽台都沒有。

依據我的判斷，這些簡訊傳達了相當程度的悲傷，同時意味著她仍有所留戀，也可以解讀成求饒或求和的意思，否則她傳來的訊息應該是一堆髒話才對，而不是這麼詩情畫意的抽象內容。我對藝詩說：「千萬別小看了這個女孩，好歹她以前出版過幾本小說，算得上是有心思的人。」

「你擔心她做出什麼對你不利的事嗎？」退房後，我們驅車再往南，走的是藝詩昨天才走過的台一線，不過此行並非往墾丁去，而是要回我屏東老家。在車上，我說了自己的看法，藝詩看看我，又沉吟一下，嘆氣說道：「你怎麼老是惹這種大麻煩呢？起初我以為這種少不更事的小女孩只是情竇初開，所以才糾纏你不放，但看來沒那麼簡單。光憑她曾經算得上是個『作者』這一點，事情就可大可小。」敲敲車窗，想了想，不知怎地，她忽然轉過頭來，很嚴肅地問我：「我再問你最後一次：你愛她嗎？」

我心中一凜，放慢車速，側個頭，看見的是一臉堅定的藝詩，那當下我知道，她已經有了對策。

「別像打擊葉雲書那樣對她，好嗎？她還只是個小女孩。」我這麼說。

「我會有分寸的。」然後她點頭。

正是一片春和景明的好時光，當車子駛過田野，在產業道路上曲折前進時，藝詩臉上有著興奮的神采，土生土長的台北人，從沒這麼近距離地看過鄉下田野風光，她不斷指指點點，問我路旁的植物是什麼，那一臉對什麼都好奇的模樣就像個小孩，跟剛出發時，在途中討論對策的她簡直判若兩人。

父親到檳榔園工作去了，只有老媽在家。沒聽說我要回來，她顯得有些措手不及，忙著打電話叫住在附近的阿姨，幫忙到市場買菜。藝詩笑吟吟地，頗懂人情世故的她手上是大包小包的禮物，全都是路上在超市買的，有什麼養氣人參或靈芝之類，另外還有一大堆保養品，這些全都是鄉下人家平常不會花大錢買的東西，但她毫不手軟地一樣樣放進購物車裡，還說第一次見面，禮數一定要做到。

看著她們熱情寒暄的樣子，我內心其實是挺驕傲的。多年前曾帶碧茵回來過幾次，雖然已經出社會工作了一段時間，但她卻沒這麼懂事，只會坐在電視前面，偶爾說幾句客套話而已。相較之下，幫忙把禮物提進廚房大桌上，又在老媽準備做菜時，主動挽起袖子當助手，也不怕弄髒一身好看衣服的藝詩就顯得懂事許多。

看到這個漂亮的城市女孩會做菜，也很能操持家務，老媽心情似乎很好，在餐桌上，她居然主動挾菜給藝詩，還親切地說：「叫我魏媽媽就好，別叫什麼阿姨的，不用那麼客氣，大家都是一家人嘛。」這話一出，我滿嘴的飯菜差點噴了出來。趁著老媽起身去看瓦斯爐上的熱湯時，我偷眼瞧過去，藝詩正好也轉頭望來，我們臉上是會心而又幸福的一笑。

那天下午，藝詩完全沒時間理我，她一直跟在老媽背後，鄉下地方，家裡範圍大，老媽帶著她到處走走看看，跟她說這裡的生活環境，甚至連後院那一窩飼養的雞有幾隻公母、該怎麼餵食，乃至於附近的菜市場在哪裡、該怎麼走，居然一股腦兒地全都告訴了她，簡直就像我們要搬回來，而她已經是我們家的媳婦一樣。一直到傍晚，我看見藝詩那件米白色的休閒褲，褲管都已經沾到了泥土，原本盤得很端正的頭髮也亂了，只剩一撮簡單抓起的小馬尾，臉上脂粉早已暈散，額頭上還滲著汗珠，我這才曉得，原來她們走著走著，居然走到了附近的檳榔園，就在那地方，藝詩見到了我爸，還有模有樣地學做起檳榔園裡的工作。

「妳是打算在這裡安身立命了嗎？」帶她到浴室，我叫藝詩把一身的香汗洗洗，順便問她。

「那也不無可能啊，這裡有什麼不好？我非常喜歡呢。」浴室裡傳來水聲，她已經開始淋浴。

「要不要乾脆再生幾個小孩，讓妳徹底過足農家婦女的癮？」我站在門外，一邊笑著。她忽然把門打開，探出頭來，朝我滿是挑逗地說：「好呀，擇日不如撞日，不如就現在，我們來生小孩，你說好不好？」見我一愣，她卻哈哈一笑，立刻又把門關上，還在裡頭罵了我一句「笨蛋」。

我笑著，在心中勾勒出一幅幸福圓滿的畫面，或許汲汲營營之後，我們最後所能回歸的，不過就是如此單純的生活，休閒於野、晴耕雨讀，忘卻人世間的是是非非，再不去計較功利得失。這樣的生活儘管安樂美滿，卻真的是我所渴望的嗎？走回房間，抽了根菸，尼古丁竄入肺裡的當下，我知道就目前而言這還是辦不到的。回家一趟，只是為了逃避現實而已，根本不可能現在就叫我放棄台北，也不可能放棄跟寫作有關的一切，要談歸隱，未免還太早，戰場很遼濶，未來很漫長，彼岸或許不遠，但抵達之前還有無數個浪頭得先躍過才行。

天剛暗下，廚房裡又有油煙味傳出，老媽一餐剛煮完，很快又是下一餐。這次我不讓藝詩進廚房去幫忙，否則澡就白洗了。正想拉她一起出去散步，我的手機忽然響起，原來是晴雅打來的，她先是吞吞吐吐了半晌，欲言又止的，我覺得不耐煩，所有欣賞屏東夕照美景的心情全都給影響了，於是叫她有話直說。

「是這樣的，前幾天市政府不是有活動要找作者嗎？我們提了你的名字上去，本來他們專員答應了，活動流程也寄來了，可是今天他們又來通知，措辭雖然很委婉，但內容卻是叫我們不必派作者參加了。」

「有說明原因嗎？」不知不覺地，我又皺了眉頭。

「因為市政府後來決定，把這個活動交給一間公關公司主辦，結果那間公司好像又找了一些跟他們有合作的經紀，所以來賓名單出現很大幅度的更動，我們就這樣被刪掉了。」晴雅說得非常心虛，大概也覺得這件事對我很難交代，頓了一下，她才又說：「作家的名額，就這樣被龍舌蘭拿去了。」

那天晚上，附近的親戚都來了，老爸退休後就在自家附近買塊土地，種起檳榔，近年收成也不差，這頓晚餐非常豐盛，一張大圓桌，坐了十來個人，幾個沒輩分的親戚小鬼端著飯菜到客廳看電視。雖然一片喜氣洋洋，但我卻一點大快朵頤的心情也沒有，滿腦子想的全是那通電話的內容，只有藝詩知道我情緒的低落，不斷跟我插科打諢，或者帶引話題，讓爸媽聊點我童年時候的小故事，偶爾也幫我挾挾菜，就是不肯讓我喝上半滴酒，所以全場的最後，只剩我老爸一個人爛醉如泥。

吃完晚飯後，我依舊意興闌珊，老媽本來提議，要我帶著藝詩去外頭走走，欣賞這片南台灣的璀璨星空，我轉過頭，看看她的意願，沒想到藝詩忽然朝我一眨眼，說道：「我也很想，不過你的稿子還沒寫完，要是拖到明天才回去，會不會來不及？」

很簡單的一句話，卻是很棒的脫身之計。我這才恍然大悟，原來她內心早有盤算，才要我滴酒不沾，趕在今晚開車回台北。我們沒什麼行李，一人只有一個小包包，收拾起來很便捷。倒是老媽乍聞我們又要趕回去，嘴裡嘮叨不停，但手腳也挺快，立即收拾出兩個紙箱，裡頭裝滿各種要讓我帶回去的食物。

當然免不了又是一陣寒暄話別，我們足足拖延了快二十分鐘，才順利將車子駛出。一關上車窗，開啟冷氣後，原本笑容滿面的藝詩瞬間臉色一變，非常慎重地問我最近還有什麼行程。

「除了幾個演講，也沒太多要緊事，再過陣子吧，有個文學營的活動，我是講師。那是鐘鼎行舉辦的，剛好遇到他們二十週年大慶，所以規模比較大，年度風雲書的頒獎也會在那時候一併舉行。」我想了想，回答她。

「那就是說，你會遇到龍舌蘭了？」

「應該會。」我點頭，「這種露臉的場合，他的經紀人肯定不會放過。」

問清楚時間，了解還有多少餘裕，藝詩說要聯絡一些管道，看看有什麼好辦法，或許這是個打擊對手的好機會。當她這麼一說，我忽然背脊一涼，不由得想起葉雲書事件，那也是一個作者風光露臉的場合，但同時更是暗地裡最好策劃陰謀的良機。我急忙搖頭，打斷了她的思緒：「可不可以先別這樣做？」見她疑惑，我說：「雖然我也很想一舉打敗這個對手，但妳知道，這樣的手段我不想再用第二次。」

「我不會用同一招對付龍舌蘭的。」

「不，妳誤會了。」我搖頭，說道：「我的意思是，儘管對於他那種譁眾取寵的宣傳方式，我們都感到很不齒，但那畢竟是他的個人風格。而且以我對他的了解，我也可以想像，當初大家說好要一起打拚，可是這幾年來，我幾乎是平步青雲，現在不僅是尚文出版社最暢銷的作者，而且還有妳這樣美麗又富有智慧的另一半。看在他眼裡，那種酸味可想而知，當然更能體會他取這個筆名的用意，以及他處處想勝過我的躁進之心。不過儘管如此，除去那些華而不實的外在之後，我們畢竟還是作者，而作者最重要的東西是什麼？是文字，更是氣節。因此，不管他多麼招搖，做了多少荒唐或荒謬的怪事來吸引他人目光，到了最後，要判斷高下的依據，終究還是文字的價值。恰好鐘鼎行的排行榜以及年度風雲書，某些層面上都是此一價值的反映，因此，我希望至少在這一次，妳讓我用這個去決勝負。」

「那等於是要我什麼都不做囉？」

「至少現在是。」我點頭，「我相信，儘管網路文學的閱讀群眾都很年輕，對文學的認識也不算深，但文字的優劣如何，這麼基礎的判斷能力，他們應該還有。誰能夠拿到年度風雲書的首獎，誰就贏了這一場。這一點，我多少還有信心。」左手抓方向盤，右手伸過去，握住了她的手背，我輕輕地說：「不想看見我輸，不希望我落後任何人，這些心情，妳就算不說，其實我也都懂。但妳知道，這是我的戰爭，就讓我用自己的方法去拚一拚，萬一連這都輸了，我才讓妳這個祕密武器出場，好嗎？」

沉吟了片刻，最後她吐了一口氣，也只能無奈地接受。但過不到一分鐘，藝詩忽然又說：「跟龍舌蘭的戰爭，我可以先不插手，但另一件事，我明天就會去搞定。」

「妳是說……」

「誰都不能有半點想佔有你的心，哪怕她只是住在象牙塔裡自顧自地想像，那也不行。」很堅決地，她說。

我很納悶，不知道藝詩將採取什麼手段，這不能像對付葉雲書時那樣，故意找媒體來渲染，擴大打擊層面，換言之，如果上次是把事情鬧得愈大愈好，那這次就應該反其道而行。只是我也擔憂，萬一這件事弄不好，或許會收到反效果，甚至可能造成嚴重的影響。

一整天，我沒有待在家裡，聽從藝詩的建議，既然沒有寫作的心思，不如到外面走走，拜訪拜訪朋友也好。不過我這人簡約慣了，朋友委實不多，便帶著剛好放假的碧茵，上午先到詩社聯絡處去，跟幾個愛寫詩的大學生聊聊，聽聽人家對詩作的見解。碧茵雖然不會寫詩，但偶爾也會看詩集，在那邊她顯得很愉快，也聽得很開心。中午則跑到電影院去，一邊吃著難吃的熱狗，一邊看了場無聊的電影。熬到過午後，實在沒地方去了，原本打算到尚文出版社去，雖然沒什麼要緊事，但找婉真聊個天或許還可以。就在我們剛抵達出版社，在對街等著過馬路時，我隨意張望，卻好像看見了一個熟悉的身影往大樓裡走。那當下我忽然一愣，不是很敢確定，於是也不過馬路了，拉住一等綠燈就要往前走的碧茵，在人行道這邊多等了一下。大約二十分鐘過後，那個人又走出來，雖然步伐沒有以前矯捷，但我很確定他就是葉雲書。

「我沒看錯吧？那是葉雲書嗎？」碧茵非常詫異。

點點頭，這種感覺我也有，因為眼前這個葉雲書，跟以前我們認識的他已經相距太遠，衣著簡便，沒有任何修飾，甚至連神色都萎頓不少。

「看來他狀況不太好。」碧茵問我：「要不要過去打個招呼？」

該過去打招呼嗎？猶豫了一下，最後我搖搖頭。碰面之後能對他說什麼？難道要跟他道歉嗎？雖然由於他的垮台失勢，才造就了我今天的一枝獨秀，但我並沒有叫藝詩去做這件事，更沒叫她把葉雲書害成這樣，再不然，這句道歉是替藝詩說的嗎？那豈不是等於承認了我與藝詩的共謀關係？他們彼此也認識，在擔任尚文的行銷工作期間，藝詩還帶著葉雲書跑過不少通告，我這樣做會不會讓問題更複雜？況且現在碧茵就在身邊，她什麼都不知情，我又怎麼在她面前把話說得四平八穩、不露半點破綻？躊躇著，紅綠燈號誌又變，眼見葉雲書已經走遠，他沒有開著以前那部百萬名車，也沒有闊氣地伸手招攔計程車，竟然是走到不遠處的公車站牌邊，跟著人群一起排隊。

在他上了公車後，我還木然許久，一時間不知道怎麼辦才好。又過半晌，外頭的陽光耀眼，照得我汗流浹背了，這才慢慢回過神來。於是我決定不帶碧茵上樓，要刺探什麼消息的話，我自己去問婉真就好。打發她到附近的咖啡店坐一下，我則走過馬路，踏進大樓裡，然後搭電梯直上，本來要跟總機打聲招呼的，沒想到婉真恰好就在電梯口，所以我連辦公室都沒進去，跟她又一起下來，沿著人行道往附近的便利商店去，她今天有開不完的會，僅存的覓食時間已經被葉雲書佔去，只好把下個會議往後挪，至少要去買個微波食物。

「其實你來得正好，我原本要打電話約你的。」婉真說：「剛剛葉雲書來找過我。」

「他現在還好嗎？」帶著心虛，我故作不知情地問。

「挺糟糕。」扁嘴搖頭，婉真嘆口氣，說：「誰也沒料到會發生那樣的變故，他到現在都還搞不清楚原因，真的是賠了夫人又折兵。」

「沒有重新再來的機會嗎？」我說：「以文字價值而言，他還是具有一定水準的呀。」

「除非他換個筆名，改寫別的題材，而且一輩子不露面，否則在愛情故事的市場上，那是絕對不可能的。你說，還有人會相信他故事裡的那些情深意重嗎？」婉真無奈地說：「倘若葉雲書只是個二線作家，大家檢視他的只是文字部分，那或許還有救，但現在不是這樣，讀者花錢，買的是他的名氣與形象，不見得是故事本身的好壞。而他偏偏就是砸鍋在形象上，這麼一來就會變得很麻煩。」

我點點頭，或許這就是跨越到線的另一端之後，所要背負的風險吧？一個完全仰賴自己形象在賺錢的作家，寫得再爛都可以把書賣出去，反正讀者看的已經不侷限於文字，更重要的反而是作家本人，他一旦毀了自己的形象後，那就全完了，以後不管寫得再好都沒救。我正在想，婉真又說：「更慘的還在後頭，他前幾年跟人家合夥，在台北東區投資開了海鮮餐廳，而且還是連鎖店，一開就好幾家，往來的金錢額度很大，結果現在對方跳了幾張票，還避不見面，他虧了兩千多萬，一毛也拿不回來。」

「兩千多萬？」我大吃一驚。

「這只是幾張支票的部分，其他的還有得算。」婉真像顆洩氣的皮球，垮著肩膀，說道：「所以他剛剛來出版社，把所有該結算的版稅都處理好，要籌錢應急，甚至還問我能不能幫忙。但我能怎麼幫呢？雖然借個幾十萬沒有問題，但那也是我好幾年的積蓄，而且杯水車薪，根本幫不上太多忙。」

「所以妳才想說打電話給我。」

「當然還是由你自己決定，我們是不可能干涉的。」婉真點頭，「我也跟葉雲書說了，有需要的話或許可以找你，但他似乎不太願意。那個人，你別看他以前好像揮灑自如，其實自尊心很強，你再怎麼樣也是他提攜進來的後輩，要他跟你伸手借錢，恐怕不太可能。」

於是我點點頭，要婉真給我一個匯款帳戶，趁著還沒三點半，我說這件事至少應該讓我盡點力。

負債累累的心情有多難受，這我很清楚。多年來，無論是學生時代，或者剛退伍的那段日子，我永遠有接不完的催繳電話，每個月看著帳單，總是愁眉深鎖。當年我所積欠的，也不過區區幾萬元，就已經如此痛苦，現在葉雲書人在深淵谷底，一切風光已成泡影，甚至背負龐大債款，這種壓力更不是旁人能輕易領略。我在銀行裡等了一會兒，才讓他們替我處理好。兩百萬元的現金依法不能直接轉帳，我只好先用現金提款，然後又轉存入，不過因為是跨行辦理，還得等上一點時間。等處理完畢後，我打電話通知婉真，她被這筆數目嚇了一跳，但我說：「這是我目前所能動用的最大極限。妳確認收到錢後，趕快交給葉雲書。」

「我會請他開借據給你。」

「不用了。」我說：「當年要是沒有他，就不會有今天的萬寶路。這是我唯一能做的，但其實也沒什麼，只是聊表一點心意。」掛上電話前，我還特地交代婉真，絕不能讓葉雲書知道那是我的錢。

那是一種贖罪嗎？或許是吧，我知道自己跟藝詩早已是共犯結構，無法輕易擺脫這個罪名，至少這是我還能做的，我就應該去做。況且兩百萬也不是一筆小數目，但花這筆錢，總算能讓自己好過一點。等這些事都辦完，我才到咖啡店去接碧茵，她很關心葉雲書的狀況，畢竟也是她崇拜過好一陣子的作者，不過無法一一細說，更不能透露那兩百萬的事，我只是簡單帶過。知道我不想多談，碧茵儘管臉上還有諸多疑問，卻也沒多問。我們失去了再到哪裡走走的興致，兩個人到麥當勞買了晚餐，就直接回家。

天黑之後，還沒接到藝詩的電話，不曉得她事情處理得如何，我也得克制著打電話給鬆餅的念頭，好不容易撐到晚上，已經吃完晚餐，碧茵明天早班，不能晚睡，當她洗完澡，躺在臥房裡休息時，我在書房心不在焉地看書，這才等到藝詩的消息，但她說得很簡單，只有三個字：「搞定了。」

「搞定了？」我咋舌。

「她還會接你最後一通電話，你可以現在打。」幾乎不帶任何感情地說完，也沒有半句安慰的言語，她直接掛了電話。

我一邊小心翼翼地走到陽台，悵然若失地撥出號碼。意外的是，鬆餅沒有任何激動情緒，說起話來也很平靜，她只說今天下課時，就在租賃的宿舍樓下，忽然竄出了好幾個人，有人手上拿著麥克風，也有人拿著攝影機跟照相機，不由分說就對著她猛拍，拿著麥克風的男人更直接問她是不是萬寶路的地下情人。

「是記者嗎？哪一家媒體？」我感到萬分訝異，這件事務必要低調而為，藝詩不可能不懂這道理，她找記者來做什麼？

鬆餅說她自己當時也被嚇傻了，根本沒看清楚，對方開口就問，到底跟我的關係為何，是怎麼認識的，有沒有發生過關係，鬆餅當時極力否認，可是對方站在門口，完全擋住了她的去路，非得要她清楚交代不可，甚至還舉出證據，說有人爆料，她曾經帶著知名作家萬寶路到學校去拜訪李恆夏老師，也有照片可以證明鬆餅參加過好多次我的座談或其他活動。

「他們真的什麼都知道，很恐怖……」說到這裡，鬆餅哽咽起來，她說在樓下被逼得幾乎大哭，好不容易才鑽了個縫，逃進屋裡，但外面的記者還不斷慫恿她出來說明清楚。

「後來呢？」我暗自著惱，到底藝詩是怎麼搞的，為什麼要這麼做，偏偏剛才電話裡也沒交代清楚，我現在完全不知如何是好。

「後來有個女的來找我，她直接敲我房門。」鬆餅說：「我不知道她是怎麼打開樓下的鐵門，還知道我住哪個房間，可是她在門口的時候，就說她是尚文的行銷。我從門口的縫縫看出去，也覺得好像有見過，所以就開門了。」勉強收住眼淚了吧，我沒聽到嗚咽，鬆餅卻反而問我現在是否還好。

「我？」一愣，我只能說自己還好，今天剛從南部回來。

「那你最近還是不要出門比較好，那些記者一定也在找你！」露出緊張的語氣，她急著說：「那個叫做藝詩的女生跟我說，記者早上去過出版社了，可是什麼也沒問到。後來她跟你聯絡，你才叫她來找我。」

說到這裡，我恍然大悟，那些記者肯定都是冒牌貨，以藝詩的人脈關係，要找些人來假扮記者，去嚇唬一個小女生，是易如反掌的事。果不其然，鬆餅接著就說：「對不起，都怪我不好，是我前幾天在網路上亂寫了一些東西，我只是寫寫自己的心情，沒想到真的有記者在找資料，所以就被發現了。一定是這樣的，對不起，我真的不是故意的……你不要擔心，那些我都刪掉了，應該也沒有太多人發現，就算有，誰再來問我，我也一定不會承認的。」又開始哭泣，鬆餅的聲音有些模糊，「下午藝詩姐安慰了我很久，我也打算接受她的建議，或許這個時候分手，對你、對我，都是最好的選擇……對不起……」

「是藝詩逼妳跟我分手的嗎？」我有點急，然而她的眼淚不停，邊說：「沒有，她只是讓我自己選擇，可是我沒辦法，我做不到。她問我要不要站出來，大聲地跟全世界宣布，說你跟我是真正的情侶，她還替我想好了，我可以跟那些記者說，你是在等我畢業，我們一畢業就會立刻結婚……我很想答應她的建議，因為那也是我最希望的，可是……可是她也說了，這可能會對你的形象造成傷害，會讓大家誤會，讓你的讀者起反感……就像葉雲書那件事一樣，一旦變成那樣，你的所有事業就會被迫中止……所以我知道，這終究只是小女孩的幻想而已，對不對？我們其實是不可能在一起的……」

「不對！不是這樣的！」急著，我很想趕快澄清，可是鬆餅沒讓我開口，她說：「算了，沒關係的，我知道你的為難，我以後也不會這樣為難你了。你別擔心，我不會做什麼傻事，可是你以後要好好照顧自己……我真的很開心，至少你到最後，都還是這麼愛我，這樣保護我……」聲音漸弱，直到最後，不知何時，她已經掛了電話，徒留下遠眺著台北夜景的我，在這個狹窄的小陽台上，獨自一人茫茫失神，甚至連哭都忘了哭。

第十六章 何用浮名絆此身

從開始走紅的第一本書至今，一路寫來，寫作變成基本的一樁功課，只要沒有行程的日子，藝詩跟碧茵又忙於工作時，我便獨自坐在書房的電腦前，天馬行空地勾勒與想像，讓許多故事無中生有，慢慢地產生。萬一感到腸思枯竭，似乎沒有東西好寫了，那也簡單，只要打開電視，看看新聞、看看歌手們的音樂錄影帶，甚至看部影集，也能輕易地生出聯想；我老是想著，如果誰誰誰的電影劇情，可以變成我的小說故事，應該是種怎樣的感覺？會有什麼對白？於是，我便又找到了一個許多作者苦苦仰賴、卻又飄忽不定的「靈感」。

所以我從無靈感匱乏的問題，每個故事都在隨性之間，一面敲打著鍵盤，也就一面誕生。我本來還頗有興致，去記住自己每一本書的先後順序，書名或者故事內容，然而隨著新故事不斷開展，這樣的記憶脈絡便跟著紊亂。當我寫好歌詞，讓尚文為我接洽的專業作曲人完成譜曲，還自己進了錄音室唱完這兩首歌後，跟著便是一段時間的沉潛，這陣子只有幾個演講找上門，除了偶爾與藝詩約會之外，大多數時間，我都閉門不出，以驚人的速度，完成了自己有生以來的第一個武俠故事。

這故事很簡單，不若傳統武俠小說的浩大格局，我反而偏向推理解謎色彩，讓只存在於想像中的古代俠客們，去歷經一場驚心動魄的生死之旅。

藝詩說，這已經超乎了一般寫作者的份量與路線，一般作家每日產能最多不過數千字上下，而我居然動輒上萬，甚至有時一天能寫上兩萬字左右，而且作家通常都有擅長處理的風格與題材，但我卻在寫完了愛情故事、出版了詩集與繪本之後，又寫出一部二十餘萬字的武俠小說來，簡直就是想一口氣囊括所有的可能性。不過只有我自己心裡清楚，眼看著龍舌蘭經常在各大媒體曝光，不斷製造出新的新聞，儼然從一名作家慢慢轉型成藝人，如果我繼續死守在愛情故事的路線上，遲早都會被擠回二線去。在如此緊迫的危機意識下，唯有不斷開發新的領域，讓自己成為全方位的作家，才能讓所有人的注意力回歸到文字上，倘若哪天跟龍舌蘭真的到了非得一分高下的階段，大家才會知道，我不必靠著丟大便之類的瘋狂舉動，可以只透過文字的力量，來證明自己的價值。

看到我在實現她的計畫，努力地讓自己多元發展，藝詩很開心，我自己很滿意，連碧茵都讀小說讀得大呼過癮。不過同樣的，這個故事也讓婉真傷透了腦筋，她在幫我製作詩集時，已經窮盡了心思，不曉得該如何編列在編輯室的書系裡，最後只好勉為其難，擱置在網路文學的類別中。但那個書系有幾百本來自不同作者的作品，而且全都以愛情故事為主，現在我又丟了一篇武俠小說給她，那可真是燙手山芋，她一邊苦惱著如何安排，一邊又得忙著料理我的另一本新書。那是篇幅很長的小說，我描寫一群單車活動社的大學生，如何鍛鍊自己，完成環台一週的壯舉，而不能悖離的中心思想是，這群年輕人在辛苦地流血流汗時，其中必定也有讓人感動的愛情故事。這次，我跳脫了一般網路小說的敘事模式，不再使用第一人稱，改以全知觀點來書寫社團中至少超過五個主角的所有活動，也就不再刻意宣揚純情的愛戀，小說裡有的人物多情且風流，有的痴心卻又膽怯，有的則是冷峻寡恩，這些人物集中在一個社團裡，彼此交織，互相支持與鼓勵，實現一個共同的夢想。而小說的篇名也很不愛情，既然這是個織夢的故事，寫的是他們如何邁向夢想，於是我索性將書名定為《夢途》。足足十七萬字，比一般網路小說的篇幅還多出一倍，差點可以分成上、下兩冊，婉貞非常重視這本書的行銷，甚至量身打造，訂製了六款人物造型公仔，剛好三男三女，其中五個是故事的主要角色，另一個則是我萬寶路。

看著那個公仔，我感到很新鮮，一個可愛版的我，手上抱著一台筆記型電腦，模樣非常逗趣。這故事剛發行首週，不但攀上了鐘鼎行的暢銷排行榜，甚至也有電視台的製作人打電話來，詢問授權改編的事。婉真說這是來自於龍舌蘭那例子的啟發，反正台灣的電視台這麼多，甲台可以拍龍舌蘭的小說，乙台當然也可以製作我的故事。

自從鬆餅主動提出分手後，一段時間以來，果然再沒有她的消息，我曾在夜深人靜時，偷偷地上網查詢過，她在分手隔天，便將我從網路通訊軟體的聯絡人名單中刪除，個人網路版面上與我有關的文章也全部砍光，甚至連當年我們曾有的互動，一些尋常的留言回覆也盡數消滅，幾乎完全不留痕跡。除了腦海裡的回憶之外，竟然什麼也不留給我。我想起那些相處過的日子，她小家碧玉般的笑容，兩人一起在敦南誠品徹夜留連，只為了討論一個文學館的命名問題，以及她憂心忡忡，陪著我去拜訪李恆夏先生的畫面，從此只剩記憶可以追索。我由衷地期盼，希望她能夠過得好，更希望龍舌蘭不會再去打她的主意，又打亂她好不容易平靜下來的生活。

終於放下這段掛心的情愫後，我的創作腳步更快了些。碧茵說她都快要不認識我了，有時儘管她在家，但一睜開眼睛，就看見我已經窩在書房，到晚上要睡了，我還沒結束一天的工作，每天真正面對面的時間，不過就是吃飯的片刻。雖然創作欲望旺盛是一個原因，但另一個方面，也是因為我在逃避。從開始喜歡上鬆餅的時候，我對碧茵的情感就已經隨之減少，兩個人基本上是各自生活，也都有自己的住處，她不過偶爾到來。在我的事業慢慢起步後，儘管她還是很認真地參與陪伴，但她終究不屬於這個圈圈，遇到寫作上的困難，也提供不了意見；當我遭遇瓶頸，她更不懂得如何應變，所以兩人之間能說的話已經愈來愈少。我當然清楚，這只是我自己片面的感受，她依然是愛我的，否則不會說想要結婚——而這也是我最不願面對、非得想盡辦法逃避的問題。甚至當《夢途》入選了文建會的百大好書評選時，這份喜悅我連說都沒說，只選擇閉上嘴巴，忍著等藝詩有空了，才在電話中與她一同分享。

「你知道明年初有件文學界的重要盛事嗎？」走進文新大學，映入眼簾的是兩排蒼翠的榕樹，以樹木分隔車道，校園裡一片寧靜，平緩的道路往前延伸，首先看到的是第一教學大樓。這座位於新竹市郊區的大學有著古樸的建築，多年來其文學系不知孕育了多少人才。我懷著朝聖的心情走上台階，站在門口迎接的是鐘鼎行的業務部經理，他展開憨厚的笑靨，帶領我們走到寬敞的講師休息室，裡頭已經有許多人，每一位的年紀看來都比我大，而我也認得出來，當中大多都是藝文界的頂尖人士，不少還是我大學時就拜讀過大作的前輩。不敢造次，我跟權充助理的藝詩乖乖地坐在角落的沙發上，藝詩翻開行事曆，對我說：「這件大事你要是辦得到，就真的是神了。」

「年初？」我納悶，「年初不就是國際書展嗎？那有什麼問題呢？」以現今之勢，尚文出版社如果要在國際書展舉行活動，這個上台的主角捨我其誰？雨子之前的新書，市場反應也不如預期，她畢竟是過氣了，現在放眼整個尚文，誰能是我萬寶路的競爭對手？而較之其他出版社的作者，除了龍舌蘭之外，雖然人數眾多，但也都成不了什麼氣候。

「如果只是國際書展，或者是與其他網路文學作家相比，你當然綽綽有餘，但除此之外，還有一場更重要的盛會。」藝詩說：「你知道金文獎嗎？」

「不是停辦很多年了？」

「那你得感謝明年的總統大選。」她笑著說：「誰都看得出來，這會是一盤政治牛肉，執政黨想要攏絡藝文界，爭取明年的選票，所以下了這一步指導棋，文化部明年不但要復辦這場比賽，而且還會擴大舉行，我得到的小道消息如果無誤，它會趕在大選之前頒獎，目的就是為了讓總統來頒獎。」

「總統來頒獎？」我萬分吃驚。

「只是小道消息，你也別太訝異。」拍拍我的大腿，藝詩說：「關於參賽的辦法，應該最近就會公布。不過我看這裡那麼多文學界的大老，他們搞不好早就知道內幕了。」

「可惜我們輩分太低，沒資格過去攀談。」我苦笑。

原本我很期望，能在這樣的活動遇到李恆夏先生，相信他對我跟鬆餅間的感情問題一無所知，但如此極具指標性的文壇前輩，一定知道關於金文獎的些許內幕，如果能夠遇上，至少也能獲得一點消息。後來我又再留意了一下，這才想到，李恆夏先生任教的大學，其中文系派系特色明顯且強烈，跟這所文新大學的中文系一向不怎麼合得來，這種文人相輕的弊病，從我還只是個學生時就了解，現在坐在這兒，看看這些前輩們，有的在文學領域裡本來就無可歸類，所以能左右逢源，再不就是屬於文新大學中文系的派系，難怪我在這裡見不著李恆夏先生。看來即使活動是由保持中立的鐘鼎行連鎖書店所舉辦，終究不免要受到協辦單位文新大學中文系的牽制。我感到有些可惜，如果那些跟文新大學中文系不對盤的作者，今天有人獲頒年度風雲書的首獎，那豈不是尷尬至極？獲獎人沒來，這個獎要怎麼頒？

正在暗暗感嘆這種門戶之見不可取時，忽然有個已略見白髮的女人走了過來，她很和藹地彎下腰，拍拍我的肩膀。

「你是萬寶路吧？」十分溫和的口氣，說話也慢吞吞地，女士臉上掛著笑容，她自稱姓龍，寫的是新詩，我正一頭霧水，完全想不起來台灣有哪個女詩人姓龍，結果她微笑著說：「你可以叫我徐紅就好。」

我一聽，全身彷如電流竄過，急忙站起身來，點頭寒暄。平常對純文學領域涉獵不多的藝詩還沒搞懂，但她也趕緊跟著起身。徐紅兩個字原來是她的筆名，這個名字的擁有者，正是台灣現代新詩的女性代表，號稱左手寫新詩，右手寫童話，堪稱雙絕。我從來沒想過這個徐紅是什麼長相，也沒料到有這麼一天，她會走過來跟我打招呼。

「我聽說你最近主持了一個詩社，是嗎？」徐女士這一問，我簡直羞紅了臉，只好徨愧地點點頭，並解釋道：「也不是主持，他們是有社長的，我只是敬陪末座，偶爾跟大家分享一點東西，在那邊是要學習大家的觀念跟風格的。」

「你很謙虛哪。」聽我這麼回答，她臉上露出了滿意的笑容，還叫我下次參加聚會時，記得相約。她長住美國，這陣子才回到台灣，酷愛寫詩的她，一回國就開始物色詩社，想了解一下台灣詩壇近年的發展狀況。「不過我不是因為你寫詩，所以才認識你的。」她遞給我一張名片，上面有她的聯絡電話及住址，又說道：「事實上，從美國要回台灣之前，我一位本家的族叔，從中國大陸與我聯繫上，他要我回台灣之後，如果遇見一位叫做萬寶路的作家，不妨認識認識。」

「是龍少鐘老師？」這下我的驚奇之色可是更加掩不住了，張大嘴，不知該怎麼繼續接口才好。

「他說雖然沒機會讀過你在台灣這邊的出版品，不過以他這把年紀，跟他文字裡的沉重，怎麼也沒想到，在台灣還有像你這樣年輕的讀者，居然讀過他那幾本書。也說你談吐間頗有內涵，而且懂得寫詩。我剛剛從講師名單中看見你的大名，心想這一屋子裡，每個人都白髮蒼蒼，那麼唯一一個可能是萬寶路的，大概也就只剩你了。」她笑著。

雖然從剛歸國的徐紅女士身上，沒什麼機會探聽到金文獎的消息，不過能得見她廬山真面目，又託龍少鐘老師的美言，讓我認識這一位詩壇前輩，這收穫也足夠讓我感動不已。

鐘鼎行的文藝營活動一連兩天，學員們就在學校的宿舍裡過夜，課程分成好幾組，也聘請了許多專業講師。我雖然被分在網路文學組，論地位當然是跟他們都平起平坐，但就文學身價而言，人家看重的可不是一年賺多少錢，而是在乎文字價值可以流傳多久。在他們那些大老眼中，我大概只是個滿身銅臭味的年輕小夥子，在這裡半瓶水也跟人家響叮噹。

儘管如此，領了講師鐘點費，就應該努力講課，就算能夠歸納出的條理並不多，但我還是認真地一一說明，告訴這些孩子，一本小說應該如何閱讀，開始寫作時，又應該注重哪些層面。一個半小時的課程下來，講得我汗流浹背，口乾舌燥，不過台下的學生也非常認真，大家要嘛凝神聽課，或認真抄寫筆記。這教室大概可以容納上百人，而且空位極少，學生們男女都有，看來也都非常年輕，可貴的是，整堂課下來，竟然沒人睡著。但可惜的是，我預備的講綱還沒仔細說明完畢，隨班上課的導師已經朝我不斷打手勢，示意作結。

那種感覺是有點差勁的，怎麼可以這樣匆匆結束呢？我在跟同學一鞠躬，宣布下課時，本來很想出去抱怨幾句的，沒想到那個年輕的班導跑過來，自己先開口道歉，還解釋了一下原因，何以課程安排明明是兩個小時，卻要我省下四分之一的時間。

「老師，您可能不曉得，其實我們今年的學員，大多是帶著興奮的朝聖心情來的，所以剛剛上課之前，他們就問說，可不可以留一點時間，好讓他們要簽名，或者拍幾張照片。」那個年輕小夥子臉上露出尷尬的笑容，但看他頗為誠懇，我也不好多說什麼，當下只得點頭答應。不過就在我轉身，準備坐下來，等學生排隊來索取簽名時，千萬不該地，我又問他：「照你這麼說，那也不太對呀，每堂課之間，都有二十分鐘的休息時間，難道不能等下了課，再慢慢簽名跟照相嗎？」

「是是，我本來也這樣想，但是您不知道，因為下一堂課的講師是龍舌蘭，有很多其他組別的學生，已經填了申請單，下一堂要過來這邊，旁聽網路文學組的課程，所以待會兒的場面恐怕會很混亂。實在萬不得已，只好這樣折衷，我們趕快完成簽名跟照相，然後得重新分配座位給那些別組的同學，非常抱歉，還請老師您見諒……」

我憋著一肚子氣，還得強顏歡笑，陪著學生們照相，那種滋味要多複雜，就有多複雜。課堂中，我特別強調一個觀念，就是寫作者應該具有社會責任，以及教化意識，也應該體認到網路小說的啟蒙價值，遠勝過於文學分量，不應該妄自尊大，自以為是什麼文學救世主；讀者也應該保持理性，畢竟寫作者的主要賣點在於文字，過度的偶像崇拜其實是一種病態，只反映了讀者本身的自信缺乏，以及選擇偶像的能力有多低落而已。

這些課堂上說過的話，距離現在才不到一個小時，但他們早已拋諸腦後，光瞧著近百人擁過來要簽名的樣子，我就覺得自己浪費了好多口水，根本都在對牛彈琴。不過儘管不情願，對於讀者的小小要求，還是不能拒絕，所以我速度很快地一一簽完，遇到要求合照的學生，也都盡量擺出笑臉，陪他們照幾張相片。

等這些都搞定，下課鐘聲也恰好響起，我跟藝詩才剛走到門口，門開處，差點又被擠了回來，那外頭居然是滿坑滿谷的人，紛紛想擠進這原本就空位無多的教室，全都想來一睹這位網路名人的廬山真面目。

「要不要這麼誇張哪？」我皺起眉頭，簡直無法想像。藝詩則面帶苦笑，無奈地搖搖頭。靠著那個班導師的推擠，勉強才開出一條路，讓我們順利出去，但他自己可就慘了，無論如何在門口大聲呼喊，要眾人維持秩序，但根本沒人理會，那些跨組聽課的學生蜂擁而上，只差沒把門給擠破。

「我以前一直以為，自己算得上是一飛沖天了，短短的時間裡，就成功打進市場，具有一定的指標性。但現在看來，這個才叫做真正的暴發戶。」看著樓梯口，有如巨星登台般，每一步都踏得很實，臉上帶著不可一世的表情，身邊還跟著兩個助理的龍舌蘭，我嘆口氣。果然已非當初的吳下阿蒙，從賽子雲變成龍舌蘭以後，他真的是脫胎換骨，只是這副胎骨，比以前更讓人不舒服。

學生們根本不急著進去上課，一直等到教室內全都坐定下來，那些擠不進去的，就站在門口或窗邊，裡面也有許多學生乾脆坐在地上聽講。藝詩說知己知彼才能百戰百勝，所以她打算過去旁聽一下，究竟龍舌蘭會講些什麼驚世駭俗的內容，但我可沒那麼好興致，就讓她自己過去，我則跑到講師休息室隔壁，那裡有個臨時性的小書店；鐘鼎行可真會賺錢，今天要頒發年度風雲書大獎，他們就順便把倉庫裡的書搬來展售，再撈一筆。

隨便挑了幾本書，結過帳後，我在臨時書店的角落，搬了張椅子，坐下來開始看書。其中當然不能錯過徐紅女士的詩集，人家這種詩才能叫做詩，我一邊津津有味地看著，一邊正在感嘆，結果藝詩不知何時竟又踅了回來。

「不是說要去聽課？」

「如果他是來講課的，那也就算了。」滿臉不屑，她說：「從開講到現在，大概四十分鐘了，我聽到的都是他在炫耀自己的小說是如何拍成電視劇的。」

「他沒上課，全都在那裡自賣自誇？」

「更可笑的是台下那些小鬼，完全聽不出來這些臭屁話到底多沒營養，還大聲鼓掌叫好。」搖頭，她拍拍我肩膀，說：「親愛的，不是要觸你霉頭，但我坦白講，待會你輸定了。」

「為什麼？」我皺眉。等這堂課一結束，所有人都要移師到大禮堂，那裡已經布置完成，待會就要頒發年度風雲書的首獎。

「因為決定這個勝負的關鍵，就是那些買書的大爺，誰的書賣得好，誰就拿這個獎。但是很可惜，那些大爺正都傻呼呼地，在那裡頭鼓譟叫好，活像一群關在雞籠裡、沒腦袋的嘈雜雞群。」她說：「我一點都不覺得有半點像文藝營的上課氣氛，反而以為自己又走到你屏東老家的後院了。」

笑得非常悽涼，我知道藝詩說的話並不假，想要以文字決勝負，不去考慮那些譁眾取寵的伎倆，就目前的局勢看來，可行性並不大，因為這個年度風雲書的獎項，所依據的標準，本來就不是文字的優劣，而是以銷售數字為準。既然看的是市場反應，那麼誰的書比較有包裝、有造勢，誰的曝光率就高一些，自然也就佔了較多的銷售比例。龍舌蘭的經紀公司顯然熟知這一點，再加上他本人製造話題的方式頗為聳動，也就博取了更多的新聞版面。在尚文出版社還沒搞懂這一點之前，我看大家只能被壓著打，那是怎麼也閃不掉的必然結果。

有別於以往的年度風雲書頒獎，這次他們不在頒獎前預先告知名次，而是讓十位入榜者一起坐在台前，等主持人宣布成績。我和幾位前輩互相客氣了一下，自己坐到最角落去，一旁則是今年初，以一本詩集感動無數台灣人而入榜的徐紅女士。

她知道自己不可能憑著詩集奪冠，壓根就沒把獎項放在心上，只是面帶微笑，要我也別太在乎得失，還小聲地對我說：「我聽說這個獎，是以作品的銷售量來決定的，對吧？這真是太荒唐了，市場反應的是讀者口味，可不是文學價值哪。不過沒辦法，人家要這樣做，你也拿他沒轍。既然這樣，其實也無須賣關子，等到最後才揭曉了，因為大家都看得見那個排行榜，是吧？」見我點頭，她笑著說：「我看你臉上似乎不太快樂，還好吧？在這種事情上，沒必要或爭或求了，因為我們寫作，無論詩詞歌賦，目的應該是為了抒發與快樂，以求自我在作品中是否圓滿，如此而已，不該是為了打敗誰；某甲的銷售成績或許高過某乙，但某乙的文字價值卻不見得低於某甲，這只是一時的表象。就像我寫詩一樣，詩集怎麼跟小說比呢？光看閱讀人口的懸殊，大家都心知肚明。」

「可是今天這個聚會，您依然出席了。」

「我當然要出席呀，怎能不來咧？這個小小的島國，一年有上千本書籍出版，而你能夠用一本書入選其中前十名，不已經是莫大的殊榮了嗎？至少這證明台灣還有很多人在讀詩，也願意花錢購買新詩的出版品，為了他們，我是應該來的。」看著我，她臉上的笑容收了起來，但口氣依舊溫和，說道：「我從你臉上看到了與人競爭的戾氣，那不好，你不應該這樣的。」她脫下手腕上一直配戴的念珠，輕輕地塞給我，又道：「這個給你，雖然不是什麼貴重的東西，但我也戴了很久，有時候唸唸佛號、淨淨心，還挺好的。上課前我跟你說話時，你很平靜，沒有波瀾，但現在不同。我想你會需要它。」

不知怎地，坐在那張鋪了紅絨布幔的長桌前，看著桌上一盆裝飾用的新鮮花草，我忽然有種開悟的感覺。徐紅老師的話裡沒有太多禪機，當然也不艱深，卻是一記當頭棒喝，這讓我忽然想到一件非常重要、但經常被我忽略的事情：寫作的本質究竟是什麼？無論文體或題材，我們運用文字予以編排、組合，並賦予全新的意義之後，它所成就的究竟是什麼？又應該具備什麼樣的使命？一個作者在寫作之初的動機，那最原始單純的本意，難道應該是為了像今天這樣，坐在這裡，等主持人惺惺作態地揭開手上的紅紙，大聲朗讀出自己的名字來嗎？不是吧？我想，應該不是這樣的吧？這道理我不是不懂，甚至屢屢拿來當安慰自己的理由，跟自己說不必在乎眼前的虛名，文學人拚的永遠是兩百年後的身價，但我可曾真正懂了什麼？可曾真正參悟得透？

當龍舌蘭露出自豪而驕傲的表情，接受台下所有學員近乎膜拜的眼神，以及熱烈得久久不停的掌聲，終於接過獎盃時，我忽然沒了半點興致，當下不知怎麼一回事，只想站起身來，趕緊開車回台北。我想坐在電腦前，用徐紅女士剛剛提醒我的幾句話，作為創作的最高指導原則，然後寫一篇故事，不管故事題材或內容為何，都只想先滿足並感動我自己。一個能讓作者充滿感情、自由揮灑的故事，才是一個有生命的故事，也才會是能讓讀者讀進心坎裡的故事；低下頭來，輕撫著掛在手腕上的那串念珠，只是電光石火的一瞬間，我就這麼得道了。

第十七章
男兒本自重橫行

「我還以為你沒種來了。」他輕蔑地說：「說起來也很好笑，明知道自己不會得獎，你又何必來？」

「連你我在內，台前坐了十個人，難不成你要他們也別來了？」我問。

「倒不用這麼誇張，那些人只是來湊數的，不關他們的事，我說的只是你，你一個人而已。」

坐在文學院外頭的長椅上，周遭花木扶疏，無人過來打擾，我們各自拿出香菸點上。本以為他不會想跟我有任何互動的，想不到我開口詢問，找他私底下聊幾句，龍舌蘭居然答應了。

「真的需要這樣鬥嗎？」我看著他，臉上不帶任何仇恨或怨憎。這人近看時，反倒陌生了起來，一點也不像我以前認識的樣子。從前的賽子雲大多優雅體面地出現，身上沒有過多的修飾，眼神雖然透露出旺盛的企圖心，但也不至於像現在這樣；現在的龍舌蘭滿臉落腮鬍，染成的褐色短髮梳成誇張的朝天樣，臉上滿是輕蔑與驕傲的神色。

「開什麼玩笑？」他故意做出誇張的動作，兩手一攤，把菸叼在嘴上，用滑稽的音調說著：

「鬥？怎麼鬥？我們認識多久了？那麼多年的老朋友，大家是良性競爭嘛，怎麼談得上一個鬥字呢？你想一想，以前大夥約在麥當勞，暢談台灣文學復興的夢想，唉，當初有多天真浪漫啊，你說是不是？那時候你什麼都沒有，口袋裡連兩百塊錢都掏不出來，如果要鬥，當年早把你鬥死了，又怎麼會拖到現在？過去我還拉著你走上這條路，今天又怎麼可能跟你鬥呢？真的，這是良性競爭，是再好不過的一件事了，大家都朝著同一個方向走，不是很好嗎？讓我們一起帶動市場，把葉雲書當年吃下去的大餅全挖出來，反正他現在撐死了，沒了，就換我們吃飯了，對吧？」

「不對。」我搖頭，「或許在你看來，我們是朝著同一個方向走，但自始至終，無論是往前的方式，或是最終目的，都不相同。以前你利用其他作者的聲勢，創建再思文學館，卻只餵飽了自己的荷包，最後讓文學館無疾而終；現在也是，你根本沒提出什麼具體的文學觀，也沒寫出什麼偉大巨著，只一個勁兒地顧著炒新聞。你說，這些所作所為，跟當年你數落葉雲書的十大罪狀，又有什麼差別？為什麼當年你這樣批判葉雲書，現在卻又照著你不認同的方式去做，而且還做得如此徹底？所以很抱歉，別把我跟你歸在一類，咱們走的不是同一條路。」

「真的有任何不同嗎？」他口氣忽然強硬起來，「你當初是怎麼說的？脫光光是吧？就跟那些三級片的女演員一樣，是吧？別把自己的形象定位得多清高，瞧瞧自己的樣子，你敢說你不想這樣做？別自欺欺人了，你想，你一定想，而且想得不得了，只是你拉不下臉，所以做不到我的程度，只能酸溜溜地懸在半空中，在那邊不上不下，然後眼紅而已。

「你以為這樣，就有資格可以批評別人了嗎？老實說，我現在看到你的樣子，跟別人可不一樣，人家看到的萬寶路是衣冠楚楚，我看到的卻是一絲不掛。這幾年來，你脫得真是徹底，這種感覺如何？挺涼快的是嗎？我告訴你，咱們沒什麼不同。我現在走的，也不過就是你走過的路而已。

當年你怎麼做，現在我就怎麼做，大家都想炒新聞，都要搏版面，都要弄話題，那就來弄，沒在怕的。」聳個肩，把菸蒂踩熄，龍舌蘭又說：「我現在就可以告訴你，這種手段，老子只是以前不想玩而已，要搞起來的話，你肯定不是我的對手。」

「這種噱頭玩得再多，真的對文字價值能有所提升嗎？」我的口氣也隨著嚴峻。

「去你媽的文字價值。」他立刻還擊，「你開簽書會的時候，在那邊數鈔票的時候，你怎麼不談文字價值？」走上前一步，龍舌蘭說：「這種時候就別說那些冠冕堂皇的屁話了，反正你等著看，要比誰能脫，我就連內褲都脫下來給你看，看誰的老二比較大，如果只比老二還不夠，那我就再拉一坨屎出來，怎麼樣？有本事你也來試試看？」

「難道你做這些的目的，真的只是為了證明這種無聊事？」我皺起眉頭，忽然有點後悔，早知道當年在便利商店前跟他扭打時，不應該手下留情，如果那時三五拳就把人打死，今天也不用看到他變成這副德行。

「別傻了，跟你開開玩笑而已，兄弟，我沒這麼無聊。」他又笑起來，「我很忙，有廣告要拍，有電視劇要拍，一堆通告在等，我還得跟經紀人討論討論，到底哪些比較有賺頭。」伸出手來，拍拍我的肩膀，他冷笑著說：「當年我問過你，是你說這條路比較好走的，所以現在我想通了，也決定這麼試試看。坦白講，我真他媽的要感謝你，若不是你打了我幾拳，或許直到現在，我都還執迷不悟，一直堅持原本的蠢方法。現在我學乖了、學聰明了，原來你才是有眼光的人，知道這種辦法才會成功得快。」

「真正的成功，絕對不是這樣的，那只能算是一個過程，我們真正應該追求的……」

「對！你說的沒錯。」不讓我有把話說完的機會，他立刻接口：「若要論成功，我們都還差得很遠，現在這種程度，只能說是半吊子，還早得很。我們應該把眼光放遠一點，去追求最後的成功。不過你知道嗎？什麼叫做成功？什麼時候才會成功？我告訴你，你萬寶路是絕對不會有那一天的。」

「你在這方面倒是很有自信。」我嘆口氣，現在不只覺得當年沒打死他是錯誤，連十分鐘前找他聊幾句的打算原來也是多餘的。

「當然有自信，因為我是神。」他胸口一挺，驕傲地說：「你不會成功，有三個最重要的原因，看在當年的革命情感上，兄弟我現在剖析給你聽：第一，你從一開始就找錯出版社了，尚文出版社枉費為網路文學發展舵手，其實作風保守、沒有冒險精神，他們只會看到你現在賺多少錢，卻不能幫你未來賺更多的錢，所以你只能死守現在的市場，準備走下坡而已。第二，你根本毫無行銷觀念，不懂得商品跟藝術品的差別，像你這種玩法，一年寫個兩三本小說，勉強也就到底了；但我不同，我有我的後台，這個後台機制可以幫我規劃所有的方向，不說別的，老子一年就能寫個十本，而且十本書裡頭，什麼風格都有，所有市場我都會吃下來。雖然你可能會認為，寫一本書，隨隨便便就能賺個一、兩百萬，但無所謂，哪怕我只有你的十分之一，也沒關係，我一年寫十本，照樣也有一百萬，而且寫這麼多，我不怕賣不出去，因為我的經紀人知道怎麼賣書，而你們尚文出版社就缺乏這種腦袋。第三，也是最重要的，是你這個人本身的問題。」

「我有什麼問題？」雖然已經聽不下去了，不過我還是很好奇，不曉得在他看來，我的問題究竟是什麼。龍舌蘭這時忽然頓了一下，冷笑兩聲，才說：「因為你總是隨波逐流，毫無主見。假設有一座山，只要攀上那座山，坐上山頂的寶座，就可以傲視天下，成為不朽傳奇。然而上山的道路迂迴曲折，山下的小徑更是跟迷宮一樣，只有信念堅定、擁有睿智眼光的人，才能突破困難，朝著山頂上走。而你，你萬寶路就是那個只能不斷抬頭，看著山頂寶座不斷換人坐，但自己卻老是上不去的那條可憐蟲，因為你就算離寶座很近了，偏偏就是沒種，不敢把自己的屁股放上去試試看，所以你走呀走地，就會走岔了路，又離山頂愈來愈遠，最後只會困死在迷宮裡；而我，我跟你不同，我從一開始的目的，就只有那個位置，志在必得，絕對不會罷休，不管用什麼辦法，我一定要坐上去，而且絕對不會輕易讓人。」

「你不要告訴我，這座山根本就是用錢填起來的。」

「哈，」他笑了一聲，「你倒是忽然開竅了。所以我才說，我沒打算跟你鬥，因為你根本沒資格當我的對手。」

最後我放棄了，再沒別的話好說，看著他囂張跋扈的樣子，雙眼裡所透出的，盡是貪婪張狂的目光，早已不是當年我認識的賽子雲了。

「我記得你當年很反對這種造神運動的，甚至因此寫了批判葉雲書的十大罪狀。」我搖搖頭，嘆息：「但現在，只怕那十條都變成你的教戰守則了。」

「我只能跟你說，與其半推半就，弄了半天還當不成神，不如我自己下定決心，先把自己推上去再說。」他抬起下巴，驕傲地說：「把你的假仁假義收起來，有種的話，就跟我拚到底，否則你現在可以省省力氣，滾回去寫你的小說了。」

上車之後，我始終沉默無語，一句話也說不出來。那天晚上，我決定不回台北，跟藝詩跑到新竹山區，就在附近洗溫泉。我需要一個超級大浴池，好把整個人藏進去。只有被溫熱的泉水包覆，隔絕外在的一切時，我才能好好細思，究竟自己這幾年來，到底做對了些什麼，或者做錯了些什麼。

不得不承認，在邁向成功的途中，我們確實有意無意間，損害了一些人的利益，甚至造成了無可挽回的傷害，但大抵上，至少沒有失去自己的良知，我所追求的，除了當初為了償還債務所需要的收入外，最終極的目標，還是文學史上的一席之地，儘管過程中難免為了排行榜或暢銷與否的問題，甚至行銷資源的分配而不得不捲入爭奪，但直到今天，徐紅老師幾句隨口的話，讓我忽然領悟，原來那些所爭所求，其實不過只是虛名而已，真正能讓自己快樂的，還是寫作本身。我覺得很不可置信，這麼簡單的道理，為什麼以前沒有好好地想明白，甚至還汲汲營營，想貪圖那些額外的好處或虛榮。

「為什麼會是這樣的？」把自己的想法告訴藝詩，我心裡真的遺憾不已，但遺憾的原因，不是今天跟龍舌蘭的對話，而是我後悔自己浪費了好多時間，也浪費了好多故事。如果我早點真心地接受這個平常只用來搪塞自己的道理，那麼我在寫作以往的那些故事時，應該可以更快樂才對。

「因為人永遠沒有滿足的一天。」她輕鬆地說著：「不滿足，才有競爭心，才有前進的動力。其實你可以不必過度重視這個問題。」

「但這條路根本沒有所謂的盡頭，龍舌蘭的那個比喻也不正確，那座山沒有頂點，因為錢永遠賺不完；山頂上不會有寶座，因為永遠可以看到更高的山頂上，還有更華麗的宮殿。文學就是這樣一回事！」

「親愛的，你應該換個角度想，想通了，就會明白龍舌蘭到底在發什麼瘋。」藝詩說：「這條路上，與你們抱持著同一方向的人很多，尤其在葉雲書退出後，更像雨後春筍般冒出，大家都想爭奪那個位置。有些人在前，有些人在後，像你這樣已經領先別人很多的，會對自己接下來的腳步感到遲疑、感到猶豫，因為你發現了，原來這條路沒有終點；那些落後的人，到現在還不斷在汲汲營營，他們拚死拚活，只為了能距離你的背影稍微再近一點。對那些人來說，還沒有去考慮終點的必要，因為那是個太遙遠的問題。

「至於龍舌蘭，我對他所知不多，不過對他背後的經紀公司，反倒有些了解。這間公司以經營藝人聞名，所以他們操作龍舌蘭的方式，會有別於一般的作家經紀，就像你看到的這樣。我是這麼認為的，當初你選擇離開網路文學館，轉而加入尚文，走上跟他不同的路線，那是因為各自有著不同的盤算與想法，按理來說也無可厚非，只是你的選擇讓他非常不爽而已。在這種情況下分道揚鑣，當時又鬧得很不愉快，想必他會記恨在心。而這幾年來，雖然不是完全順遂，但以你目前的成績而言，已經可以算得上成功，這樣的成就，我坦白講，與其歸結於你的文字價值，毋寧說是行銷策略上的效果，理由很簡單，因為你當時最大的後台，其實是網路文學的龍頭老大葉雲書，以及盤據這塊市場最有經驗的尚文出版社。這些看在龍舌蘭眼裡，當然更不是滋味，所以一旦他與這家經紀公司結合，人家也會告訴他，行銷包裝原來何等重要，更會教育他，製造曝光機會、製造聳動的新聞，又具有多大的功效。

「但人就是這樣，食髓知味，當他領略到這個妙效時，以後就會變本加厲，更從這個路線去炒作，並且深信不疑，認為這就是最好且唯一的辦法。所以你不能怪他迷失自己，因為就是你與葉雲書的風光，才讓他這樣迷信的。差別只是，你跟葉雲書在崛起的過程中，都有屬於自己的天時地利，而他比較倒楣，沒有好的時機可以異軍突起，所以只能在演講的場合裡扔大便，就這樣而已。」

「搞了半天，原來這還是我的錯。」我很懊惱。

「那又怎麼夠怪你呢？」露出寬容的微笑，她將我擁在懷裡，溫和地說：「如果那座山頂上的寶座，坐著的就是神，那麼葉雲書或你，都是在不知不覺間，帶點無奈地被拱上去的。這是資本主義社會，你沒得選擇，非得成為神不可。就算到了現在，你忽然頓悟了，認為文字的價值與創作的樂趣比一切還重要，但那又如何？就算你現在想打退堂鼓都不行了，神只能被扳倒，不能自己站起身離開那張寶座，這是個騎虎難下的局面，你只有盡力繼續往前走而已；而龍舌蘭跟你們的差別也在此，他看見了神的風光之後，於是改變初衷，整個人卯起來，盡全力改造自己，就是想讓自己成為神。沒人逼他這樣做，那是他自願的，如果他真能如願，成為下一個跟你或葉雲書一樣的角色，或許他也會有相同的感受，他會發現，原來坐在上頭的感覺竟是如此空虛。」

「不管怎麼說，自願也好、非自願也好，反正他現在快成功了。」我說。

「你真的這樣認為？」

「難道不是嗎？」

「如果他可以抄襲你們的行銷概念，那為什麼你不能反過來學習他呢？」

「難道妳叫我也去丟大便嗎？」我皺眉頭。藝詩忍不住大聲笑了出來，身體晃動時，溫泉池子裡漾起一環環的水波，笑了好久以後，她才平靜下來，對我說：「他最大的優勢，除了有膽子在幾千人面前，把自己的大便丟出去之外，更重要的，是有一個叫他做這種事的狗頭軍師。」

「妳是說經紀人？」

「對，我就是說——經紀人。」而她點頭。

要不了幾天時間，合約已經擬定出來，我原以為那只是一個很簡單的口頭承諾，大家說好就算數的，沒想到藝詩卻煞有其事，真的擬好了約，還跟我討論過幾次細節，才印出整整三大張的內容。我在簽約時，電視新聞正好播報出一個畫面：龍舌蘭在電視劇的拍攝現場，滿臉親切地跟製作人握手，一起宣布偶像劇正式殺青，準備上檔，同時也在鏡頭前大方表示，自己將會乘勝追擊，繼續寫作更多好故事，還要報名參加明年復辦的金文獎。

「看開點，那些都只是宣傳手段而已。」把一支筆遞給我，藝詩說。

「這條文未免也太多了吧？」我把注意力重新轉回書面資料上。

「因為誰也不知道我們這位大作家，哪天會不會又意氣用事，或者鬧什麼脾氣，給我來個相應不理，甚至一賭氣就說他要退出江湖，所以當然要把條件都談清楚，你得遵守合約，做你該做的事，而我呢，則做好我的本分。」

「我該做的事不過就是寫作而已，不是嗎？」

「當然不是呀。」瞪我一眼，藝詩指著合約內容，說道：「明明都一一替你解釋過了，怎麼現在又糊塗了？注意聽好，然後乖乖地照著做！依照合約，除了每三個月，你得給我一篇故事之外，如果我幫你安排了活動，你都有參加的義務。而所有在經紀約底下賺取的營收，也有仔細的分配計算方式，等簽約完成後，你回家去，還得將這些細則都看清楚，並且牢記在心，知道嗎？」

「但我的錢不就是妳的錢？還需要這樣拆帳嗎？」

「當然需要。」說著，藝詩拿出一份資料要我填寫，赫然是一間公司的成立申請書。「因為簽下合約跟這份申請書之後，很抱歉，你的錢就不再是你的錢了，都屬於這家新成立的出版工作室。公司名稱你自己想，成立以後，公司帳務我會處理，但存摺一樣由你保管。至於我，我會另外申請成立自己的經紀公司，不過當然了，我的經紀對象就只有你一個。在你給我稿子之後，除了跟尚文的固定稿約之外，其他的，我會想辦法去接洽適合的出版社，而所有的對外關係，也全都由我負責，屆時你只需要乖乖配合就好。」

「妳該不會幫我接什麼需要跳火圈的通告吧？」

「我個人比較喜歡看吞劍。」拿起筆敲了我的頭，藝詩喝道：「快點簽！」

不曉得龍舌蘭在簽下經紀約的時候，場面有沒有這麼逗趣，但我跟藝詩可是從頭笑鬧不斷。她又一次詳細地解釋了所有條文，確認我完全沒有疑問，才讓我簽下名字，同時蓋妥印章。

合約完成後，連同工作室的政府申請都讓她去張羅，而我沒敢浪費一點時間，隨即回家開始寫稿子。有了《夢途》探討年輕人夢想的經驗，我著手寫的是另一個更大的故事，這回所描述的場景已經離開校園，我將主角設定為一群學業成績不佳的中輟生，他們雖然各方面的紀錄都有瑕疵，卻酷愛街舞活動。故事所要表達的主題，就是這樣的年輕人，如何在逆境中掙扎與奮鬥，最後終於走向成功的過程。不知怎地，在刻意降低了愛情的成分之後，我寫起來非常開心。只是相對地，也有其困難度，因為我根本不懂舞蹈，這顯然又是一個碧茵幫不上忙的問題。但我知道，自己有一個別人沒有的超級好幫手——這世界上有一個人，無論多麼大的難題，只要到了她手上，都可以迎刃而解。而且這個人不但礙於經紀約，必須努力為我處理寫作上的疑難雜症，更重要的，是她本人非常愛我。

就在打了一通電話之後，沒過兩天，我便接到藝詩的消息，她敲了個通告，居然要我去當舞蹈比賽的評審。那個比賽很有趣，所有參賽的舞者或舞團，都必須在舞蹈中呈現故事性。既然說到故事，當然就與我有關。

所以，我不但多了一個露臉的機會，還能夠認識許多舞蹈工作者。在評審會議後，我與這些舞者很近距離地接觸，向他們討教，並且認真地筆記。回到家，這些資訊就是我最好的幫助，可以寫出很真實的東西。其中有一個舞團非常不錯，幾乎就是我要寫的這故事的翻版，他們的團長名叫豆豆，一天至少打去幾通電話，向她請教諮詢，而他們也盡力回答，提供我所需的知識。

「休息一下吧，你已經快要變成木乃伊了。」這是我最近很常聽到的一句話。藝詩從來不曾到過我現在住的地方，唯一能在這兒走動，近距離觀察到我臉色的，就只有碧茵而已。不了解我最近心理上的變化，只知道這男人發了狂地拚命寫作，她便常在下班後帶著雞湯之類的食補過來，為我滋養身體。

「等等，先讓我寫完這一段。」而我總是這麼回答。

無論是李恆夏先生，或是徐紅女士，他們可以在文學觀點上給我啟發，卻不能解決我在感情上的矛盾，齊人之福其實一點都不好享，但我沒有解決之道，只能默默地接受碧茵的好意，可是又得殘忍地坐在電腦前，完全不回頭看她一眼。我不敢看，就怕看著看著，反而洩漏了自己所有的心事。

每天寫出接近萬字的篇幅，故事進行還不到一半，就在那齣由龍舌蘭小說改編的電視劇正式上檔的第二天，藝詩又把我找去，這回不當評審，也不做演講，她要我去認識幾個電影圈的大老闆，幾杯黃湯下肚，酒酣耳熱之際，一位從國家電影機構退休後，多年來始終戮力於台灣電影發展的許姓老導演，忽然問我有沒有興趣搞電影。

囁嚅著，其實我連自己為何而來都不曉得，對於電影，我始終只是買票進電影院看戲的身分，雖然大學時因為媒體課需要，拍過幾支紀錄片，也練習寫過影評，但要搞電影，那可是一條不歸路。正在躊躇，不知該怎麼回答，藝詩在旁邊已經幫我接話，她很貼近我的身體，笑著對那位老導演說：「現在正是台灣電影再次發展的好機會，而且有這麼多位前輩，多年來已經貢獻了無數心力，身為晚輩，只要能夠承先啟後，當然應該盡一份心力，畢竟寫小說的時候，也是運用文字來建構畫面，是有異曲同工之妙的。萬寶路的小說有很豐富的劇情張力，就很適合具體地影像化，我覺得許導演您在電影方面的成就，就像諸多影評人所褒揚的，特別是在影像剪輯與銜接的部分，真的是無懈可擊。這個我曾經跟萬寶路聊過，他也看過您不少大作，當中有許多技巧，甚至被他給偷師，套用到自己的小說裡呢。」

「真的？」眼睛一亮，其實已經喝醉的許導演，居然興奮地握著我的手，問我有沒有看過他早期的什麼什麼電影，但我還來不及搞清楚，他醉語囈云地說的是什麼片名，藝詩立刻又代我回答：「那可是台灣新電影運動的重要代表作，更是許導演您這麼多作品當中的入門課程，怎麼可以沒看過呢？萬寶路說，您在處理影片最後，女主角那段沉思時的畫面，簡直是神來一筆，不利用任何特效，卻採取了如此蒙太奇式的手法，建構出朦朧又交錯的效果，說真的，連我這種不懂電影的人，在陪他看這些影片時，也深深地被感動。」

「噢？是怎麼樣的感動？」許導演這時已經完全被藝詩的話所吸引，興奮地問她。

「該怎麼說呢？我覺得我看到的，不只是電影畫面所呈現的那樣，又或者說，導演在處理該片段時，根本就不打算讓觀眾將畫面看得太仔細；或許他是希望藉由這種看似紊亂、毫無章法，以至於失焦的連續鏡頭，去突顯人物內心的感受，甚至讓觀眾誤以為自己就是那個女主角，然後置入自己的情感，產生共鳴……」說著，她像是猛然醒悟一樣，急忙掩嘴，笑著說道：「不好意思、不好意思，我才是真正的門外漢，卻在這裡大放厥詞，如果有說錯的地方，請不要怪我，要怪就怪萬寶路好了，因為這些看電影的門道，都是他灌輸給我的！也不知道到底對或不對，害我在這裡班門弄斧。」

那位許姓導演簡直樂歪了，瞧他放聲大笑的得意模樣，我光從他嘴裡噴出的酒氣，就不禁擔心他會不會這麼一路笑到心臟麻痺。而藝詩也真是了不起，迂迴地說了一大堆，既捧了許導演，又把話題轉回來，全都歸功於我。

那天聚會結束後，回家的路上，我好奇地問藝詩，到底這個聚會的目的是什麼，她竟然回答了兩個字：「祕密」。

「妳該不會想搞什麼鬼吧？」我搔搔頭，又問她怎麼能將那位許導演的電影說得頭頭是道，她則老實地承認，在聚會之前，她花了不少時間，真的找影片來看過，甚至還到圖書館去，借閱了幾本影評專書，也留意過許導演那些作品的影評。

「妳不會想把我的小說，交給他去拍吧？」

「如果只是這種程度，那有什麼好玩的？」藝詩說：「人家拍電視劇，咱們就要想辦法贏過他，對不對？」

於是這個祕密揭曉了，答案在兩天後正式浮現，我原本在家寫稿子，正寫得興高采烈，結果又被她找出門，就在許導演自己籌組的電影工作室裡，莫名其妙地談妥了一個合約，將由他們出資，而我負責編劇與導演，甚至要走到幕前去客串一個角色，準備翻拍我的那本《夢途》。

「這樣真的可以嗎？」老實說，我心中有點不踏實，自己憑什麼當導演？在工作室裡，許導演介紹了好幾位他的班底，那些都是硬底子的電影工作者，每個人都十分能掌握自己的職責，也極為熟悉電影製作的過程與技術，而這樣的一群優秀人才，居然要由我這個徹徹底底的超級菜鳥來領導，還真是匪夷所思。可是藝詩氣定神閒，她根本不擔心這問題，反而拍拍我的肩膀，好像已經預見了電影的成果與成功一樣，居然對我說：「電影拍出來會怎樣，這問題你完全不需要擔心，它只會賣到讓你傻眼，絕對會。」

「妳憑什麼這麼篤定？」

「一來，儘管你是菜鳥，完全不懂電影，但你後面是一整個經驗十足的團隊，他們會替你想盡辦法，把該做的都做好，所以技術層面沒什麼好擔憂的，這些老江湖在電影圈早就有一定地位與分量，就算他們不為你，也得為了自己，非把工作做好不可；二來，你是這個故事的原著作者，當初怎麼寫這故事的，要傳達的感覺是什麼，你自己最清楚，所以在拍攝時，你只需要注意，演員能不能如實地演出那種感覺，這樣就可以了；三來，等電影拍好之後，你覺得觀眾走進電影院，他們的眼光如何？能不能精準得跟那些影評一樣，去批判你的電影處理手法？」

「恐怕很難。」

「那就對了。」藝詩信心滿滿地笑著說：「群眾是盲目的，而且是絕對的盲目。你製造話題，提供一個追逐的方向，他們就會傻呼呼地、一窩蜂地湧上去，只怕自己落於人後，根本不懂得如何細細品味，更不知道應該採取什麼樣的觀點與態度去檢討、批判，然後提出質疑。至於那些專業的影評，你放心吧，當這部電影賣座超過幾億台幣的時候，他們光是誇獎你、拍你馬屁都來不及了，還談什麼負面評價？有了這些影評的背書，群眾就會更加瘋狂，爭相擠進電影院一看再看。這是群眾最可悲的地方，卻也是我們最需要仰賴的，沒有他們的盲目支持與擁護，你就不可能打敗龍舌蘭，坐上山頂的寶座。」

「搞了半天，妳還在想著這件事？」我愣了一下。

「因為我討厭輸的感覺。」而她說。

還沒空去處理「夢途」的電影問題，反正也不急於一時，因為整個團隊的前置作業都尚未就緒，儘管已經簽下合約，不過許導演——或許現在應該叫他許老闆才對，他手頭上還有幾部電影正在製作中，一些主要的工作人員都有調度上的困難，還需要一點時間協調。

我本以為這部電影會是這一兩年內最大的工作計畫與挑戰，扣除寫作之外，大概所有的精神都得花在上頭，孰知沒過幾天，藝詩安排我去參加兩個文學座談會，其實那沒什麼發揮的機會，但她也強調，與其去上乏味的電視節目，或者跟一群小朋友嘻嘻哈哈，不如忍耐一下座談會的枯燥與嚴肅，因為我們目前需要的，就是學術界的背書，這也正是龍舌蘭最缺乏的；既非中文科系出身，又過度哄抬自己身價的結果，勢必引起素來低調與重視內涵的學術界非議。果不其然，其中一場在高雄文學館舉辦的座談會會後，一同出席的李恆夏先生，就又一次發表了他對龍舌蘭的看法，這次他說得更精簡，只有四個字：斯文掃地。

我笑著安慰他，請他不要見怪，雖然同屬網路文學範疇的我也感到難以苟同，但沒辦法，那是操作方式的差異，文字創作者的包裝應該講求文字的特質，讓文字特質與個人形象做結合才對，但龍舌蘭卻被以藝人的模式消費著，所以他必須不斷使出新招，言行舉止讓群眾耳目一新之餘，還感到驚世駭俗，比方前些天，他居然率領了一干他的支持者，跑到行政院前面靜坐，抗議金文獎所頒布的評審細則，其中明確地規範了評審委員的遴選，將由文化部聘任，邀請對文學藝術有卓越成就的若干專家學者擔當，這個說明雖然曖昧朦朧，甚至可能引起私相授受的徇私弊端，但總好過商業導向掛帥的鐘鼎行年度風雲書榜，那種純粹只看銷售數字的評審標準，根本忽略了文字價值，反而便宜了只會炒新聞的作家。

「這個金文獎哪，」抽起了菸，李恆夏先生說道：「往好處說呢，是國家難得一次，忽然想起這些搖筆桿混飯吃的人，給點什麼甜頭，好讓大夥樂一下，但往壞處想哩，那就是政治宣傳，搞搞花招而已，四年才選一次總統，誰知道它還有沒有下一屆。」

「所以老師今年也要參加吧？」

「有興趣，不過沒打算。」他笑了一下，對我說：「就因為它難得能復辦，又不曉得明年能不能也舉行，這種機會更應該讓給你們年輕人。老弟，你去參加，拿個獎，上台的時候記得在感謝詞提到我就好，說什麼好呢……就說你很感謝我的鼓勵，所以要把獎金分我一半，這樣子好了！」他哈哈大笑，害我不曉得怎麼辦才好，等他笑夠了，才又道：「文學哪，沒什麼好比的，武俠小說不也常講這句話嗎？從來都是『文無第一，武無第二』，做文章嘛，誰比誰好，根本無從評判起。大家有的也不過就是見獵心喜，想要秤秤自己的斤兩，如此簡單的一回事罷了。只是認真一點講，真要評斷文字的價值與內涵，我說句難聽的，你們這一輩，確實是遠遠不如我們這一輩了。」

「那是因為時下的年輕人，有著比以前更多的管道可以獲得新資訊，五光十色的誘惑也比以前更多，吸引了年輕人的目光。」我點頭。

「然也。所以這年頭，也再沒什麼好要求的了，誰能坐下來，好好地寫他一本書、讀他一篇文章，我們都應該感激涕零，給他拍拍手了。」嘆息著，他話鋒又轉，忽然對我說：「不過說也有趣，我看你真是與眾不同，這幾天就一直在想，臭小子，你到底在想些什麼？」

「我？」

「是呀，那天收到你寄來的東西，我還搞不懂，怎麼會有個寫作出版工作室，叫做『文字欲』的，挺有趣的諧音哪！打開一看，才赫然知道，原來你已經出版了這麼多本書，雖然只是封面跟簡介的集結資料，不過洋洋灑灑有好幾頁，都是你完整的履歷。按理說，這麼大量的寫作，應該已經佔據了你所有的時間，也耗費掉你所有的精神了，怎麼還會想念研究所呢？」

我愣著，不知道怎麼回事，一時間還沒搞懂，李恆夏先生又說：「不過你有這份心，總是好事一件，況且咱們也算得上是忘年之交吧？這封推薦函，我是怎麼也不能不寫的，而且今天也給你帶來了，抽完菸，回頭我就拿給你。」說著，他把菸熄了，拍拍屁股，站起身準備走回文學館，但跨出兩步後，他忽爾又停下，轉頭問我之後打算寫哪方面的論文。

「這個嘛，我還沒想到耶。」尷尬一笑，我說或許可以從網路文學的發展寫起，如果拿來跟整個華語文學的歷史相比，這是個新興且多元的文創產業，它既有文學創作的自由精神在其中，所牽涉的商業思想也很強烈，應該頗有探討的空間。聽我這麼一說，李恆夏先生想了想，忽然雙掌一拍，大聲讚道：「好，有趣！你就寫這個！」

「就寫這個？」我懷疑自己有沒有聽錯，到底什麼履歷？什麼推薦？我根本丈二金剛，完全摸不著頭腦，只是因為他問我如果進了研究所，論文會想寫哪方面的題目，我才隨口回答的，然而他卻十分當真，還替我擬好了方向：「論網路文學的意涵，探討它的興起原因及範疇，加以定義，並審視它的發展，做出一個可以依循的理論，一邊檢討它在這十多年來的得失，一邊又預測它未來的走向，並提出自己的看法，這應該是你可以勝任的題目，又或者，把題目縮小一點，你來研究網路文學的作家及作品也可以。」

「我要研究誰？葉雲書還是龍舌蘭？」簡直哭笑不得，我問。

「研究他們做什麼？」他瞪大眼睛，理所當然地說：「你用魏崇胤這個本名寫論文，題目是研究萬寶路，這樣不就結了？放心，我當你指導老師，就寫他媽的這篇論文，我保證你兩年拿一個碩士學位！」

第十八章 天長地久有時盡

我跟藝詩說，下次再有這麼重大的決定，請千萬提前告訴我，否則又像這樣瞠目結舌，手忙腳亂地不知道如何應對，那可就尷尬至極了。藝詩笑得合不攏嘴，她說在台灣，只要得到李恆夏先生的認可，成為他的弟子，就等於選對了派系，在中文創作的領域裡找到了一座靠山。

似乎很滿意自己這陣子以來的成績，藝詩把手扠在腰間，一一數著：「要比電視、電影，我們可是當了導演，自己做主拍一部了；要比文學背景，咱們有中文系的底子，還有這麼多人脈，甚至你明年就可以拿著這張推薦函，帶著我整理好的備審資料，輕而易舉走進學術圈，拿一個碩士學位回來，這些是誰也無法超越的。」說著，她忽然想到什麼，開心地對我說：「我還給你準備了一個小禮物。」

「小禮物？」我愕然。

藝詩點點頭，打開了筆電，連上一個網站，叫我仔細瞧瞧。那是一個名叫「紅色野薑花」的學生文學社群網站，由全國大專學生自治聯會所主持，這個網站也曾經專訪過我。我稍微瀏覽了一下，發現上頭有近百篇文章，居然全都是在抨擊龍舌蘭的。有人說他不配稱自己是「作家」，有人則諷刺他根本就是丑角，還有人直接說他是網路文學之恥。除了這些謾罵字眼外，也有幾篇文章，用很客觀的文學批評角度去剖析龍舌蘭的那些爛作品，以懸疑而言，龍舌蘭缺乏足以勾起讀者情緒的描述，以愛情而言，又在雕琢內心的部分付之闕如；若論奇幻，那些看似天馬行空的想像在大量的日本或香港漫畫中都有跡可循，若談推理的架構，顯然龍舌蘭只有中學生的水準。洋洋灑灑，非常精采，看得我捧腹大笑。這個網站至少有數千人加入，雖然那些文章中偶爾有幾篇是龍舌蘭的讀者想替他扳回顏面，卻反而遭到更激烈的撻伐。我一直覺得只有學術界的前輩會對那傢伙反感，沒想到有些年輕的學生也深具文學使命感，同樣對此道不以為然。

「為什麼這是我的小禮物？」大致看過一遍後，我問藝詩。她轉個身，從皮夾裡拿出一張小卡片，上頭寫了不少感謝的話語，抬頭是給「文字欲文字工作室」，署名則是這個學生自治聯會。

「因為我用你公司的名義，贊助他們經營這個網站，好讓大家可以盡情發揮。」藝詩笑著說：「你是主帥，我是軍師，但一場仗不能只有我們兩個人上場打。本來呢，我只是無意間發現那些學生，對龍舌蘭的行徑也頗為不滿，後來看著看著，我發現他們在網站經營上似乎有困難，乾脆推波助瀾，幫他們一把。這些人根本不需要煽動，很自然就直接成為咱們的打手了。」

大笑不已，我滿口讚嘆，實在佩服藝詩的才智，然後才環顧四周，看著自己所在的地方。這陣子我忙得焦頭爛額，除了應付不完的突發狀況之外，剩下的時間，全都埋首在小說創作中，連藝詩何時搬出家裡，在古亭附近租了房子都沒留意。她這裡是個很簡單的小窩，不過該有的設備一應俱全。藝詩說本來的工作就已經夠忙了，現在還要兼任我的經紀人，經常三更半夜才能下班，家人對此非常不諒解，總認為一個女人不需要為了工作如此犧牲，而且年近三十，更應該替自己慎選對象，以終身大事為主。被逼問得煩了，她乾脆搬出來，既可以耳根清靜，又能夠專心工作。

「而且這裡還有一個好處，」坐在她小臥房舒適柔軟的床墊上，我笑著說：「以後可以剩下不少錢，不必再跑汽車旅館。」

「想得倒挺好。」笑了一下，她故意啐我一口，說道：「別忘了，每三個月要給我一篇稿子，否則你可就違約了。」

「溫存一下，不會花太多時間的。」我笑著，忍不住就想拉她過來，然而坐到我懷裡後，藝詩卻問了一個讓我整個人為之氣餒的問題：「說到三十歲，你該不會忘了吧？還有另一個女人也快滿三十歲了，她好像曾經說過，那是她準備嫁給你的年紀。」

皺起眉頭，這是個遲早必須解決的問題，但是應該怎麼做，我卻一點主意都沒有。碧茵的生日已經不遠，就在金文獎頒獎典禮的前幾天，上星期聊到這件事時，碧茵還要我答應她，如果真的得了獎，我就得在台上發表感言的同時，順便跟全世界宣布喜訊。她說這是雙喜臨門，也可以讓那些看了我的小說後，對我心存憧憬的小女孩們就此死心。

「如果需要幫忙，隨時跟我說。」躺在我懷裡，頭髮上的香味讓我沉迷不已，那是一股如此溫暖而醉人的氣息，但藝詩說出來的這句話，偏又讓我心中一顫。每次只要想起她對付葉雲書，以及排除鬆餅的手段，就會感到不寒而慄。這樣的計謀，怎會是一個美麗的女人設計出來的呢？我真的不懂。

「如果你覺得不好，那也沒有關係，我就不插手，讓你自己解決，好嗎？」摸摸我的臉，她仰頭看著我，說：「但我必須提醒你，不管脾氣再好、肚量再大，每個女人都一樣，忍耐都是有限度的。她怎麼想，我不清楚，也不想去揣測，但我得讓你知道的是，從以前陪你跑通告，後來跟你在一起，又接下了經紀人的工作，一路到現在，說真的，我最想要的位置，目前還沒得到。」

我點點頭，這是她第一次跟我開口提到「正名」的問題。

「有時候我都想嘲笑自己，處心積慮地為你做了這麼多，到底好處是什麼？其實一點好處也沒有，對吧？你賺到了名氣跟收入，可是誰陪你享受這些？憑什麼她不用付出任何東西，就大搖大擺地住在你那個房子裡？還可以光明正大地，牽著你的手，跟你一起去逛街？又憑什麼，我想跟你要個擁抱，就非得窩在這樣的地方？晚上睡不著，很想聽聽你聲音的時候，我非得壓抑住，那通電話怎麼也不能撥出去，就怕她那天晚上住在你家，會露出什麼馬腳。你告訴我，這樣的日子還要熬多久？」看我默然無語，她嘆了一口氣，說：「親愛的，請相信我，我絕對沒有要逼你的意思，但這件事，我希望你可以正視，並且開始思考解決之道，否則就算讓你得到金文獎，攀上了真正的寶座，我們之間還是沒有未來，好嗎？」

這問題困擾著我，不知道該怎麼處理才好，但藝詩嘆口氣，卻也拍拍我的肩膀，要我把這問題留待小說寫完之後再想，當下沒有比這件事更重要的了。我點頭，明白她的意思。說著，藝詩爬起身來，走回她的小客廳，再進到臥房時，手上已經拿著一堆我的出版資料，她問我截至目前為止，自己最滿意的是哪一本。

「應該算是《夢途》吧，畢竟它是在尚文出版的最新作品，一個上進的作者，永遠都會在新的創作中找到挑戰自己的機會，所以最新的一本，往往是最好的一本。」我解釋。

「這不行，太近了。之前的呢？」但她搖頭。

「如果要以特別的意義而言，當然就是第一本《六月的詩歌》了，妳也知道那是我的處女作，還以自己的經歷當藍本。」回答著，我問藝詩是要做什麼。她把那本舊書的相關資料拿在手上，反覆看了又看，然後才說：「好，就以這本書來操作。我要寫一個企劃案，提給尚文出版社，幫這本書重新包裝，整個改版再發行。這樣做的目的，一來是為了填補你在寫街舞的故事時，無法給尚文其他稿子而造成的出版空窗，二來是我要藉由這個機會，幫你多做一點造勢，好加深更多人對萬寶路這個名字的印象。只是我認為一本舊書重新改版的噱頭太少，也許你可以花個兩天時間，為這個故事寫一點小短文，好製作周邊商品，搭配發行，這樣才能吸引讀者。」

「我還是不太懂。」我搖頭，「距離金文獎不是還有一段時間？而且評審又不是那些讀者，妳把注意力放在那些小讀者身上做什麼？」

「你認為那些專業的評審，真的會秉公審稿，把獎盃頒給你這樣一個要高調也算不上高調、要低調偏偏又不夠低調的作者嗎？」藝詩說：「至少我得想辦法，讓他們在拿到你的稿子時，有一個先入為主的印象，知道這是個他們必須認真以對的作者與作品才行。」

「這與舊書重發又有什麼關係？」我承認自己有點蠢笨，但我真的搞不懂兩者之間究竟存在著什麼關聯。

「很簡單，因為你的主要敵人是龍舌蘭，站在客觀立場上看，你絕對不是他的對手。不過正因為他也視你為唯一敵手，所以不管你做什麼，他都會衝著你來搗蛋。龍舌蘭現在名氣多大？如果他擺明針對你，那麼他那一派的擁護者一定會隨之起舞，變成大家都在批評、攻擊你，對吧？」

「恐怕是。」我皺眉頭。龍舌蘭已經快變成眾所仰慕與崇拜的神了，這尊神祇如果想發動戰爭，底下還怕沒有跟隨者？

「不過，要是他真的針對你舊書重發的這件事，挑起戰爭的話，可就正中我下懷了。」藝詩自信滿滿地說：「單就尚文目前的行銷力量，絕不可能再讓你的名氣拉高，現在我們必須反過來依靠龍舌蘭，用舊書重發這一招激怒他，誘使他投入戰局，掀起雙方支持群眾的戰爭，藉機拉抬你的聲勢。當金文獎的評審們收到稿子時，他們就會知道，這個萬寶路是有本事，能與龍舌蘭一較高下的人物，不能輕忽以對。」

「但就現狀而言，龍舌蘭的支持群眾肯定比我多，萬一屆時落於下風怎麼辦？」我指著電腦說，我的支持者雖然是一群頗有眼光的大學生，但龍舌蘭的群眾可是會跟他一起扔大便的。

「我沒叫你非贏不可啊，」笑呵呵地，藝詩俏皮地說：「你要是真的贏了，那才會讓我困擾。親愛的，咱們是有文化、有氣質的文學人不是嗎？怎麼可以跟人家一般見識，去贏這種沒意義也沒營養的口水戰呢？」

我想起曾經讀過的《三國演義》，作者對那些智慧超群的謀士，有這幾種不同的形容詞：或而是機深智遠，或而是意思深長，再不就是深通韜略。但不管哪一句，我都覺得根本不足以形容藝詩的智慧。她是專業的行銷人員，深知操作的手法為何，也懂得這一消一長間的奧妙差距，跟我這種只會寫故事的人比起來，真的精明過了頭。所以我很聽話地寫了幾篇類似短詩的文章，再讓她拿著企劃書，一併去找婉真洽談，只是怎麼個談法，我一點也不清楚。

搞定之後，為了正在進行中的新書，我開車南下台中，陪那個提供資料、讓我取材的年輕街舞團體，參加一場中部的聯展。不過他們狀況非常拮据，完全沒有旅費，身上帶的錢也只夠吃飯，連飯店都住不起。原本我善意地想拿出幾萬塊，可是被團長豆豆婉拒了，這女孩個子雖然嬌小又清瘦，態度卻無比強硬，不但一口回絕了我的提議，還說這種處境對他們而言是家常便飯，而且不吃點苦，就沒有享受榮譽時的滿足感。

我聽著這樣的話，心中湧起了一股感動，這就是創作者最自豪也最驕傲的事吧？看著這群衣衫襤褸的舞者，在節奏感強烈的音樂聲中，施展各式各樣的手腳動作，演繹出讓人驚艷的肢體語言，雖然我一點也不懂舞蹈，卻覺得頗有意境。於是按捺不住，也不顧碧茵跟藝詩的反對，我斗膽向舞團提出請求，如果他們不願接受我的資助，是否可以讓我跟他們一道，無論是要睡在火車站，或者哪個公園，我都願意跟隨，在舞團裡幫忙打打雜，至少讓他們少操一點心，能專注在練習與表演上。

「萬大哥，你是開玩笑的吧？」豆豆皺眉的樣子，像在懷疑我是不是瘋了。

「這也是我取材的一部分，對吧？」

「那你得忍受幾天不洗澡，或者沒正常三餐的日子喔？」

「在我出版第一本書之前，這種苦日子我也過了好幾年。」我感慨地笑著說。

在徵得他們的同意後，我真的放棄了開車的便利，背著自己簡單的行李，還幫忙扛起舞團的器材，一群人浩浩蕩蕩二十幾個，搭乘火車到台中。雖然小朋友們敬重我是知名作家，然而這種近乎流浪的旅程，他們都自顧不暇了，所以也無法照顧到我，只能讓我衣衫襤褸地夾雜在眾人之間，陪著大家一起度過。

一連四天，除了開展之初，舞團要上場做一段簡短的演出之外，重頭戲放在了最後一天，他們會有壓軸表演。沒有飯店可住，也沒有適當的地方可以練習，我們一大夥人，全都窩在距離會場不遠的公園裡，有的人帶了簡易的寢具，但也不過就是一個睡袋跟一條毯子，男男女女，幾乎每個人都蓬頭垢面，盥洗全靠公園的廁所，而且只能等到半夜再進去。我原本以為這會是一次浪漫的經驗，但第一天就差點凍死，要不是豆豆借了我一條小棉被，第二天早晨可能醒不過來了。

「你們時常這樣嗎？」到了第三天早上，啃食著早餐店買來的難吃饅頭時，我忍不住問其中一個團員。

「還好，那是因為離開了台北，才會這樣餐風露宿。」他告訴我，團員中也不乏家境富裕的人，但這些年輕人有志一同，大家都不願接受家裡的資助，既然是自己選擇的路，就不應該還妄想接受他人的支援，而且這些團員全都是中輟生，有些人甚至進出過少年監獄，也曾染上毒癮，但現在他們是非常頂尖的街舞團體，大家都相信這會是一條無怨無悔的路。

「雖然得過這種生活，但你們覺得很快樂，是嗎？」

「不，一點都不快樂。」在那個團員回答前，豆豆不知何時已經走到我們旁邊，弱小的身軀此時看來卻非常巨大，背著光，我只能看見她暗影下的臉龐，聽到她說：「但是饑餓感讓我們覺得，原來自己還活著。」

那忙碌的一天過後，直到夜深，我都還了無睡意，看著所有人在整天的練習後，都已呼呼大睡，但我卻完全地清醒。整個下午，一直到晚上，這個才二十出頭的年輕人所說的話，始終徘徊在我的腦海，原來饑餓感可以讓人體會到自己還活著的事實。我摸摸肚皮，幾年前仍扁平的腹部，現在已經有些中年微凸，儘管藝詩老抱怨我不夠胖，抱起來不夠舒服，但我心裡清楚，這早已不是我最初的模樣。剛退伍時，我簡直瘦骨嶙峋，三餐都快沒飯吃了，哪像現在這德行？長期缺乏運動，又長時間坐在椅子上工作的結果，是我體力大不如前，身材也變形走樣，而且，我不但生活過得優渥，也很少再想起那段貧困的生活。

這就是熬過來之後的結果嗎？我很想告訴他們，如果能夠再選擇一次，或許我會寧可不要這些光鮮亮麗，但至少、至少，至少我可以快樂一點。很晚了，仍沒有睡意的我，打開了新買的筆記型電腦，既輕且薄，還號稱長時效電池，讓我一路揹著都不嫌重，當下就著廁所外的燈光，打開來寫稿子。

一直寫到天亮，所有人紛紛起床，我才拖著疲憊的腳步，又跟眾人一起收拾，然後徒步前往表演會場。在那裡，我看見各種高難度的地板動作，他們沒有華麗而突兀的服裝造型，隨性間卻流露出灑脫與俐落的氣質。直到表演結束，我連自己什麼時候站起身來鼓掌的都不知道。

不過這樣的感動，無論再怎麼刻骨銘心，終究也只有我自己體會得到。回到台北，看我一身狼狽，碧茵沒有問我累或不累，更沒有問我肚子餓不餓，她面若寒霜地坐在客廳沙發上，劈頭就問我，到底現在是什麼情形，極其少見的冷峻面孔，讓仍沉浸在滿滿感動中的我有點茫然不解，只能站在玄關，呆呆地望著她。

「我老早就懷疑，你跟邢藝詩有一腿，結果還真的是這麼回事。」沒有站起身，她指指桌上，我發現那裡擱著一台數位相機。一看到那相機，我心中頓時一突，暗叫兩聲不妙。

「很親密，很開心，很好玩，是嗎？」她冷冷地說著，顯然已經看過裡面的照片。這台相機是我一年前買的，當初只是為了工作需要，偶爾外出勘景拿來做紀錄，所以不是很貴重，但因為體積也不小，所以不常帶出門。

碧茵也有自己的相機，但她老嫌棄自己臉很圓，平常根本不會拍照，不知怎地，她會到我書房去拿這東西，而更要命的，是裡頭存著上一次去大陸時拍的照片，我還來不及整理。這回跟著舞團南下台中，本來想過要帶，但因為笨重，而且也有了筆記型電腦，不想多添負擔，況且現在每支手機都能拍照，畫質也不差，就更打定主意不帶了。上次去大陸，就在上海的飯店裡，在那片大落地窗前，我翻出行李箱裡的這台相機，拉著藝詩拍照留念，起初她並不願意，怕照片流出去會帶來什麼麻煩，可是我信誓旦旦，不斷拍胸脯擔保，強調這是我自己的私有物，絕不會有別人妄動，她才願意與我合影，其中有一張，是我左手拿著相機，按著快門，右手摟著她的肩膀，兩個人嘴對嘴地親吻自拍。

「那麼愛拍，你們怎麼不乾脆把衣服脫光再拍？」冷冷地，碧茵說：「難怪你現在活動都不願意帶我去，回來也不跟我說內容，就是因為你身邊多了個小婊子。她是怎樣？很有本事，可以讓你很爽是不是？媽的，什麼髒東西！還當你的經紀人，她是怎麼幫你敲通告的？是張開大腿去換通告的嗎？這種萬人騎的貨色你也要！」

「嘴巴放乾淨點，有什麼話可以好好說，不要講這種難聽話！」凝著眉，我簡直不敢想像，這居然是平常溫和唯諾的碧茵會說出口的話。

「乾淨？要多乾淨？你有資格叫我嘴巴放乾淨嗎！」說著，她忽然怒氣上升，抓起相機就朝我扔過來，我側身一閃，砰地巨響，黝黑的機身將旁邊的木質櫥櫃砸出一個大凹洞，相機也整個解體破碎。「幹你娘的魏崇胤！你也算他媽的對得起老娘了！這幾年我算什麼？你說說看，我到底算什麼？老娘花在你身上的錢就不是錢嗎？要是沒有我，你是他媽的什麼萬寶路？你連狗屎都不是，老早餓死在馬路邊了！」

我皺著眉，完全沒有說話的餘地，這當下也已經無話可說，只能任由她發洩情緒：「現在你翅膀硬了是嗎？有錢了是嗎？你不要以為自己做的骯髒事都沒人知道，那些齷齪下流的勾當，老娘可是一清二楚！那個鬆餅跟你之間又是怎樣？你以為我完全不知道嗎？省省吧，老娘可不是瞎子，你們每次見面時眉來眼去的樣子，誰看了都清清楚楚，我告訴你，這筆帳我只是不想算而已！還有那個葉雲書，他那件事發生的時候，你那種鬼鬼祟祟的模樣，我也全都看在眼裡，你敢說跟你一點關係都沒有？不敢吧？瞧你一臉心虛的樣子，就跟那天在尚文門口一樣！我一直覺得自己還可以忍，把想說的話都吞下去，就是等著看你接下來會怎麼表現，結果呢？你紅了、賺錢了，就跟那個賤貨去了大陸，到底都幹了些什麼？還敢拍這種不要臉的照片回來！你無恥！」歇斯底里地大叫著，她幾乎就要衝過來把我大卸八塊，還隨手抓起桌上的鐵製菸灰缸又砸了過來，這次我來不及閃避，直接打中額頭，那驟然一擊，讓我整個人晃了幾下，再伸手一摸，居然流血了。

「說話呀！我看你要怎麼解釋呀！那個賤人是怎麼勾引你的？在哪裡？什麼時間？通通給我說清楚！你拍那些照片的時候，心裡有沒有想過我是什麼感受？你說話呀！」一時怒起，已經失去控制，她忽然朝我撲了過來，雙手五指如爪疾出，而我一邊捂著頭上的傷口，一邊伸手去擋，結果她尖銳的指甲一把將我攫住，用力一抓，手臂上登時出現好幾道傷口，碧茵臉上涕淚縱橫，但她擦也不擦，凶悍地朝我狂吼：「王八蛋，你說話！你們這對狗男女，你們通通都去死！」

當下我被逼得急了，想稍微往後退一步，又被腳邊的行李給絆住，整個人重心不穩，碧茵順勢把我壓倒在地，就在狹窄的門口玄關處，她一把扯住我的頭髮，狠狠地在我臉上打了兩巴掌，然後伸手要掐我脖子。慌亂間我再不敢遲疑，人還半躺在地上，左手抓住她的領口，右手照面就是一拳，重重地打在她的臉頰上，趁著她頭暈目眩的瞬間，這才勉強掙扎起身。

「到底夠了沒有！」我也動怒了，雖然還握著拳，但我沒有繼續揮擊。眼前這女人雖然瀕臨崩潰，幾乎想置我於死地，但畢竟是多年來一直陪在我身邊的女人，只是漫長的無怨無悔，現在全都一次爆發出來了而已。

「好呀，你有種，居然敢打我，那大家就拚個同歸於盡好了！」雙眼暴突，露出凶光，她緩緩地站起身來，沒有再下一步的攻擊，反而撿起那台破碎的相機，取出了儲存照片檔案的記憶卡。

「妳想幹嘛？」意識到她這麼做的動機，我上前一步，準備伸手去搶。

「嘿，怕了是吧？」冷笑一聲，瞪著我，她說：「你怎麼玩死葉雲書的，那我現在就怎麼玩死你。」

「說話要有證據，什麼叫做我玩死葉雲書？」怕她奪門而出，我緩慢地逼近，雙目與她對視，也蓄勢待發，一邊則用身體擋住門口。

「你敢對天發誓，說那件事跟你毫無關係？」又吼了起來，碧茵披頭散髮，一臉凶悍的模樣讓我非常恐懼，偏偏又退縮不得。壓抑著種種複雜的情緒，我也只能吼回去：「他愛怎麼樣，那是他的事情，也是他自作自受，不關我屁事！不要跟我東拉西扯，也別亂加罪名到我頭上！」

「那這個呢？難道這也不關你的事嗎？」手中的記憶卡一揚，她惡狠狠地說：「今天你不給我一個交代的話，那麼他怎麼死，你就準備跟他一樣死法了。」

「妳到底想怎麼樣？」我胸口的怒火幾乎就要爆炸出來，很想衝過去，一把將人給掐死算了。

「我要你跟我結婚。」她的答案讓我錯愕了一下，「你幹過些什麼事，我都可以既往不咎，只要你答應我兩個條件：第一，我要你立刻跟我結婚；第二，你以後什麼都不必寫了，我們搬回南部去，你另外找工作，從今以後，改頭換面、隱姓埋名過日子。答應我這兩件事，我就把記憶卡還給你，如何？」

那瞬間，所有的輕重與得失，在我腦海裡一閃而過。我該如何權衡？腦袋轉得飛快，如果拋棄了一切，跟她離開台北，退出文壇，不說別的，我就會立刻違反跟藝詩簽訂的經紀合約，而且金文獎在即，我狼狽地在台中過了好幾天，就是為了體驗那種艱苦難熬的生活，寫出一個讓自己真正滿意的故事，而且都年過三十了，回到南部，我還能找什麼工作？難道要跟我爸一起到檳榔園工作？如果就此放棄，這些年來我的堅持又算什麼？那些好不容易建構出來，靠著不斷敲打鍵盤累積而成的，豈不盡付東流？更何況，我要怎麼給藝詩一個交代？而且，我真的願意這樣做嗎？

這些凌亂的思緒，全在腦海裡一閃而過，我完全無法細細理會，更不可能逐一權衡。看碧茵散亂著頭髮，滿臉狼狽，五指戟張，惡狠狠地瞪過來的模樣，我慨然長嘆，這問題來得太快、太突然，竟然在我還沒做好心理準備的時候爆發，連想一個可以好好解釋的理由都不行，最後只能用如此暴烈的方式爭執，甚至扭打，終於將局面推到無可轉圜的地步，任何一個決定，都是至為艱難的選擇。看著她，我只在心裡問自己：真的還能回到從前嗎？還能結這個婚嗎？或者，我還愛她嗎？從懷才不遇的最初，一路如履薄冰地熬到今天，這些年來奮鬥所得的一切，跟眼前這個人比起來，我真的能捨，而且捨得心甘情願嗎？

「我很感激妳這些年來的付出，妳對我真的很好，確實是因為有妳的支持、陪伴跟諒解，才能讓我有今天。真的很謝謝妳。」我放軟了語氣，也鬆下了全身緊繃的肌肉與神經，所有的力氣早已經用盡，雙腿就快支撐不住身體的重量，但我的雙眼始終真切地凝視著她，說道：「但是，真的很對不起……」

沒有開燈的傍晚，一片凌亂的客廳，我聽到「對不起」三個字在自己耳裡不斷迴盪，那是我原以為怎麼也說不出口的話，現在居然如此鎮定、而且冷靜地說了，連自己都不敢相信。碧茵一直保持著原來的姿勢，帶著防備地看著我，她也完全不敢置信，竟會聽到我這樣的回答。過了好久、好久之後，她才像是忽然醒過來似的，全身一軟，整個人跪了下去，在我看見她緊握記憶卡的右手鬆開之際，同時也聽見她崩潰的哭泣聲。

第十九章 若非群玉山頭見

原先計畫的篇幅是十萬字上下，然而不知不覺間，我竟寫了足足二十餘萬字，每日睜眼後，我沒有刷牙洗臉，只叼著一根起床菸，披著外套，下意識地晃到書房裡，打開電腦開始寫作。故事的脈絡早已在腦海中鋪排完成，每個人物的特色與發展也全都構思妥當，寫起來非常順手，毫無阻滯。一邊寫作的同時，我不斷在心裡咀嚼著那些前輩特地或無意間提醒我的話。做很多事，有時不必考慮太多不必要的層面，尤其是創作者，我們進行創作的初衷，往往只是為了追求創作時所帶來的快樂而已。這樣的快樂，足以讓人廢寢忘食，暫時拋卻現實世界那些擾人的煩惱，我忘了這屋子已經多久沒有打掃，桌面或地板上滿是掉落的菸灰，也忘了廚房的櫃子裡已經淨空，所有存糧都被我吃得罄盡，只剩下最後半箱泡麵，那還是我媽從屏東寄來給我的；我忘了自己還得花點時間去適應沒有碧茵噓寒問暖的寥落時光，更忘了自己已經騎虎難下，寫作這故事的目的原來是為了參加金文獎，要跟龍舌蘭一決高下。雖然讀過中文系，師承不少研究台灣文學的名師，但我對那些嚴肅的歷史議題沒有興趣，所認識的李恆夏先生或徐紅女士，他們也從不在乎文學史觀將如何定位自己，我喜歡這些前輩帶給我的啟示——別去管太多自己管不著的，寫自己喜歡的，而且認真寫，那就對了。

為了能專心寫這個舞團的故事，我不得不暫時停下那些風花雪月的愛情小說，但這樣的做法卻會對婉真造成莫大困擾，因為在尚文的傳統中，有一定資歷的作者們，會先擬定出自己一年的出版份量，由婉真平均分配在一年十二個月的出版期間中。我還記得葉雲書對我說過，誰能接到婉真的詢問電話，問你明年哪時候要出書，就表示她已經肯定你的價值了。

這樣的殊榮，以前除了葉雲書，也沒幾個作者能擁有，如今他不在了，婉真最主要的經營對象就只剩我一個，現在為了其他稿子，反而拖到那邊的進度，當然造成一定的困擾。為了將麻煩減到最低，我在藝詩的建議下，不得不以舊稿來湊數，最後選定的就是處女作《六月的詩歌》。

為了這本應付檔期的舊書，我特地撥空，寫了幾篇短詩般的文字，藝詩在跟婉真討論過後，決定製作成數款別緻的書籤，採取限量精裝本的形式，再加上有質感的書盒包裝，雖然已經是舊作，整體售價卻拉高了一倍，但聽說銷售成績出奇地好，在各大書店間流通的速度頗快。

原以為這樣就可以交差了事，能繼續專心在新故事的寫作，沒想到一如藝詩的預料，果然引惹來無數的爭議，起先是幾個龍舌蘭的擁護者，將我舊書新發的消息，轉貼到他們的網路頁面去，原本只是在討論這種做法的利與弊，尚無大礙，然而在龍舌蘭的地盤討論萬寶路，無疑是批其逆鱗，龍舌蘭很快就發現這些討論的文章串，接著就如藝詩猜想，他大加撻伐，激烈地批判這種作為，還寫了篇文章痛斥。

「有夢想的勇者不做這麼下流的事，有夢想的勇者因為具備了良心，更不能坐看有人做了這種事。一個故事帶來的感動是永恆的，它應該被保留在當初最美的模樣，留存在人們的心中，而不是被重複利用，妄想第二次還大撈一筆。這種事我不做，永遠。更希望我所有的讀者們，到自己的書櫃上，把第一版的舊書拿出來再品嘗一遍就好，第二版那種華麗繽紛、還上了塑膠收縮膜的『騙錢包』，你們別傻得去買。

「做這種事的人哪，請別忘了入夜後還有不見天日的地獄深淵，那裡有最公平的審判，神的眼睛穿透了迷霧，正直視著你們貪婪的面孔哪，我彷彿已經聽見，那原本頌揚在六月的詩歌，現在全成了嗚咽的哀號聲。懺悔吧，為了你們這種無賴與盜賊的行徑，懺悔吧，為了你們侮辱了每個懷憧憬與夢想的讀者。」

雖然看起來非常沒頭沒腦，但已經把我的書名整個寫了出來，只差沒標上書名號而已。這篇短文很直接地表達了他的觀點，更儼然以審判者自居，對這件事下了他個人的註解。不過我的讀者們也不是省油的燈，雖然沒有這麼完整地批駁回去，但說話也沒怎麼客氣，一樣就在尚文開放給我的創作版面上，七嘴八舌地跟著開罵。

「人家出什麼書，難道輪得到你來管？如果能把一個故事做更完整的包裝，重新呈現在讀者面前，喚起大家最初的感動，難道不好嗎？你家裡住海邊是不是，要管這麼寬？」第一個這樣罵的，其實就是藝詩。我在她賃居的小套房裡，親眼看著她使用網路上的代稱，率先吹響集結號後，接下來可就千奇百怪，什麼內容都有了，有的讀者寫得很難聽，罵道：「就算是舊書重新出版，人家的文字內容還是一樣精采，總好過有些人每個月出一本書，每一本水準都跟電話簿一樣糟，簡直是在浪費紙。」也有人說：「他眼紅是因為他沒有寫得好到能重新出版的書啦，誰要看垃圾的反覆包裝啊！萬寶路的這本新書就算不做精裝版跟書籤，我們一樣會買；龍舌蘭如果也弄個舊書來賣，就算裡面包鈔票，大概也沒人想要他的臭錢吧？」而我看到最誇張是這樣說的：「等你懂了文學與愛情之後再來放屁吧，這件事輪不到你狗吠。」

接連好幾天，網路上吵成一團，因為已經成了兩個作者的支持群眾之間的戰爭，所以一發不可收拾，最後戰火果然延燒到「紅色野薑花」那個網站，一群激進的大學生們居然想發起「焚燒龍舌蘭的書，從此拒買拒看」的抗議活動，眼見鬧得不像話，而且這麼一來，「萬寶路派」的讀者們反而佔了上風，會跟原本計畫的方向不符，因此我只好暫時放下手邊的工作，先出來滅火，安撫大家幾句，同時寫了這麼一段話：「天要下雨、娘要嫁人，這些都由不得你或我或任何人，就像我們誰也不能決定，究竟要如何讓別人用善意的眼光看待我們所做的一切，唯一能做的，就是品嘗只有自己明白的感動滋味，如此而已。別再跟不值得計較的人計較了，因為他們不懂，而且永遠也不會懂。就讓寫作回到寫作，讓閱讀回到閱讀吧！」

當下我直覺地認為，應該盡量避免任何可能造成負面影響的事件，尤其就像藝詩說的，你必須塑造出一個形象，讓金文獎的評審拿到稿子時，知道這是一個與龍舌蘭旗鼓相當，但肚量與格調絕對在他之上的優秀作家作品，才能讓他們更專注地去品味與發掘故事中蘊藏的深意。所以我不想參加這場無聊的口水戰，當然更不希望自己的讀者過度反應，誰要製造話題找架吵，就讓他們自己去玩吧。

眼看著故事已經進入最後關頭，這兩天我更加認真，反正屋子裡已經再沒有別人，任憑我愛怎麼寫就怎麼寫，想寫多晚就寫多晚。認真工作的時刻，我才能拋開所有複雜的情緒，不去想起那讓我難以回憶的畫面。

我幾乎是不到客廳的，因為自從碧茵離開後，只要一走進客廳，我就會忍不住往玄關的櫃子邊看去，那裡有個明顯的凹痕，是被一台相機砸出來的。那天晚上，直到最後，碧茵除了哭泣，再沒有其他一句話，也沒再出手攻擊我，或放聲與我爭執。

靜靜地，一個人走回書房，關上門，也沒洗掉一身的髒垢，我就這樣坐在地板上，直到疲倦得沉沉睡去。當我再醒來時，已經是半夜時分。屋子裡一片寧靜，如此深沉，彷彿連半點呼吸都沒有，更像無人到訪過般，只有絕對的死寂。我摸摸自己的額頭，傷口早已不再流血了，只剩下些微的刺痛感。摸索著，找到電燈開關，再走回客廳時，地板都已經收拾乾淨，除了木質櫃子上的凹痕，其他什麼也不剩下。倒是客廳小茶几上，放著那張我跟碧茵都想搶的相機記憶卡。

她就這麼走了，從此再也不回來了。她放在這裡的東西原本就不多，所以也沒什麼好收拾的吧？我看見衣櫃裡，本來吊掛的幾件衣服都不在了，小梳妝台上什麼瓶瓶罐罐的小東西，現在全都消失得無影無蹤，再回到客廳，玄關的鞋櫃上，碧茵的幾雙鞋也不見了。

我不敢揣測她離去時的心情，更不敢想像她收拾那些東西時的表情，只能像遊魂般又踅回書房，回到角落裡坐下，目光呆滯，茫然失神，繼續讓沉默的空氣籠罩自己，也籠罩著這房子。等到隔天下午，當我又從睡夢中醒來時，只覺得全身痠痛，低頭一聞，更是臭不可擋。於是我洗過了澡，傳了一封簡訊給藝詩，簡單地告訴她這件事，並請她給我幾天時間安靜，我需要好好調適一下。

「是時候的時候，你知道我都在。」而她也不囉唆，給我一個這樣的回答。

但其實沒什麼好調適的，春往秋來，人生就是這麼一回事而已。愛情故事寫多了以後，我太了解愛情裡究竟藏著多少人們不可預知的意外，誰曉得愛情會在什麼時候消散？又如何預料自己下一步的方向，甚至是最後的結果？我只覺得，人心是世界上最不安定的物質，它永遠會朝著自己都意想不到的方向飛去，這樣而已。

所以我靠著存糧過活，每天寫故事，寫得累了，就轉而瀏覽網頁，看看跟龍舌蘭的這場衝突是否還有後續發展。慶幸的是，在那篇短短的回應後，我的讀者們總算是平靜了些，不再有什麼攻擊性的言辭。早上看完所有的留言，巡視過一遍後，我心裡篤定了些，於是打開檔案，又寫了幾千字，直到晌午已過，飢腸轆轆時，才到廚房吃泡麵。本來，這碗泡麵應該搭配的是國家地理頻道，或者電影台那些播了八百年、台詞早就耳熟能詳的老電影，但我覺得人就是這麼犯賤，即使知道台灣一向不會有什麼好新聞，偏偏就是喜歡看，而且我也忘了泡麵跟新聞不對盤的邪門衝突，上次吃泡麵，看到龍舌蘭在演講會場丟大便，今天吃泡麵，打開新聞台就看到好久不見的肥仔朱，畫面上，他那顆癡肥的腦袋旁邊，頭銜依然是「網路觀察家」。

「這件事給我們一個很大的反思空間，甚至也可以採取這個案例，套用到其他領域的共同現象，去做一個全面性的思考。」說起話來搖頭晃腦，骨碌碌轉動的兩顆小眼睛就藏在黑框眼鏡底下，這死胖子正在大放厥詞：「我個人真的非常不鼓勵這種行為，也建議消基會做一次完整的調查，這到底算不算是一種詐騙手法？是不是也要通報警政單位配合查訪？社會大眾盲目跟隨的流弊，需要長期的教育措施去輔導改正，不是我們在這裡大聲疾呼，就能獲得改善的，勢必得在這個緊要的當口，大刀闊斧地查緝與糾舉，讓惡質廠商與那些既得利益者得到教訓，才是目前最重要的。」

打開電視時，他已經不曉得說了多久，沒聽到完整的前因後果，我一時間還在狀況外，以為是網路詐騙案之類的新聞，正想直接轉台看別的頻道是否有相關報導，結果肥仔朱下一句就說了：「到底一本已經過氣的小說，是基於什麼不做不可的理由，竟然大張旗鼓地重新製版，連內文都毫無更動，不過聊添幾篇不倫不類的詩詞，做成品質低廉的書籤，然後夾在嚴重浪費紙張、完全藐視環保的精裝本中，就可以哄抬價格呢？我個人認為，這跟那些唱片公司動輒將歌手的舊曲重新收錄、不斷改版再度上架的行為一樣卑劣，站在道德立場，我們不但不該支持，更應當嚴厲譴責，因為我們是付錢買東西的人，不是死凱子；而基於環保的理由，我們也應當批判這種浪費資源的做法，要知道，一本書的發行量動輒上萬本，得砍伐多少棵樹木才行？」

搞了半天原來是在罵我？張大嘴巴，我訝異地盯著電視，只見他繼續說：「不只是這個案例，我們要呼籲消費者，請聯合抵制這種欺世盜名、近乎詐騙的惡質行為，這就是今天記者會最重要的目的。」他說完後，臉上還滿是誠懇的表情，朝鏡頭鞠了個躬。接著記者問他，認為這樣的呼籲是否能達到預期的效果？肥仔朱非常認真地點頭，還說了一句：「消費者的眼睛是雪亮的。我敢打賭，這本書絕對賣不過三個月，甚至連暢銷排行榜的入榜資格都沒有。如果這本書可以站得上第一名，那我就到他們出版社去，行五體投地的大禮賠罪。」

雪亮？雪你他媽的亮！勃然大怒，我氣得連泡麵都不吃了，怎麼愈到最後關頭，莫名其妙的事件就愈多呢？說到最後，居然還打這個賭？我把筷子往桌上一扔，立刻站起身來，準備打電話給藝詩。

不過號碼撥出去後，卻直接進入語音信箱，一連嘗試幾次都是如此。氣急敗壞地，我把手機往沙發上一摜，拿了車鑰匙就想出門。現在還有什麼調適不調適的？如果想平復心情的話，最直接的辦法，就是殺了肥仔朱，把他一身肥油全都榨出來。可是大門剛開，我連鞋子都還沒穿好，居然就在電梯口看到藝詩，見我蹲在玄關穿鞋，她還一臉疑惑地問我，不寫稿子又想跑到哪裡去。

「那場記者會是早上的事，現在都下午兩點多了。」完全沒理會我的暴躁，也不管我從電梯口又嘮叨回客廳，再繼續抱怨到書房，她優雅地脫下高跟鞋，把自己的皮包往角落的衣架一掛，再好整以暇地脫掉外套，然後打開電腦，問我今天收了電子郵件沒有。

「誰有那個心情哪？」皺眉，我說：「我現在只想知道，我到底哪裡得罪了這個死胖子，為什麼他老是陰魂不散地找我麻煩？」

「如果你今天有收信，就不會問我這個問題了。真是無心插柳，沒想到我們原本只是故意挑起龍舌蘭的火氣，現在他連自己的祕密武器都端出來了。正好，省得我再費一番工夫去揪他的狐狸尾巴。」她微笑，開啟了一個頁面，叫我自己看。

這是藝詩的電子信箱，在她的寄件備份裡，有一封最新的已寄出郵件，收件人是我。信件內文是空白的，不過有一個附加檔案，我好奇地下載然後開啟，那是一張掃描後的照片，應該是來自於誰的畢業紀念冊，全是一堆陌生人的彩色大頭照，照片下面則有名字。我愣了一下，不知道藝詩要如何用這張照片解釋我所有的問題。

「看清楚點，尤其是人名。」她坐在椅子上，指著螢幕，說：「右上角，第二排的第一個，那是龍舌蘭，他的本名叫什麼，你應該知道才對；然後你再看左邊一點，第三排的倒數第三個，有沒有覺得那個胖子很眼熟？」

「他們……」我差點把舌頭吞了下去，目瞪口呆好半天，藝詩才替我把話說完：「現在你明白了，為什麼之前，這個與你無冤無仇的肥仔朱，會突然跑出來針對你，也知道為什麼這次，明明不干他的事，他卻大費周章地找了一堆記者，運用媒體向你施壓了。華國大學，人文學院，人類學系，第十四屆畢業同學錄。花了我好貴一筆錢，才託人弄到的資料，他們本來就是同一陣線。」

頹然坐倒，那瞬間，許多舊畫面都從腦中飄過，我這才恍然大悟，何以肥仔朱會莫名其妙地攻擊我；早在龍舌蘭尚未以現在的姿態登場前，他們就沆瀣一氣，彼此勾串好了。如果當初肥仔朱能順利動搖我跟葉雲書的地位，那麼龍舌蘭就可以順利遞補這個市場龍頭的空缺，一躍而上，銜接老大的位置。只不過那次他失敗了，就在年度風雲書的頒獎會場裡，我用幾句話，讓肥仔朱啞口無言，抱頭鼠竄而去；這一回，他們不再迂迴曲折，乾脆明目張膽地直接進攻，一個利用網路上的聲勢、一個則頂著什麼「網路觀察家」的招牌，大剌剌地找來記者，打算分兵兩路圍剿我。

「看來你想好好地靠著文字的力量一決勝負，但別人可不這麼想。早上看到新聞，我就覺得不太對勁，哪有這麼巧的事？兩大網路文學主流的對決，關他這個觀察家什麼事？真要觀察，他就應該默不作聲，站在客觀立場來評斷，怎麼會一面倒地偏袒龍舌蘭？我愈想愈不對，所以透過關係去查了一下，本來以為查不到什麼的，沒想到有錢能使鬼推磨，他們這種八輩子以前的關係，就這樣浮出檯面了。」藝詩翹著腳，搖頭說。她包裹在黑色絲襪下的細緻小腿，這時完全引不起我的遐想，我滿腦子只想殺人而已。「看到這個，想來你也不會再有調適情傷的興致了，我才乾脆過來一趟。如何？沒有打擾到你吧？」藝詩關掉了信箱，問我：「現在，換我們要分頭進行了，好嗎？」

每次當她這麼說，我心裡總覺得毛毛的，一向不按牌理出牌，奇謀詭計連連的她，只要一出馬，往往沒有辦不成的事，不過手段都不太光明正大。以往我總是很不情願她去做這些，但這回不同，因為龍舌蘭跟肥仔朱他們也沒有磊落到哪裡去，既然要玩陰的，就讓藝詩去陪他們玩玩好了。

「藉由扯別人後腿的方式，來吸引旁人的目光，並拉抬自己的身價，本來就是他一貫的作風。」我嘆口氣，說道：「妳看該怎麼做，就怎麼做吧。」

事已至此，雷霆手段看來是不用不可了，我知道這只有藝詩能辦到，而且從來不需要我下指導棋，她自己就有用不完的好點子。

「對了，還有碧茵的事……」哄著我吃完那碗已經難以下嚥的泡麵，藝詩馬不停蹄又要出門，但我卻叫住她。

「我知道你不想談，可能也還不知道能怎麼談，但沒關係，我這人一向只在乎結果，你只需要告訴我，是不是結束了？」回頭，就在門口，她問我。

我看看那個櫃子上的凹痕，嘆口氣，然後點頭。

「這樣就夠了。」給我一個擁抱與長吻，藝詩說話時，頸子上的香氣竄入我的肺部，也腐蝕了我的全身。「其他一切細節，等你哪天想慢慢說的時候，再一點一點地告訴我就好，不必急於這一時。現在，你需要的是好好地寫作，寫一篇好棒好棒的故事，向全世界證明，你是台灣最棒的作家。」

「那妳呢？」我的雙手撫過藝詩的纖腰與翹臀，幾乎就要忍不住了。

「我也要去辦點事，辦完就回來。」說著，鬆開環在我背上的手，她說話的口氣依舊溫和，但眼中已經浮現冷峻的殺氣，「誰敢暗地裡動手腳，想欺負我老公，誰就要付出代價。」

老公？我懷疑自己有沒有聽錯，但那天晚上，藝詩真的又回到我的公寓，當我抱著她柔軟的身軀，在平常跟碧茵躺睡的大床上翻滾，盡情地做愛時，她確實是這樣在我耳邊說的：「從今以後，這裡除了你我，再不能有別的女人躺著，你要答應我，因為你是我老公，所以你一定要答應我……」

那天晚上，待激情終於消退，藝詩抱著我的棉被，正沉沉睡去時，我卻整個人又清醒了起來，安靜地看著還在夢中的她。這是多麼奇妙的女子哪？她的思維模式是我怎麼也無法企及或掌握的，不管是處理我的工作或者感情債，她總有一套出人意表的方法，而且屢屢得以制勝。儘管如她所說，我能走到今天，是因為當初得到了比別人更優勢的條件，結合了天時、地利與人和，一出道便頗具氣候，才能讓她後來有這麼大的操作空間。但我深信，若不是藝詩的運籌帷幄，我根本不可能走到現在。

今天她叫我老公，那是託付終身的意思，是嗎？就著房間裡昏暗的微光，我看著她的五官，這樣的女子，真的是我夠格擁有的嗎？何德何能，我能給人家一輩子的幸福嗎？回首過往的幾年，一路走來，真的是驚心動魄，那麼多風風雨雨，我都是靠自己努力熬過來的嗎？答案當然是否定的，這麼軟弱的肩膀，我要如何盛載她龐大的夢想？一想起交稿在即，我就苦悶起來，就算她今天出門一趟，想辦法替我解決龍舌蘭與肥仔朱在最後這段時間的攻勢，那又如何？我根本不知道還有多少高手會參加這個文學獎，在那個戰場裡，我根本毫無勝算，接下來又該如何是好？

懷抱著惆悵的心情，度過接下來的幾天，但我也不敢太過荒廢，畢竟這是一條自己選擇的路，即使前途茫茫，至少在寫作過程中，還有屬於自己的快樂。就耽溺在那樣的快樂中吧！儘管未來如此虛無飄渺，書寫的當下總是愉悅的。

初稿完成的那天清晨，已經是農曆年後乍暖還寒的三月初春，天剛要亮，但我沒有睡意，也沒有時間睡，待會得洗個澡，整理整理門面，將爬滿臉上的鬍子刮乾淨，準備出門，趕赴研究所的考試。說來好笑，我完全沒有這方面的計畫，甚至不知道自己就讀研究所的目的是什麼，藝詩卻不管那麼多，逕自替我報了名，還將那份她整理出來的備審資料寄過去，一副好像是她要去念書的樣子。

關掉稿子的檔案，我決定讓自己休息幾天，再繼續修稿，好趕在金文獎的收件截止日前寄出。而金文獎的參賽準備一完成，我就得開始坐上導演的位置，許老闆已經來電約過時間，劇本改編接近尾聲，一切即將就緒，就等著我開拍了。

抽著菸，喝著熱茶，我打開網頁瀏覽器，看著藝詩前兩天在電話中提的，她說最近可以留意一下，她安排的反攻即將隆重登場。

要留意什麼呢？既沒給我網址，也沒告訴我什麼資訊，我根本連要搜尋什麼都不曉得。搜尋頁面打開，正在納悶，卻忽然愣了一下，原來今天的網路搜尋關鍵字裡，居然出現了我的筆名跟《六月的詩歌》，以及《夢途》等等字眼。我感到有些詫異，按理說這種關鍵字都是系統依據使用者輸入搜尋的頻繁程度，自動選出被搜尋最多次數的前幾名，怎麼會出現我呢？驚訝之餘，再點擊進去，才發現，歷年來關於我的網路訊息竟有這麼多！從一堆學校圖書館借閱紀錄，直到許多人在網路上發表的讀後心得，乃至於相關評論，以及出版社的活動宣傳，真的琳瑯滿目，應有盡有。看著看著，我忽然感到有趣了起來，這可真是從未有過的體驗，原來在網路上搜尋自己的資料，竟可以看到這麼多東西。

隨意打開幾個網頁，到處瀏覽，看了看之後，逛到鐘鼎行的排行榜，一路看下來，我發現自己歷年來的作品雖然屢屢進榜，而且每本新書總能盤踞榜上幾個月之久，卻從來沒有真正拿到第一名過，即使是成績最好的《夢途》，在排行榜上也不過連續三週都位在第二名，前面都是國外翻譯小說，那真的是口碑與買氣雙贏，還翻拍成電影，發行好幾個國家的院線。

嘆口氣，或許這就是命運吧？那些國外作家戮力而為的，從來也不是什麼文壇的競爭，根本無需花大把時間與精神，去思考如何擊敗同路線的對手，大家只是過著自己的生活，在自己的創作上用心，而且從來不必趕稿，作品都可以從容完成，飽滿蘊含作者的精神意念，這種小說才有翻拍成電影的價值吧？我苦笑著，用滑鼠左鍵拉動視窗捲軸，接著再往下看，果然龍舌蘭的成績就是不同凡響，至少有好幾本新書都拿過第一名。難道有行銷真的差這麼多？老實說，自從他冒出頭後，這陣子我或多或少曾經留意過他的文字內容，或許是因為寫作速度過快，使他無法一一仔細雕琢，也或者自身的文學造詣本就平平，那些小說裡老是出現過多的贅字贅語，行文間雖然白話流暢，卻顯得過於淺薄，實在缺乏文字之美。這些小說到底是憑藉著什麼，才本本都上榜，而且拿到那麼多次第一名？我搔搔頭，滿腹狐疑，只能佩服他的經紀人真的很懂操作，居然可以做到這樣，讓這種作家變成台灣網路文學的代表人物。

看著看著，一路看到最後，我忽然又看到自己的名字，原來就是那本改版後重新發行的《六月的詩歌》。

我知道這本書雖然有不少爭議，但它的銷售速度卻很快，不過所謂的快，是快到什麼程度呢？好奇心起，我看了一下最新排行榜，沒想到一看差點讓滿嘴的茶水都噴了出來，多年來不管怎麼努力求新求變、嘔心瀝血寫出來的新作，從沒有登上榜首，可偏偏就是這一本，它貨真價實地位在表格最頂端，而且總銷售數是第二名的好幾倍，別人根本難以望其項背。

我看得傻眼許久，忍不住拿出手機，儘管不過清晨五點多，我還是傳了簡訊，告訴藝詩這個讓人興奮的好消息。本以為她會等天亮才回覆，沒想到不到五分鐘而已，我的手機忽然響起，一接通就聽到她的聲音，問我是不是根本沒睡。

「第一名耶！妳知道嗎，《六月的詩歌》居然爬上鐘鼎行排行榜的第一名了！」我興奮著，而藝詩也笑著跟我說恭喜，還說她也剛起床，正準備梳洗化妝。

「妳今天有什麼行程嗎？這麼早？」我看看窗外，一片深藍色的天都還沒亮，以她準備出門工作的速度來看，應該用不著這時間起床才對。

「今天我老公要去考研究所，我怎麼能夠睡大頭覺呢？」而電話那邊有她甜甜的笑聲。

第二十章 劉郎已恨蓬山遠

有點忐忑，我怎麼也想不到，都已經三十歲的年紀，離開學校那麼久了，忽然有一天，自己又坐在教室裡，等著面試應答。學科考試很簡單，我幾乎沒有準備，反正就是中國文學史、台灣文學史，以及古籍概論，還有非常容易過關的英文。這種別人一畢業就馬上拋諸腦後的東西，其實是我閒暇之餘的休閒讀物，偶爾翻翻中國文學史，當作小說閱讀，老實講，我覺得內容比那些無聊的網路小說要好看得多。

筆試結束後，又回到教室，現場大約三、四十名考生，大多有人作陪，看他們交頭接耳的樣子，每個人都十分緊張，唯獨我跟藝詩完全沒當一回事，不過就是面試，誰也不知道主考官要出什麼題目，煩惱又有何意義呢？而且這當下，我滿腦子想的，都還是鐘鼎行排行榜第一名的成績。一路開車聊著這些時，藝詩始終笑吟吟的，卻不肯對我明說，到底她在笑什麼，無論我怎麼問，她總堅持要等考完試回家的路上再講。

枯坐好半天，終於輪到我的號碼，藝詩拍拍我的肩膀，要我放輕鬆，我則笑著反問：「妳覺得我有什麼好緊張的呢？」

隔壁教室，講台前擺了張長桌，坐著四個主考官，幾個工讀生忙進忙出，傳遞備審資料，並依號碼順序，叫號應試。我一進來，便恭敬地行禮後才坐下。那四個主考官都是生面孔，年紀大多在五十歲上下，看來就像學院裡稀鬆平常的學究先生。他們也沒什麼囉唆，其中一個問我既然已經是暢銷作家，為什麼還想考研究所？我循規蹈矩地回答，學問本無止盡，大學四年中所學者，多屬於通用知識，頂多只能算是具備了文學概念，如果想要更深入了解文學的艱深，當然有專注於研究的必要。

於是另一個主考官又問我，如果進了這所學校的中研所，將以哪方面的研究為主？這個問題也早在預料之中，我又簡單回答，將以現代文學為主，但現代文學的說法過於籠統，我比較想鑽研現代華文創作中，一些理論與實用的印證，同時也想以近十年來蓬勃發展的網路文學領域，做論文研究的主題。

這兩個正經八百的問題回答完，只見那四個老頭交頭接耳，不知道嘟囔些什麼，跟著最左邊那一個，翻開了我的備審資料，抽出那封李恆夏先生的推薦信，彼此傳閱過一遍後，其中一個老頭忽然就笑了，他輕鬆地對我說：「本來今天呢，李教授也應該是主考官的，不過他既然幫你寫了這封推薦，當然就失去了面試別人的資格，這下損失可大了，少賺了那麼多零用錢。小子，你開學後記得辦一桌，好好彌補彌補他。而且他說你準備的研究方向應該不是這個，對吧？」說著，他露出了莞爾的笑容，又道：「魏崇胤研究萬寶路，聽起來是挺有趣的主題，你以後要是找老李當指導教授，師徒倆應該可以做出一番別開生面的研究，大家都會拭目以待。」

我尷尬地陪笑，只能傻愣愣地一起點頭，沒想到李恆夏先生居然連這個玩笑話都跟別人說了，叫我自己研究自己？這傳出去豈不是荒謬的笑話一樁？或者這也是台灣網路文學在過度自由的風氣下，一種弔詭的徵象呈現？正在調整呼吸，收攝這些胡思亂想，準備應付下一個面試題目時，他們居然揮揮手，說我可以出去了。

「就這樣？」我還沒會意過來，那個拿著我備審資料的教授也愕然，還問我：「不然你想怎麼樣？還要現場表演什麼嗎？」

藝詩笑得東倒西歪，她早就一清二楚，李恆夏先生任教多年，在好幾所學校都有兼課，平常除了創作，他的研究室就在這裡，也有幾個研究所的學生跟隨。如果要增加我的學歷，在台灣除了他之外，沒有誰好做第二人選。所以從備審資料的準備，一直到報名，乃至於請李先生寫推薦，全都由藝詩一手搞定，只剩最後的面試才由我出馬，而這又哪算哪門子面試呢？他們根本沒有多認真考核我的資格，甚至要我跳過放榜查榜的動作，等開學的時候，好好請李恆夏先生吃頓飯。

「除了諸葛亮，我真的找不到誰比妳還要足智多謀了。」想起劉備渡江去迎娶孫權之妹的故事，諸葛亮什麼都盤算好了，卻一個字也不明講，就讓劉備心懷忐忑、七上八下地渡江去。我問藝詩說：「可不可以告訴我，妳到底還有多少精妙絕招沒使出來？」

「沒了，真的。」而她也笑著說：「最後一招都用上了，就等時間而已。」

「等什麼時間？」

「再過一個小時，我就告訴你。」又賣一個關子，她說：「不要怪我，要怪就去怪主考的那幾個老頭，本來以為他們會慢慢面試的，哪知道沒有五分鐘就結束，害我措手不及。」

算算時間，剛過中午不久，我們一路開車回來，途中在路邊的麥當勞吃午餐時，她拉著我到電視機前方坐著，我知道那一定是答案揭曉的時刻，果不其然，整點新聞一開播，今天的頭條中，就有一個頗為可笑的畫面，只見肥仔朱滿臉懊惱地出現在尚文出版社前，就在路人納悶的眼光下，以及大樓管理員滿臉的不悅中，由一大群記者做見證，肥仔朱真的趴了下去，對著電梯口行五體投地的大禮。他趴下去的瞬間，坐在我旁邊的藝詩興奮地喊了一聲：「讚！這就是報應！」

那個死胖子的動作極其笨重遲緩，行過大禮後，還費了半天工夫才爬得起來。記者們立刻擁上前去，問他的感想是什麼。

「願賭服輸，這一點我認了。」推推鼻梁上的眼鏡，才這兩下動作，他居然已經氣喘吁吁，但嘴裡一點也不饒人，還說著：「但是站在客觀的觀察立場，我們依舊有權質疑，他一書兩賣的做法到底對不對，甚至現在也應該更嚴厲一點，去探討它能攀上暢銷排行榜的主因。依照我多年來的觀察經驗，這實在是怪現象，幾乎是不可能的事。一本書無論寫得再好、在第一次出版時有多轟動，相隔好幾年後，怎麼可能在重新包裝、又改版推出後，還有這樣的銷售數字？第一次出版時都沒能攻佔榜首了，第二次又是如何辦到的？我認為當中一定有造假！而我會如此質疑，並非空穴來風，前幾年，葉雲書還是尚文出版社的天王作家時，出版社涉嫌為他買榜的消息就曾經甚囂塵上，現在當然可能故技重施，將同樣手法套用在萬寶路的身上。關於這一點，我持保留態度，繼續蒐集證據，等有更進一步的線索，還會再向大家宣布的。」

說到這裡，畫面切換回主播檯，繼續報導下一則新聞。聽完，我忽然也覺得有點道理，於是轉過頭來，看著臉上還帶著笑的藝詩。

「我知道你想問什麼。」她嘟著嘴，聳聳肩，擺明了就是想賴皮。「他們聯手起來整你的手段，本來就不太高明，甚至還有點卑鄙。既然這樣，我也不可能用什麼光明磊落的辦法解決，反正都是玩陰的，就看誰本事大一點而已，對吧？」

「我不介意妳直接把真相告訴我。」苦笑著，我說。

「很簡單呀，你剛剛有沒有發現，那個胖子趴下去時，現場雖然一大堆人，可是尚文出版社的員工卻無一在場，連個鬼影子都沒看見。為什麼呢？因為婉真已經答應，他們公司的人在整個事件中，從頭到尾都不會表示任何意見，徹底撇清關係。撇清什麼關係呢？就是撇清排行榜榜首這件事的關係。至於這件事到底有什麼不可告人的祕密，好吧，我承認，的確是有。」看著我，收起了嬉皮笑臉，她說：「我跟婉真，還有鐘鼎行的業務部經理談好了一個協議，這個榜首的位置，其實是買來的，甚至，連搜尋引擎的關鍵字，也是動用出版社的行銷管道，花錢買的，而且不只買了一家，全台灣那麼多網路搜尋首頁，我們至少買了前五家。」

「這些全都是買來的？怎麼買的？」我大驚。

「不要這麼驚訝。買榜不是一件多稀奇的事，你不是第一個，也不會是最後一個。早在葉雲書還在的那幾年，尚文就常為他做這種事。用發票作為憑據，尚文這邊吸收掉稅金的部分，鐘鼎行賺到應得的利潤，作者則買到一個超級無敵好成績，三方都獲利，簡直是皆大歡喜。不過這種手段未免有點卑鄙，若不是他們出招在前，還放出那樣的話，我也不想用這一招。這是沒辦法中的辦法，卻足以讓那個胖子從此閉嘴。」

「他怎麼可能閉嘴？他剛不是也說了，還要再去查的嗎？」

「查？他怎麼查？」冷笑著，藝詩說：「尚文出版社裡，只有婉真知道這件事，她能說嗎？說了，就會毀了第二棵搖錢樹；你跟我就不在話下，我們沒有說出來的必要，至於鐘鼎行那邊，親愛的，你應該知道，靠著那個排行榜的號召，他們一年有多少營業額？要是這個排行榜的公信力受到質疑，甚至崩潰，他們以後還要不要賺錢？別說賺錢了，我看他們就準備關門大吉了。」攤手，她把吃完的漢堡包裝紙摺好，然後才看著我，說道：「親愛的，如果這是一個共犯結構的話，我承認我是那個主謀，而他們所有人都是幫兇。這個案子永遠不會有真相大白的一天，因為每個幫兇都比我們脆弱，承擔不起真相曝光的傷害，所以你反而會是獲利最多、但也最安全的那個人。」

「這樣是不對的。」苦笑，我只覺得無奈至極，沒想到我一大早的驚喜莫名，到頭來是如此醜陋不堪的真實。

「這是資本主義社會，我們討論的是操作手法。」她說：「沒有一個神是憑空造成的，唯有靠這樣的手段，才能製造出大家都不得不相信其真實性的神蹟。」

修稿後，我在電腦前面，百感交集地抽完了香菸。這個講述一群年輕舞者的奮鬥故事，中間雖然一樣摻雜著愛情的元素，但比重非常輕，它存在的目的，只是為了探討在那樣華路藍縷的過程中，人心如何堅定或動搖的矛盾而已。我真正要描述的，是年輕的舞者如何不因外界的目光而輕易改變路線，積極進取的故事。同時，也以整個社會的廣泛角度，去看待在許多人眼中不過是小孩子玩意兒、難登大雅之堂的「街舞」，在那些難度高得近乎特技的動作中，如何表現出人類旺盛的企圖心與挑戰困難的勇敢精神。故事沒有特別想什麼名稱，就取名為《舞》。我回到工作崗位後，又花了三天時間，逐一校對內文，補足了所有疏漏，並剔改別字，趕在收件截止日前寄出。

稿件寄出才不過兩三天，許老闆又打了電話來，他從藝詩那邊得知，我剛完成了一個比《夢途》更精采的故事，立刻興起了籌拍第二部電影的念頭，所以想提早與我洽談。帶點啼笑皆非的心情，我說這個不成問題，相關的細節可以直接跟藝詩聯繫，反正所有的經紀權都握在她手上。許老闔笑著說我福氣真大，有這麼一個徹徹底底的「賢內助」。

接下來，是漫長的二十天審稿期，雖然忙碌不已，全都為了電影開拍而做準備，但在四處奔波的過程中，我內心卻惶惶不安，一來擔心肥仔朱真的挖掘出什麼內幕，又大肆渲染到媒體上，二來懷疑自己在這個比賽中能爭取到的成就到底有多少。

滿腦子想的都是這些，新稿子當然不可能順利開工。藝詩勸我不要太勉強，這幾年來幾乎馬不停蹄，一本寫完就接下一本，每種題材或類型都努力嘗試的結果，就是身體與心理的嚴重負荷，以至於像現在這樣，接連好多天，只要一到傍晚就困倦莫名，眼睛幾乎無法睜開，思緒也不能集中，可是一旦躺上床，偏偏又睡意全消。如果勉強自己，熬到正常人的就寢時間，那就更糟糕了，短暫的一、兩個小時後，便不自覺地醒來，然後瞪著臥房的天花板發呆，清醒地躺到早上，中間再也無法入睡，無論是起來運動流汗也好、喝點紅酒或吃個消夜也罷，總之就是精神奕奕，再也難以成眠。

眼看我日漸枯瘦，藝詩非常緊張，甚至提議要我去看精神科醫生，最不濟的時候，或許得吃點鎮定劑之類的，利用藥物管理身體機能。不過我拒絕了，醫生只能解決我的失眠症狀，卻不能改善我的心理問題。我知道自己為什麼會這樣，我再清楚不過了。

「過陣子就會沒事了。」很晚的時候，三月底，台北還有些涼意，站在陽台上抽菸，我對憂心忡忡的藝詩說：「就剩今晚了，等明天晚上，頒獎一結束，一切就好了。」

「那也得你還能撐一天才行，再這樣下去，你很快就病倒了。」藝詩說：「有問題就要想辦法解決，有病就要看醫生，這是很簡單的道理。」

「但這不是病，或者說，病的地方不是身體，而是這裡。」指指心口，也搓搓自己爬滿下巴的鬍子，我嘆氣：「睡不著的夜裡，我每天都在想，為什麼會有這麼大的壓力呢？那些壓力究竟從何而來呢？我一點都搞不清楚。怎麼寫小說時可以那麼快樂，但是參加比賽就這麼痛苦？或者，當我一想起寫作之外的一切，什麼行銷包裝、通路促銷之類的問題，以及排行榜上上下下的起伏，我就一陣悶。怎會這樣呢？難道寫作不能只是一種單純的滿足嗎？非得考慮到這些評審的眼光不可？妳不覺得諷刺嗎？我寫來參賽的作品，是一篇描述為了夢想而努力，從不在乎現實困境的《舞》，而跟我自身所處的環境，以及我這當下跌宕起伏的心情相比，卻恰恰成為最大的反諷。」

「因為你寫其他小說的時候，只是為了讓自己開心，並不需要考慮到評審的眼光呀。但這是非常時刻，無論是在金文獎或是別的方面，都是一樣的。一篇小說如果只是寫來讓自己開心，這份藝術品就是無價的，一旦它要變成商品或參賽作品，就會被細細檢視，討論其價值所在。就算你不開心，這也是沒辦法的事。只是話說回來，你也不要太擔心，放眼台灣文壇，單就文字造詣，有哪個三十五歲以下的作者能寫得比你好？這個獎哪，你其實已經抱在手心裡了。」

「如果輸了怎麼辦？」我說這絕非不可能，事實上，我落敗的機率反而很大，台灣有那麼多人從事寫作，誰都想拿下這個國家級的大獎，就算它的獎金並非十分豐厚，但那是至高無上的殊榮，所以無分男女老幼，只要能寫幾個字的作家，誰會不想參賽？況且，這比賽沒有限制年齡，不讓三十五歲以上的作者參加，所以我一點勝算都沒有。

「如果真的輸了又怎樣？難道會有什麼損害嗎？就算今天你沒有拿到那個獎，你依然是萬寶路，是繼葉雲書之後，雄霸網路文學界的盟主，還要引領風騷幾十年的大作家，不是嗎？金文獎的頭銜，固然可以把你推向文學創作的巔峰地位，卻也不是輸了就死路一條，你又何必這麼在意？」

我點頭，她說的一點都沒錯，只是儘管如此，要接受自己落敗的事實，有多麼困難。倘若我今天只是個名不見經傳的小人物，輸了就無所謂，但現在不同，要是輸給耕耘純文學數十年的前輩還情有可原，萬一輸給龍舌蘭，教我如何自處？

「我忽然覺得，自己現在才真的騎虎難下了。」看著這片夜空，我嘆氣說道：「沒想到拚了那麼多年，做了這麼多之後，才看清楚自己的意志如此薄弱，甚至不堪一擊。那次在鐘鼎行的年度風雲書頒獎時，我就有過這種感覺，只是徐紅女士的幾句話，忽然讓我明白，寫作最重要的，是為了讓自己獲得滿足。但獲得滿足之後呢？我們還是得出去跟別人比個高下，對不對？這高下的意義到底在哪裡？我不懂。想當初只是一時興起，想嘗試寫點什麼，或許可以賺點錢來還債，同時證明自己不是個只能蝸居在破爛房子裡的廢物而已。後來呢？後來我做到了，不但有了名氣，還能買車，又搬到這麼豪華的地方。可是接下來怎麼辦？我還要追求什麼？妳知道嗎，那些睡不著的夜晚，我常常捫心自問，自己的夢想到底是什麼？問呀問，竟然問不出一個答案。天哪，我魏崇胤今年還不到三十五歲呢，卻不折不扣地，是一具找不到夢想的行屍走肉了，怎麼會這樣呢？」懊惱著，我說：「所以我就回頭想，在這一刻之前，我可曾渴望過些什麼？以前我很希望能像葉雲書一樣風風光光、名利兼收，他能辦什麼活動，我就想也辦什麼活動。當初他那場銷售破四百萬冊的慶功記者會，我去擔任來賓，心裡其實羨慕得要死，不過對現在的我來說，四百萬冊算什麼？能不能把小說寫好，意義比那重要太多了，對吧？只怕他的四百萬冊也不是貨真價實，搞不好有幾成都是買來的。我當初怎麼會以為那是自己的夢想呢？實在太可笑了，對吧？」

「當然。」

「既然這樣，我又為什麼非得跟龍舌蘭爭誰要當神呢？」我說：「我只覺得非常矛盾，可是都到這地步了，難道我能寫信給主辦單位，請他們撤銷我的參賽申請，把我的稿子退回來嗎？那是不可能的。但說也奇怪，我明明就是這樣想的，如果真的能釋懷至此，那我應該什麼也不在乎，把這當成一場遊戲，就可以每個晚上都呼呼大睡才對。結果呢？結果竟然完全相反，現在是凌晨三點過五分，而我還站在這裡，滿腦子都是這些轉不完的問題。」

「那你希望我幫什麼忙？」

「坦白說，我不知道。」看著她，我無奈地說：「是妳要我用這個面貌，一路走到這裡來的，接下來該怎麼做，應該妳來告訴我才對。」

「照我說呢，你只是內心深處還抱持著登上山頂寶座的夢想與企圖，但良心上又認為這樣是不對的，甚至可能還存著懷疑，認為自己不夠資格，怕即使坐上了寶座也不夠安穩，所以才有這種矛盾而已。」藝詩說：「要問我的看法，我會跟你說，穩著點，泰然處之，人活在世上，永遠都會有無法預料的變化，命運要帶著你怎麼走，誰也不知道，但與其隨波逐流，成為芸芸眾生中的一顆小螺絲，更應該採取主動，扳倒命運，把那條鎖鏈打開，勇敢開創屬於自己的路。這是很簡單的道理，差別在於你的這條路比較與眾不同，別人可能成為發明家、醫生、棒球選手，或者高爾夫球星，而你則成為網路文學界最頂尖的作家，如此而已。」

「我真的可以嗎……」被無形的重擔壓得幾乎喘不過氣，我竟聽到自己聲音裡有著莫名的恐懼，甚至就要哽咽的感覺。

「你可以，一定可以。」帶著媚惑的微笑，貼上了我的身體，藝詩忽然舉手，探進了我的褲檔，搓揉著我沉睡中的陰莖，讓它慢慢脹大，她身上誘人的香味又瀰漫在我鼻腔中，讓我漸漸地失去了主張，我只聽到她說：「無論願不願意，你最後都一定會成為這世界裡唯一的神，沒有任何人能取代。親愛的，相信我，也要相信你自己，你一定會是，因為你是唯一一個，值得我這樣做的人。不過你要記得，即使你已經主宰了一切，但你終究是我的，由我造出。」說著，她便一路吻著我的臉頰、頸子與胸膛，然後拉開了我的褲子，將我硬挺的陰莖含入口中，開始吸吮了起來。

沒有開車，我跟藝詩搭乘計程車，一路來到頒獎會場，她穿著漂亮的紅色小禮服，非常性感，這樣的裝扮不適合擠捷運或公車，我則怕自己開車過來會找不到車位，畢竟今天這裡可是高朋滿座。

跟婉真她們會合後，一起拿著邀請帖，從大門口進入，在工作人員的導引下，來到座位區。主辦單位規劃了許多區塊，提供給各家出版社與媒體，以及許多出席的作者。《舞》雖然還在入選階段，但主辦單位已經公告，只要是入選前十名的作品，國家都將撥列經費，協助出版。雖然這是一番好意，卻對我沒什麼用處，因為藝詩已經跟婉真談好價碼，這本書挾著入選的莫大光榮，不論在首刷冊數，或者版稅級距上，都與往常不同，根據她的計算，光是出版首刷，至少就可以賺進一百五十萬以上的現金，收入之豐，是我歷年來所有出版品的首位。

金文獎共分四大項，第一類以繪本為主，第二類則是散文，然後是新詩，最後才是壓軸的小說獎。在座位上，我回頭往後看，幾乎座無虛席，滿滿地全是人。張望時，我聽見藝詩跟婉真在聊天，她們打趣地說，要是這當下來一場大地震，整個會場塌下來，那台灣的藝文界就全毀了。

坐了好半天，聽著主持人的仔細說明，還一一介紹來賓，那些來賓大多是政要或企業界人士，待漫長的致詞與說明完畢後，才開始宣布繪本類的入選獎項，舞台上同時降下投影幕，將入選作品的圖畫與作者照片一一展現在眾人面前。反正還有得等，趁那些與我無關的獎項陸續頒發時，我決定偷空起身，到外面去找地方抽根菸，緩和一下情緒也好。雖然是一場國家級的頒獎典禮，但我今天依舊隨性打扮，只有普通的上衣，跟一條牛仔褲而已，我看其他的來賓也差不多，大概藝術工作者都習慣如此，沒有哪個男人會西裝筆挺地出席，只有愛美的女性們才會特地打扮，在這裡爭奇鬥豔。

「如果待會上了台，你打算說什麼？」在工讀生的小聲指引下，我從側門口溜出來，他告訴我門外就是空曠的草地，也是吸菸者的天堂。剛點燃香菸，就在門口昏暗的燈光下，龍舌蘭忽然出現在我背後，他一開口，還嚇了我一跳。「想想看啊，人人有機會，但是個個沒把握的比賽，誰都可能是最後的贏家，對吧？」

「這種話，等主持人宣布了得獎者再來想也不遲吧？」我回過頭，立刻平復心情。只見他也掏出香菸，俐落地甩開了打火機的鐵蓋，在清脆的金屬摩擦聲中，點著了一撮小火燄。我稍微讓開一步，不想讓在附近抽菸的其他人，聽到我們的對話。

「其實我真的很佩服你，居然連這種下三濫的手段都使得出來，」他冷笑著，「買排行榜耶，我還以為葉雲書走了以後，尚文就不會再幹這種事了，沒想到他們為了捧你，居然重操舊業，故技重施。」

「真是個好問題，不過很可惜，這件事我不清楚。」我將手一擺，說道：「尚文出版社的婉真就在裡面，有興趣的話，待會我介紹你們認識。有沒有買榜，你自己去問她。」龍舌蘭笑了起來，用挾著香菸的手朝我指指，說道：「還是這麼幽默。不過今天這個比賽對你我都很公平，誰有什麼通天本領都派不上用場。」

我沒作聲，反正也找不到話好說，乾脆繼續抽菸。但龍舌蘭卻沒打算閉嘴，他吐了一口煙，忽然又問我：「所以呢，你怎麼看這比賽？」

「沒什麼看法，不過是一次文學獎的比賽，比不比、成績怎麼樣，我不在乎。」我搖頭。

「不在乎？要是毫不在乎，那你何必參賽？或者人家要頒獎的時候，你又何必來？你大可以參加之後就不聞不問，就算首獎頒給你，你也缺席不領，這樣才叫做真瀟灑嘛，對吧？」他說話的語氣與聲調還是一樣誇張，無論是當年籌組文學館時的演說，或後來的每一次對談，永遠都是同個樣子。「還記得那天我們在鐘鼎行那個狗屁風雲書頒獎時聊過的話嗎？依我看呢，這個金文獎今天一定會讓大家出乎意料。」

「哦？」我忽然忍不住想調侃他一句：「你該不會今天又剛好準備了一包大便吧？容我提醒一句，據說今晚的小說獎，可能會由總統或什麼院長級的高官頒發，為了形象，我勸你別這麼做。」

「當然，今晚就算沒有那麼多高級官員，站在文人風骨的立場，怎麼也不能這樣玩的。丟大便那件事，不過是為了製造點話題，陪那些沒腦袋、只會抗議學校專制教育、卻又拿不出改善辦法的學生玩玩而已。我所謂的出乎意料，是因為已經聽到風聲，說今晚的得獎人會讓大家跌破眼鏡。」

「是嗎？」

「十個入選，取優秀獎三名跟特優獎一名，一共會有四個人獲獎。」他說：「但這些入選作品當中，作者不到四十歲的，也不過就你我二人，另外那八個，都是一些領過無數文學獎、早就聲名遠播的前輩，這些老不死的，尸位素餐，一天到晚寫些他們那個年代的人才想看的東西，老實講，誰都早他媽看膩了。國民黨來台灣都幾十年了，他們還在寫大陸的生活，那種老掉牙的東西，你說，你覺得好看嗎？」聳個肩，嘴裡不置可否，但我心中卻罵了個翻天，前些時候到大陸，龍少鐘先生才與我分享他描寫文革與大躍進時代那些故事的心情，雖然沒有涕淚縱橫，也是由衷肺腑，每個苦難時代都會有數不盡的可歌可泣，都足以讓身為晚輩的我們在讀或寫時作為典範，怎麼叫做老不死寫的老掉牙東西？況且這些都是先人的足跡，他們經歷過那樣的年月，才將心得轉化為文字，不只具有文學的藝術價值，更是一種生命體驗的傳承，誰都不該視而不見才對。

「那些老傢伙，每個人都覺得自己很有機會，以為這個國家級的大獎會落到自己手中。但他們都錯了，從最基本的認知就錯了。你應該也聽到不少小道消息吧？本來金文獎早已經停辦，今年卻死灰復燃，為什麼？因為選舉。總統大選之前，什麼利多消息都會有，不過誰都清楚，就是為了收買人心而已。如果只是這麼簡單的目的，那我跟你就糗了，那些大老的心肯定比我們值錢，對吧？所以呢，聽說有人就下了這麼一步指導棋，今天最後的大獎，不能頒給那些太老的、也不能頒給有點老的，因為不管頒給誰，中文創作的派系那麼多，肯定都有人非議，所以——」他指指我，又指指自己，說道：「不如就留個提拔後進的好名聲，把獎頒給我們這種不屬於任何派系、又具有引導年輕選票走向的新進作家。」

「說得好像待會你就要上台領獎了。」我嘲諷。

「是不是我上台，等等就可以見真章了。」他下巴一抬，露出驕傲的神色，「別以為你比我早風光了幾年，又幹掉了葉雲書，就真以為自己所向披靡。誰能拿到這個獎，誰才是最後的贏家。」說完，他轉身就準備往裡面走。

「等等！」我還是忍不住叫住了他，「不管以前大家有多少恩怨，今晚過後，可不可以就算了？」

「你說呢？」他腳步一頓，回過頭來，摸摸自己的臉頰，然後張開嘴巴，讓我看到裡面的缺牙，「我這顆牙齒可是你打斷的，你說，能不能就算了？」

「以這種態度，就算今天讓你拿到獎，也沒有任何人會承認你的價值的！」

「只要那些願意花錢買書的小鬼會繼續掏錢就好，其他關我屁事？」他呸了一聲：「我寧可放個屁都有人說好香，也不想跟裡面那些老傢伙一樣，只能一輩子關在家裡寫給自己爽。他們以為自己還有多少精華可以提煉出來？殊不知，那些人一生中最輝煌的時期已經過了，有的人現在六、七十歲，他的代表作卻早在三十年前就寫完了，那剩下的日子在幹嘛？他們在消費自己，在吃老本過活，頂著三十年前的光環活到現在，還妄想再拿一座金文獎，簡直不要臉到極點。總之，你要記得一件事：待會進去之後，等我上台領獎時，你記得乖乖拍手鼓掌，然後回去變賣家產，準備跑路，因為我是金文獎得主，是全台灣最優秀的作家，所有的文學創作都將以我為標竿，到時候，我要你死，你就會死得很難看。」

「如果你拚這個獎的目的只是這樣，那大可以免了。」不知怎地，心一沉，只覺得這些年來，自己認真走過的一切，原來都可悲至極，在我忙著實現自我的同時，居然也無意間創造出這個病態的怪物。「你我都退出，把獎讓給真正有實力與資格的人，如何？」說著，我瞪視著他，然而龍舌蘭不再說話，只是輕蔑地冷笑一聲，轉身走了進去。

究竟什麼才是創作的本質？是說一個故事的滿足感？或是說完一個故事之後的成就感？抑或是操弄人物曲折際遇那份狎謔的快感？我心裡有著滿滿的問號，即使走遍各大文藝營，為許多有志於文字創作的學生講課，告訴他們好多創作理論與細節，但這個最基本的初衷問題，卻在這當下深深地困惑了我。

我試圖回想，在那個一無所有的年代，自己是本著怎樣的心情寫下第一個故事？當故事在網路上獲得熱烈迴響時，我可有一點驕傲或自滿？如果有，那我為何而驕傲？為何而自滿？莫非當時我已覺得自己真的與眾不同，可以凌駕在眾人之上？然後，我看見了葉雲書，認識了雨子，看見好多在文學領域中享受光環的人，我有沒有嫉妒？有沒有豔羨？當那句「彼可取而代之」的豪語說出口時，我真正想要的「取而代之」，難道就是用這種方式？

只要拿到這個獎，無論它評選的操作原則是什麼，都象徵著一種至高榮耀，是一種天下再無敵手的榮耀。但為什麼他們非得是敵手不可？李恆夏先生從來沒想過要來爭這一場，徐紅女士則告訴我那不是創作者應有的態度。但我呢？我終究還是報了名，也寫好了稿子，然後來到這個會場。我必須不斷戰鬥，在每次的拉鋸中，用各種辦法擊敗對手，有時靠的是銷售數字，有時靠的是與其他領域如許老闆的合作關係，或者仰賴藝詩的協助，暗地裡使用見不得光的辦法來扳倒敵人，無論是哪一種，都是不流血卻又生死交關的驚險場面。輸的人不會死，但原來會比死更痛苦，就像從此潦倒落魄的葉雲書。

我跟自己說，儘管再不情願，可我有輸不起的理由，也絕對輸不得，一旦輸了，我拿什麼臉回去見屏東的父母？經由藝詩的告知，他們現在正喜孜孜地在家裡守著電話，等我打回去宣布結果；如果輸了，我怎麼面對藝詩跟婉真，以及傾盡全力栽培我的尚文出版社？更有甚者，如果我輸了，要怎麼給鬆餅跟碧茵一個交代？她們都曾經無怨無悔想陪我走這一程，卻在半途中慘遭拋棄，最後落得一個孤苦凋零的結局，如果我在這裡輸了，我要怎麼對得起她們的眼淚？

主持人已經介紹了小說獎十位入圍者的生平，以及十篇作品的大致內容，然後把主導權交給負責宣布得獎名單的文化部主委。猶如奧斯卡或金馬獎的頒獎典禮，揭開第一張卡片，他對著麥克風，大聲地報上三個人的名字，然後全場來賓大聲鼓掌，恭喜這三位獲得優秀獎的作者，那分別是以後現代主義風格為擅場的謝不凡先生、寓新詩之筆劃於小說，塑造獨特美感的盧從文先生、以及在女性文學上，採取寫實主義風格，近距離地描寫台灣女性，而享譽已久的何維芝女士，這三位知名的前輩都是實至名歸，理當獲頒獎項，他們年紀最大的也不過五十歲左右，其中盧先生看來尤其年輕，或許只有四十幾歲。

「你不可以忘了我喔。」忽然，藝詩靠在我身邊，輕輕說了這句話。

「什麼？」

「我說，你不可以忘了我，更不可以忘了昨天晚上，在陽台上的時候，我是怎麼跟你說的。」

藝詩微微一笑，然後握了一下我的手。

那瞬間，我全身就像遭到電殛般，詫異不已，轉過頭，藝詩今晚微施淡妝，容顏秀麗，黛眉彎彎中，透出無限綺麗的媚態，那本該是讓人心蕩神馳的視覺感受，但現在我完全無心領略，腦海裡想到的，都是她曾為我做過的一切，那些對的，或者不對的；明的，或者暗的，乃至於不能分類對錯，也無法界定出明暗的一切。將她容顏修飾得如此完美的脂粉，原來就像我們誰也抗拒不了的行銷包裝，唯有依靠著那些手法或手段，我們才能從沒沒無聞的耕耘者，一躍成為眾人仰望膜拜的神祇。事到如今，她比任何人都更清楚，我們兩人唯有同舟共濟，繼續向前划去，跨越每個撲面而來的浪頭，才能免於遭受大海吞噬的厄運。她從來都如此鎮定與堅定，絲毫不曾懷疑。那我呢？我怎麼還在這裡反覆遲疑？看著舞台上那張小桌子，擺放著被無數鮮花簇擁著的精緻獎盃，我猛然驚覺，原來這就是我一生中最關鍵的時刻了，不能遲疑、不能猶豫，我必須拚這一場，非贏不可，讓龍舌蘭跟他背後那群搖旗吶喊的蝦兵蟹將都看清楚，到底今日之域中，是誰家之天下！

「我們恭喜萬寶路先生，以及他的作品《舞》！」當台上的來賓大聲宣布了這個消息時，我胸中一口氣忽然銜接不上，整個胸腔瞬間彷彿空了，這位來賓說話的速度好快，全然沒讓我有心理準備的空隙，在那當下，本來應該聽見今晚最熱烈的歡呼與掌聲，但不知怎地，一切卻像電視機被按下了靜音鈕，我只看見婉真與藝詩欣喜若狂的表情，她們的雙手不斷揮舞，嘴巴張得老大，所有的動作甚至全都變慢格放了。我不自覺地站起身，彷彿進入了另一個虛擬的時空，恍恍惚惚，兩條腿就這樣邁開，從觀眾席中的走道慢慢走下，每一步踏出去的都是虛無，根本感受不到自己的重量。

我甚至有種雙眼無法對焦的感覺，當走上舞台，眼前那個身邊帶著隨扈、滿臉親切的中年男人，將一座獎盃交到我手中時，我沒有跟他點頭招呼，說聲「總統好」，也沒有向主持人及來賓致意，一轉頭，台下黑壓壓的一片，原來，站在這種大舞台上，享受全場所有的聚光燈，成為眾所矚目的焦點時，人是無法看到周遭一切的？但這也不對吧？如果我是一個至高無上的神祇，我的目光應該無比銳利，足以洞悉這世上每個幽暗奇詭的角落才對，怎麼現在所見，卻是這麼一回事呢？我在那片恍惚中，癡癡然地，只想用力睜大眼睛，我要看看碧茵坐在哪裡，看看鬆餅坐在哪裡，或者葉雲書坐在哪裡，但那又只是一瞬間，我便猛然驚醒，噢，不對，他們都已經成了這條山路上的一抹風景，經過以後便再不回頭。那麼，藝詩呢？婉真呢？我怎麼也張望不見她們，甚至，也完全看不見那個什麼肥仔朱，當然更談不上龍舌蘭。

於是我的目光朦朧了，有種被眼淚暈濕時，鼻頭酸楚的感覺。握著手上的獎盃，那是一枝鍍金的毛筆造型獎盃，象徵著這個國家裡，華文創作最高榮譽的獎盃。握著它，我幾乎就要落淚，同時也感到一陣莫名的沉重，這就是最高地位的象徵了，我終於得到了，但得到之後怎麼辦？心念電閃，我在這個光亮燦爛的舞台上，忽然忘了應該享受光榮，竟直接跳到下一個階段，想起剛剛龍舌蘭說的，那些已屆知天命之年的大師們，有的人早在三十年前就寫完了代表作，往後的時光裡除了消費自己之外別無可做。那我呢？我會不會也這樣？不，我忽然惶恐了起來，這個獎不能是我創作生命的終結，這座山頭的頂峰之外，一定還有更高遠的未知世界，我得想辦法再跨過去，非得更超越自己不可。但我能怎麼做呢？我還要再鬥垮誰，才能成為更高階的神祇呢？一片迷茫中，完全忘了自己此刻置身在舞台上，正是全場注目的焦點，瞧我呆愣了許久，主持人走了過來，拍拍我的肩膀，然後手指麥克風，希望我發表一下得獎感言。

但我要說什麼？我能說些什麼？我張開嘴巴，喉嚨裡咿哦幾聲，像是有什麼東西哽住了一般，極為難受，連呼叫都有困難。那是什麼？是什麼東西哽著我？我痛苦不已地掉下眼淚，差點連獎盃都握不住，只能勉強站立不倒，與此同時，我忽然想起來，是了，是那天我滿懷著跟今天一樣的忐忑心情，第一次獨自前往尚文出版社時，本來以為會談談合約或什麼出版計劃，卻被初次見面的婉真帶著，跟一群出版社的編輯，還有當時的超級天王葉雲書，大家一起到公司附近的川菜館去。在那裡，我不是什麼萬寶路，不是金文獎得主，沒有出過半本書，鐘鼎行的年度風雲書也跟我一點關係都沒有。但他們找我吃飯，也沒想到我幾乎身無分文，雖然看似不用自己掏錢，可是為求小心，就怕結帳時出醜露乖，只敢點一盤寒酸至極的丁香花生。在用餐時，我小心翼翼，就怕說錯或做錯什麼，非常仔細聽著大家的談話，而那時，每個人都在忙著呵護葉雲書，嘘寒問暖，拚命往他飯碗裡挾菜，極盡諂媚之能事，誰也不屑向我投來一點同情的眼光，只有婉真在跟我解釋合約的細節。就在那瞬間，忽然有一顆不聽話的花生，從我的筷尖上落下，它在桌上有幾個小彈跳，眼見就要跳到桌下去了，節儉成性的我連忙伸手托住，將那顆花生撈在掌心，然後一張嘴，咕地一聲吞了進去，忽爾，大家不約而同地停下話題與動作，滿臉詫異地看著我。

就是它，就是那顆花生哽在我喉嚨裡，一哽，到現在好多年。

當代名家・東燁作品集1

神曲

2014年6月初版　　定價：新臺幣280元

著　者　東　燁
發行人　林載爵

叢書主編　胡金倫
封面設計　兒日
特約編輯　柚香

出版者　聯經出版事業股份有限公司
地址　台北市基隆路一段180號4樓
編輯部地址　台北市基隆路一段180號4樓
叢書主編電話　(02)87876242轉203
台北聯經書房　台北市新生南路三段94號
電話　(02)23620308
台中分公司　台中市北區崇德路一段198號
暨門市電話：(04)22312023
台中電子信箱　e-mail：linking2@ms42.hinet.net
郵政劃撥帳戶第0100559-3號
郵撥電話　(02)23620308
印刷者　文聯彩色製版印刷有限公司
總經銷　聯合發行股份有限公司
發行所　新北市新店區寶橋路235巷6弄6號2樓
電話　(02)29178022

行政院新聞局出版事業登記證局版臺業字第0130號

本書如有缺頁，破損，倒裝請寄回台北聯經書房更換。　ISBN 978-957-08-4389-7 (平裝)
聯經網址：www.linkingbooks.com.tw
電子信箱：linking@udngroup.com

國家圖書館出版品預行編目資料

神曲/東燁著．初版．臺北市．聯經．2014年6月
（民103年）．296面．14.8×21公分
（當代名家・東燁作品集1）

ISBN 978-957-08-4389-7（平裝）

857.7　　103007100